www.liebesleben.de

Clownsküsse

Romantische Komödie

Sabine Bruns

Die Autorin

Sabine Bruns, Jahrgang 1962, sagt "Moin" statt "Guten Tag".

Die gebürtige Bremerin, die seit vielen Jahren in einem klitzekleinen Dorf zwischen Elbe und Weser wohnt, liebt das raue Klima der Nordseeküste nicht nur, wenn die Sonne scheint, sondern erst recht bei Sturm und ordentlichem Wellengang.

Das Schreiben ist seit der Kindheit ihre eine große Passion, das Leben im Einklang mit der Natur die andere.

Sabine Bruns schreibt seit 2014. Viele ihrer Geschichten spielen in ihrer Heimat zwischen Bremen, Hamburg und der Nordseeküste.
Ihre erotischen Liebesromane (auch Soft - BDSM) erscheinen unter dem Pseudonym **Sara-Maria Lukas**.

Alle Bücher sind zu finden unter www.liebelesenleben.de

Weitere Seiten der Autorin (hier kann man auch einen Newsletter abonnieren):

www.bookslive.de
www.herzgekritzeltes.de
www.sabine-bruns.com

Clownsküsse

Lina arbeitet in einem international agierenden Unternehmen in Hamburg als Finanzbuchhalterin. Privat ist sie eher gehemmt, weswegen sie ihre freie Zeit vorwiegend zuhause verbringt und romantische Liebesromane inhaliert.
Als Alexander Morton, der attraktive Sohn des Firmeninhabers, sich mit ihr unterhält, lügt sie ihm vor, künstlerisch ambitioniert zu sein, um nicht zugeben zu müssen, dass sie ein sterbenslangweiliges Leben führt. Doch das macht Alexander erst recht neugierig und Lina muss sich schnell etwas einfallen lassen, um nicht als Schwindlerin entlarvt zu werden. Sie meldet sich in einer Clownschule an, denn Clowns sind tollpatschig und dumm. Das kann sie.

Ein heiterer Liebesroman mit einer überraschenden Wendung, der ganz nebenbei dazu verleitet, auch das eigene Leben humoristisch aufzufrischen.

© 2021, Sabine Bruns
TWENTYSIX
Eine Marke der Books on Demand GmbH
Herstellung und Verlag:
BoD – Books on Demand, Norderstedt
ISBN: 9783740768652

Impressum
Bruns Verlagsprojekte, Sabine Bruns
Fehrenbruch 7, 27446 Anderlingen
Tel: 04762 184 587
Email: buero@sabine-bruns.com
www.sabine-bruns.com
Cover: Canva.com

DER CLOWN MACHT ALLES WAS MAN IHM SAGT ...
UND UNTERWIRFT SICH NIE

Uli Tamm, Hamburg

Diese Geschichte ist fiktiv. Einige Erlebnisse der Protagonistin in der Clownschule basieren auf meinen Erfahrungen während der realen Ausbildung zur Clownin bei Uli Tamm in Hamburg, die Interpretationen und Handlungen sind jedoch frei erfunden.

Sabine Bruns, Anderlingen 2021

Kapitel 1

Nachdem die Tür hinter ihr zugeklappt war, warf Lina einen Blick auf die milchige schmutzige Wolkendecke über der Stadt. In der Nacht hatte es geschneit, aber inzwischen war die weiße Pracht bereits wieder zu dreckigem Matsch mutiert. Ein stinknormaler Januartag in Hamburg. Was woanders Winter war, war hier monatelanger Dreck.
Schöner wäre natürlich ein herrlicher Sonnentag bei blauem Himmel und weiß glitzerndem Schnee. Doch ganz tief in ihrem Herzen, ganz im Geheimen, mochte Lina das Hamburger Matschwetter, und das hatte einen simplen Grund. Sie musste weder vor anderen Leuten, noch vor sich selbst, rechtfertigen, warum sie die freien Tage in ihrer Wohnung verbrachte.
Sie hasste Montagmorgende und die Gespräche beim Betreten des Büros.
... Was habt ihr am Wochenende gemacht?
... Wir waren Schlittschuhlaufen, das war soooo herrlich!
... Ach! Interessant! In der Eishalle?
... Auf der Alster natürlich!
... Wir waren mit den Kindern im Harz. Ist man ja ruckzuck. Kein Aufwand mit dem Auto, und sie rodeln doch so gerne ... und du Lina? Was hast du am Wochenende

gemacht?
Dieses Wochenende würde es einfacher werden. Bei dem Wetter würde jede Kollegin nur zustimmend nicken, wenn Lina erzählte, dass sie es sich mit einem guten Buch zuhause gemütlich gemacht hatte.
Sie zog den Reißverschluss ihrer Jacke hoch und rückte den Schal fester, damit kein Windhauch auch nur einen Quadratzentimeter Haut erwischen konnte. Dann marschierte sie los.
Gelächter von links.
Ihr Kopf zuckte herum. Auf dem Firmenparkplatz stand Alexander Morton, der Sohn vom Boss und Juniorchef, neben seinem Sportwagen. Ein typischer Ami-Blender. Nicht der Wagen, der war ein typischer deutscher Blender, sondern der Juniorchef, und das, obwohl er in der Schweiz aufgewachsen war.
In seinen Businessanzügen, weißen Hemden und schmalen Krawatten wirkte er wie der junge Tom Cruise in *Top Gun*. Linas Mutter schwärmte für den alten Film.
Nicht, dass Lina auf Typen wie Alexander Morton stand, sie konnte jedoch nicht abstreiten, dass ihre Knie wackelig wurden, wenn er lächelte. Das war eine rein körperliche hormonal bedingte Reaktion. Nichts weiter.
Er lächelte selbstverständlich nicht sie an. Sie beobachtete sein Lächeln nur manchmal unauffällig aus der Ferne, und die Vorstellung, er könnte sie so anlächeln, reichte, um das Kniewackeln auszulösen.
Trotzdem würde sie sich nie, wirklich niemals, mit ihm

einlassen, selbst wenn er Interesse an ihr zeigen würde. Es war nicht ihr Stil, mit dem Sohn vom Chef ins Bett zu springen.

Alex hat in den USA studiert und dort American Football gespielt, hatte Judith aus der Disposition erzählt, nachdem sie dreimal mit dem Wunderknaben aus war, um ihn in Hamburgs Nachtleben einzuführen. So, wie ihre Wangen geglüht hatten, als sie davon sprach, hatte er auch was in sie eingeführt. Pah! Widerlich. Wie konnte Frau sich für so was hergeben!

Anscheinend war Judith in der Waagerechten nicht interessant genug gewesen, denn die neue Auszubildende stieg gerade auf der Beifahrerseite in sein silbernes Auto. Sie sollte sich mal selbst kichern hören, sie klang wie eine Hyäne.

Bevor Morton Junior die Fahrertür öffnete, hob er den Kopf und sah dabei zufällig in Linas Richtung. Er nickte ihr grüßend zu. Reflexartig drehte sie sich weg. Nicht, dass der Typ auf die Idee käme, sie reihe sich in den Kreis seiner Verehrerinnen ein. Bloß nicht!

Eilig marschierte sie los zur U-Bahnstation.

Sie wusste, dass sie sich wie eine unreife Sechzehnjährige benahm, dabei war sie zweiunddreißig. O Mann! Zweiunddreißig schon!

Im Supermarkt traf sich, wie immer am Freitagabend, gefühlt ganz Hamburg. Viele machten es wie Lina, gleich nach der Arbeit einkaufen, um anschließend das Wochenende

genießen zu können.
Die Gesichter wirkten so seelenlos. Wodurch wohl dieser Eindruck entstand? Unwillkürlich berührte Lina ihre Wange. Ob die anderen sie auch so wahrnahmen? So leer? Sie suchte Blickkontakte, doch niemand beachtete sie. Die waren alle mit sich selbst, ihren Einkaufslisten und Wochenendplänen beschäftigt.
Es stank nach nassen Klamotten und der Boden war rutschig. Zielstrebig steuerte Lina mit ihrem Einkaufswagen als Rammbock die Regale an.
Sie rammte natürlich niemanden, sondern schlängelte sich zwischen den anderen hindurch, aber es fühlte sich so an, als könnte sie rammen, sollte es darum gehen, ihr Recht zu verteidigen. Beispielsweise wenn jemand ihr den Zugang zu den Regalen verwehren würde, von denen sie Waren in ihren Wagen legen wollte.
Für Samstag und Sonntag war Regen angesagt. Nicht, dass sie das Wetter überhaupt interessierte, sie hatte zwei ungelesene Romane zuhause liegen und keine Verpflichtungen, keine lästige Geburtstagseinladung, kein ätzendes Familienfest, keine Verabredung. Wie herrlich. Gab es was Besseres, als ein vollständig freies Wochenende?
Sie würde bis zum Mittag schlafen, ungesundes Weißbrot mit Nussnugatcreme frühstücken, im Bett bleiben und lesen. Dabei konnte sie so viele Kekse, Schokoladetafeln und Eiscremepackungen in sich hineinstopfen, wie sie wollte, ohne dass jemand pikiert den Kopf schütteln würde. Sie

musste nicht mal Zähne putzen, falls sie keine Lust dazu verspürte. Sie war niemandem Rechenschaft schuldig. Keinen Menschen auf der ganzen Welt ging es was an, was Lina Hansen an diesem Wochenende mit ihrer freien Zeit anfangen würde. Paradiesisch!

Bevor sie die Kasse erreichte, lief sie an den Regalen mit Zeitschriften und Taschenbüchern vorbei. Die bunten Cover der Liebesromane zogen sie, wie immer, magisch an. *Du hast zwei ungelesene Romane zuhause*, erinnerte sie sich, innerlich gefährlich drohend knurrend, doch wie von unsichtbaren Fäden gezogen, streckte sie die Hand trotzdem aus.

Nachdem sie einige Klappentexte angelesen hatte, wanderten zwei dicke Romane in den Einkaufswagen. Die konnte sie ja nach den anderen beiden lesen, die sowieso schon zuhause warteten. Bücher hatten schließlich kein Verfallsdatum.

Glücksgefühle, fast so, als wären die Romane Verabredungen zu echten Dates, flirrten in ihrem Bauch. Das würde ein feines Wochenende werden.

Kapitel 2

Sanft strich er mit dem Zeigefinger über ihre Wange, während ihr Blick an seinem ...

Lina schlug die Seite um und griff, ohne hinzusehen, in die Packung mit den Schokoküssen.

...markanten Brustkorb klebte. «Sieh mich an, Lea», forderte er und seine Stimme vibrierte tief in ihrem ...

Das Handy klingelte.

... Körper. Schmetterlinge flatterten in ihrem Bauch und das Kribbeln ....

Das Handy klingelte.

.... ließ ihre Knie zu Watte mutieren. Sie sah zu ihm auf und ihr Blick fiel auf seine Lippen, die ...

Das Handy klingelte.

«Verdammt!»
Nachdem sie sich ruckartig aufgesetzt hatte, tastete Lina nach dem Smartphone, das irgendwo im Klamottenhaufen auf dem Sessel liegen musste. Eine Jeans fiel auf den Boden. Wo war denn bloß dieses bescheuerte Teil?
Endlich sah sie es. Das erleuchtete Display schimmerte unter der geknitterten Bluse durch. Genervt zog sie es hervor und tippte auf den kleinen grünen Hörer.
«Ja!»
«Linchen, bist du das?»
«Natürlich», stöhnte sie und strich mit den Fingern ihre Haare zurück, «wer sollte sonst bei mir rangehen?»
«Hier ist deine Mutter.»
Lina warf einen verzweifelten Blick gegen die Zimmerdecke.
«Ich weiß. Dein Name steht doch auf dem Display.»
«Warum bist du so ungeduldig? Störe ich?»
Linas Blick fiel auf ihren Daumen, der mit Schokolade beschmiert war. Ohne darüber nachzudenken, lutschte sie ihn ab, während ihre Augen die Stelle im Buch suchten, an der sie stehengeblieben war.
«Störe ich dich beim Essen? Soll ich gleich noch mal anrufen?»
«Nein ... ähm ... ich meine, ja, äh ... Quatsch.» Sie atmete tief durch, zwang sich, den Blick vom Buch abzuwenden und konzentrierte sich. «Tut mir leid, Mutti, ich habe grad gar keine Zeit. Ich bin verabredet und werde in fünf Minuten abgeholt.»
«Triffst du dich mit einem Mann?»

Es wäre zum Lachen, wenn es nicht zäh wie angetrocknete Marmelade aus dem Hörer tropfen würde. Allein die Betonung! So voller Hoffnung! Als ob es eine Schande war, dass ihre Mutter der Nachbarin immer noch nichts vom weltbesten zukünftigen Schwiegersohn vorschwärmen konnte. Es war nicht zu fassen! Als wäre das Kapitel Emanzipation in der Jugendzeit ihrer Mutter völlig unbeachtet an ihr vorbei gerauscht.

«Nein, Muttilein, nur mit einigen Kollegen aus der Firma.»
«Es ist schön, dass du endlich Freunde hast.»
«Ja.»
Stille. Linas Blick wanderte, wie magisch angezogen, neben sich auf die offene Buchseite.

... Seine Mundwinkel zuckten. «Prinzessin, das ist ja wohl nicht dein erstes ....

«Bist du noch da?»
Fuck! Stöhnend drehte sich Lina rücklings auf das Bett. «Tut mir leid, Mutti, es ist wirklich gerade schlecht, ich ruf dich morgen an, okay?»
«Gut, gut. Ich wünsche Dir einen schönen Abend, meine liebe Tochter.»
«Den wünsch ich Dir auch und grüß Paps von mir.»
Bevor das Telefon auf dem Sessel gelandet war und sich das Display ausschaltete, lag Lina bereits wieder bäuchlings auf dem Bett, versank in den Zeilen des Romans und griff nach dem nächsten Schokokuss.

Minuten vergingen.
Stunden vergingen.
Das erste Buch mit einem tiefen Seufzen beendet.
Minuten vergingen.
Stunden vergingen.
Tageszeiten wechselten einander ab.
Lina las. Bis es erneut so weit war. Die letzte Seite. Happy End. Schluss. Vorbei. Aus. Fertig.
Mit dem obligatorischen tiefen Seufzer, der zu jedem Happy End gehörte, klappte sie das Buch zu. Der Abschied von Protagonisten, die für die Länge von dreihundert Seiten zu Freunden und Vertrauten geworden waren, fiel ihr, wie immer, schwer. Sie hatte mit ihnen gelitten und geliebt, Tränen vergossen und euphorische Glücksgefühle genossen. Nun war alles vorbei.
Ihr Nacken war steif und der Rücken schmerzte. Stöhnend rollte sie zur Seite und ihr Blick fiel auf den Wecker neben dem halb vollen Glas mit abgestandener Cola und einer leeren Kekspackung. Fast vier Uhr. Nachdem sie das erste Buch am Samstagnachmittag fertiggelesen hatte, hatte sie mit dem zweiten angefangen und damit nicht nur den ganzen Sonntag, sondern auch noch drei Viertel der Nacht verbracht.
Im Zimmer roch es nach verbrauchter Luft und Regentropfen klackten gegen die Fensterscheibe. Mistwetter. Immer noch.
In zwei Stunden klingelte der Wecker. Es war schon wieder

Montag. Fünf Tage voller Rechnungen, Belege und Fehlerteufelchen türmten sich wie ein unüberwindbarer Berg vor ihr auf.
Im Geiste sah sie ihren Schreibtisch mit dem Monitor, auf dem die Liste unverarbeiteter Belege angezeigt wurden. Diese Liste verschwand nie. Immer, wenn sie abgearbeitet schien, wuchs sie über Nacht wie von Geisterhand aufgeschichtet, wieder an. Zum Glück natürlich! Gäbe es in der Buchhaltung nichts zu tun, würde das bedeuten, dass die Firma keinen Umsatz erwirtschaftete. Linas Job wäre überflüssig! Sie wäre überflüssig! Eine Liste mit Zahlungsbelegen und dazu passenden Datensätzen im Computer definierten ihren persönlichen Wert.
Seufzend zog sie die Decke über das Gesicht. Was für ein mickriges Leben führte sie.
Einschlafen funktionierte nicht. Die Augen klappten immer wieder auf. Vielleicht hätte sie tagsüber doch mal an der frischen Luft spazieren gehen sollen ... oder laufen. Viele Kollegen joggten morgens. Das wäre für sie ebenfalls ein passender Sport. Es würde ihrer Figur guttun und sie könnte nachts besser schlafen.
Vielleicht im Frühling ... okay ... vielleicht auch nicht.
Erinnerungen erwachten in ihrem Kopf. Sie hatte diesen Sport schon mal ausprobiert. Sie war an einem Samstagmorgen um die Alster gelaufen. Nein, sie hatte sich vorgenommen, um die Alster zu laufen. Der Plan war bereits nach fünfhundert Metern gescheitert, als sie keuchend wie eine alte Fahrradpumpe und mit widerlichem Seitenstechen

in der Taille anhalten musste.

Es war oberpeinlich gewesen, halbtot, gekrümmt und schwankend dazustehen, während die anderen Jogger locker federnd um das übergewichtige schnaufende Hindernis herumliefen.

Sollte sie sich noch mal aufraffen, um es zu versuchen, würde sie auf keinen Fall ausgerechnet da laufen, wo halb Hamburg schlanke sportliche Körper in schicken Fitnessklamotten zur Schau stellte.

Lina stand auf, schlurfte ins Bad und hockte sich aufs Klo. Sie würde aufpassen müssen, dass sie nicht vor Müdigkeit vom Schreibtischstuhl kippte, weil sie mal wieder, statt zu schlafen, einen dieser Romane verschlungen hatte. Einen? Seit Freitag neunzehn Uhr hatte sie zwei Bücher geschafft. Ein abfälliges Schnauben ließ sich nicht unterdrücken, während sie das Gesicht in den Händen vergrub. Das war Sucht. Romansucht. Liebesromansucht. Ob es dafür Selbsthilfegruppen gab?

Ihre Zehen rubbelten über den abgenutzten roten Badewannenvorleger und sie runzelte die Stirn. Wenn ihre Kollegen wüssten, dass sie sich an den Wochenenden mit ihren Liebesschnulzen wie ein Maulwurf in einem Erdloch verkroch, würden sie wohl nur mit dem Kopf schütteln.

Sie musste sich aufraffen und mehr am Leben teilnehmen, sich um einen Freundeskreis bemühen und ein Hobby haben, ja, darum sollte sie sich wirklich mal kümmern.

Sie hatte mal wieder über fünfzig Stunden konstant in ihrer Miniwohnung verbracht und sich von heißen Typen in

feuchte Phantasien entführen lassen.
Sie hätte wenigstens aufräumen können. Das Küchenregal war bereits seit Wochen so voll beladen, dass der Zuckerpott nicht mehr drauf passte und ständig auf dem schmalen Tresen deponiert wurde. Mindestens die Hälfte des Zeugs auf dem Regal gehörte gar nicht in die Küche. Aber wohin sonst damit? Einiges von dem Kram in den Schränken könnte mal weggeworfen werden.
Außerdem lagen überall ihre Klamotten rum.
Nächstes Wochenende.
Ja, nächstes Wochenende würde sie diese dicken grauen Müllsäcke besorgen und mal so richtig aufräumen. Nicht, dass sie doch mal jemanden kennenlernte und ihn dann nicht mit in die Wohnung nehmen konnte, weil es so unordentlich war, dass man nicht mal einen Platz zum Sitzen fand.
Seufzend stützte sie die Ellenbogen auf die Oberschenkel und das Kinn in die Hände. Sie würde sich ja schon gerne mal ganz real verlieben. Aber in wen? In Hans, den Kollegen aus der Finanzbuchhaltung? Hans war total nett. Sie verstand sich super mit ihm. Doch könnte sie sich in ihn verlieben? Bei ihm wackelte immer der ganze Brustkorb, wenn er lachte. Das sah total komisch aus. Oder in Willi, ihren Nachbarn, der ständig nur in sein Smartphone gaffte, wenn sie ihm im Treppenhaus begegnete? Könnte sie sich in den verlieben? Nein. Der war genauso wenig sexy wie Hans.
Der neue Zahnarzt! Der war attraktiv!

Lina seufzte. Deswegen war der auch längst verheiratet und hatte zwei Kinder.

Unwillig schüttelte sie den Kopf, stand auf und zog das Höschen wieder hoch, bevor sie die Klospülung betätigte. Nein, sie blieb lieber allein.

Die Männer, die ihr Herz schneller klopfen ließen, gaben sich nicht mit so gewöhnlichen Frauen, wie sie es war, ab und die aus ihrem Bekanntenkreis, die nicht vergeben waren, reizten sie nicht. Entweder waren sie langweilig, dumm oder hässlich.

Oder sie hatten irgendwelche seltsamen Angewohnheiten, wie Sören, der Kollege aus dem Marketing, der sich ständig die Brille geraderücken musste.

Manche Männer zogen sich grottenhässlich an! Kein Farbgefühl! Wie sollten denn da Gefühle entstehen?

Warum waren richtig heiße Typen so rar?

Lina wartete auf ihren Traummann. Es musste beim ersten Blick auf einen Kerl in ihrem Frauenbauch vibrieren, sonst lohnte es doch gar nicht, ihn überhaupt kennenzulernen.

Wenn sie Alexander Morton ansah, dann vibrierte es. Ausgerechnet bei dem, der Frauen wie Klopapier benutzte und wegwarf.

Es sollte mal bei einem vibrieren, der so war, wie die Männer in den Romanen, attraktiv, intelligent, liebevoll und treu. Aber die gab es wohl *in echt* gar nicht.

Skeptisch stützte sie die Hände auf den Rand des Waschbeckens und betrachtete sich im Spiegel. Sie drehte den Kopf nach rechts und nach links, machte ein

Doppelkinn, trat einen Schritt zurück und streckte den Hals. Sie kämmte mit den Fingern durch die wirren, über die Schultern hinabreichenden Haare. Sie hatte die langweiligsten Haare, die sich eine Frau vorstellen konnte. Braun und glatt. Nicht eine einzige Locke oder Welle und kein tolles, glänzendes Kastanienbraun, nein, stumpfes Braun, wie Hundekacke. Vielleicht sollte sie mal färben? Und sich sorgfältiger schminken, bevor sie ins Büro fuhr?
Auf ihrem Kinn entdeckte sie winzige Pickel.
Von zu vielen Süßigkeiten kriegt man Pickel, hatte Judith gesagt, als sie bei der letzten Firmenweihnachtsfeier an einem Tisch gesessen hatten. Sie hatte Lina dabei nicht angesehen, aber der Spruch war garantiert nur für sie bestimmt gewesen, denn keine der anderen Frauen am Tisch hatte auch nur die winzigste Hautunreinheit. Keine!
Nein, lächerlich. Unwillig schüttelte sie den Kopf. Sie würde sich natürlich nicht stärker schminken und zum Gespött der Kolleginnen machen. Das wäre ja, als ob ein Ackergaul sich als schickes Rennpferd verkaufen wollte.
Schuster, bleib bei deinen Leisten, hatte Großmutter früher immer gesagt. *Wir gehören nicht zu den feinen Leuten, da haben wir nichts zu suchen.*
   Lina seufzte. Sie hasste ihr rundliches Gesicht mit den Pausbacken eines Kleinkindes. Das würde sie bestimmt nicht noch durch Farbe hervorheben.
Sie wusch sich die Hände und spritzte sich kaltes Wasser ins Gesicht.
Es gab Frauen, die warteten nicht auf ihren Traummann,

sondern nahmen eben einen, der verfügbar war. Das kam für Lina nicht in Frage. Da blieb sie lieber allein.
Oder war sie zu wählerisch?
Wenn sie den Juniorboss ansah, kribbelte es definitiv. Warum flatterten in ihrem Bauch die Schmetterlinge ausgerechnet für einen Arsch, für den Frauen Verbrauchsmaterial waren?
Egal, der würde sowieso niemals Interesse an ihr haben. Und sie auch nicht an ihm, das Benehmen dieses Typen war niedrigstes Niveau. Mit so einem wollte sie nichts zutun haben.
Aber kribbeln tat es. Scheiße.
Sie schlurfte zurück ins Schlafzimmer und krabbelte auf die Matratze unter die Bettdecke.

Kapitel 3

«Steuerprüfung.»
«Was?»
«Wir haben ab Morgen eine Steuerprüfung!»
Ach du Scheiße. In Linas Bauch zuckten ein paar Nervenenden, als säße sie im Zug einer Achterbahn vor der ersten steilen Abfahrt. Nicht, dass sie Angst haben müsste, Fehler in ihrer Arbeit könnten aufgedeckt werden, aber irgendwie ... war es doch ein doofes Gefühl.
«Es geht um die Belege aus dem Archiv der Jahre zweitausendsieben bis zweitausendelf. Die Neueren sind ja alle bereits gescannt und auf Datenträgern verfügbar, aber der alte Kram eben noch nicht. Holen Sie sie bitte hoch und deponieren Sie die Ordner im Konferenzraum, damit der Steuerprüfer sie parat hat», plapperte Edith Wagner, die Assistentin vom Oberboss in ihrer nasalen Art ins Telefon.
«Okay, mache ich gleich morgen früh.»
«Heute noch!»
«Es ist bald siebzehn Uhr und ich brauche mindestens eine Stunde, um den alten Kram zu finden!»
«Herr Morton hat ausdrücklich angeordnet, dass die Ordner heute hochgeholt werden.»
Stöhnend rollte Lina die Augen Richtung Zimmerdecke.
«Okay, dann eben heute. Woher bekomme ich den Schlüssel?»

«Die Tür ist offen. Der Juniorchef sortiert da unten schon den ganzen Nachmittag lang alte Verträge aus der Zeit. Der kann Ihnen auch tragen helfen.»
Etwas sauste durch ihren Körper. Es fühlte sich an wie ein leichter elektrischer Schlag vom Nacken durch den Rücken bis in die Fingerspitzen und die kleinen Zehen.
Alexander Morton.
Heissester Typ Hamburgs.
Der Juniorchef.
Im Archiv.
Und sie sollte da jetzt auch rein? Mist.
Die Vorstellung, dem Mann zu begegnen, auf den ihre Geschlechtshormone, ohne ihren Verstand um Erlaubnis zu fragen, mit Purzelbäumen reagierten, sorgte für eine unangenehme Enge in ihrem Brustkorb.
Was, wenn er ihr anmerkte, dass er sie nicht kalt ließ?
Was, wenn ihre Wangen knallrot anliefen, weil er sie ansah?
Was, wenn er sich darüber amüsierte, dass eine langweilige Tussi wie sie, auf ihn abfuhr.
Was, wenn ihre Hände zitterten?
Was, wenn sie stottern würde?
Was, wenn er glaubte, sie würde sich tatsächlich einbilden, er könnte sich für sie interess...
Oh nein! Schluss mit diesen Gedanken. Sie würde nicht mit ihm reden müssen. Vermutlich reichte es, wenn sie ihm grüßend zunickte. Ja. Genau so würde es laufen. Das Archiv war ziemlich groß. Sie brauchte ihn bloß beim Vorbeigehen mit einem unpersönlichen Kopfnicken grüßen, die Akten

holen, und das war's. Basta.

«Okay, alles klar.» Lina knallte den Hörer auf die Station, beendete die Computereingabe und schloss das Buchführungsprogramm.

«Ich bin im Keller», grummelte sie Hans zu, der an dem Arbeitsplatz ihr gegenüber saß, von seiner Banane abbiss und fragend eine Augenbraue hochzog.

Stöhnend legte sie für einen Moment das Gesicht in die zusammengelegten Handflächen. «Wir haben eine Steuerprüfung und ich muss die Akten dafür hochholen.»

«Soll ich dir helfen?»

Sie seufzte, stand auf und wendete sich zur Tür. «Nein, mach Feierabend, du hast doch heute deinen Skatabend.»

Er nickte. «Stimmt, die Jungs warten nicht gerne.»

Das Archiv war im Keller, und den erreichte man nur per Treppe, denn der Fahrstuhl endete im Empfangsbereich des Erdgeschosses.

Neonlicht erzeugte in den kahlen Betongängen grelle Helligkeit. Lina musste zwei Feuerschutztüren durchqueren. Hinter dem Heizungskeller, einigen Abstellräumen und den Schränken der Putzkolonne erreichte sie endlich die Metalltür zum Archiv. Sie stand weit auf.

Zögernd trat sie in den Türrahmen. Sollte sie sich bemerkbar machen oder reinschlüpfen, schnell die Ordner suchen und wieder abdüsen. Das wäre am einfachsten, aber sollte er sie entdecken, auch peinlich. Es würde wirken, als hätte sie was zu verbergen.

Sie atmete tief durch, um ihrer Stimme die nötige gleichgültige Nuance zu verleihen. «Hallo?»

«Ganz hinten», antwortet jemand gelangweilt. Es war eine tiefe Männerstimme, definitiv die des Juniorbosses. Seine angenehm schwingende Tonlage war unverkennbar. Er musste nicht laut reden, um gehört zu werden, obwohl das Archiv den Umfang eines kleinen Saals hatte. Die Silben vibrierten durch den Raum. Lina kam es vor, als ob sie sie nicht hörte, sondern fühlte.

Sie lief an den Regalen vorbei und bog in den letzten Gang ein. Da stand er. Er trug eine dunkelblaue Anzughose und ein hellblaues Hemd, bei dem die Ärmel bis fast zu den Ellenbogen aufgekrempelt waren.

Linas Blicke wurden unweigerlich von seinen muskulösen und sehnigen Unterarmen angezogen. Für sie gab es nichts Erotischeres, als kräftige Unterarme. Sie hatte keine Ahnung warum, aber der Anblick von Armen, denen man ansah, dass ihre Besitzer nicht nur mit den Fingern auf Tastaturen herumdrückten, wirkte in ihrem Blut wie ein Aphrodisiakum. Genauso, wie breite Schultern und kräftige Hände. So wie seine, die Schultern. Und die Hände.

Außerdem bekam man durch das dünne Hemd einen Eindruck der definierten Muskeln seines Brustkorbes. American Football war sicher nicht nur sein Hobby gewesen. Am linken Handgelenk trug er eine protzige Uhr mit Metallarmband. Natürlich, was sonst. Die Uhr passte zum Gesamtbild wie ein Longdrinkglas zum Tresen einer Nachtbar. Der Typ verkörperte im wahrsten Sinne des

Wortes den Prototypen eines Juniorchefs.

Sein Jackett hing an einem Nagel, der aus einem der rohen Holzträger hervorlugte. Hinter ihm lehnte eine Leiter am Regal und vor ihm stand ein hüfthoher metallener Rolltisch, auf dem mehrere schwarze Aktenordner lagen. Einer war aufgeschlagen. Er blätterte darin.

Als Lina auf ihn zuging, sah er auf.

Er hatte blaue Augen.

Normalerweise begegnete sie Alexander Morton nur selten, aber wenn sie im Foyer oder einem Flur doch mal aneinander vorbei liefen, fiel ihr das intensive Ozeanblau seiner Iriden jedes Mal auf. Sobald er in ihre Richtung guckte, hatte sie ein kleines Bisschen das Gefühl, nackt zu sein. Geil. Schrecklich.

Er trug die Haare kurz mit Seitenscheitel, aber ein paar Strähnen fielen ihm in die Stirn, die er jetzt mit den Fingern der linken Hand zurückstrich, während er ein «Hi» murmelte, das Eisberge zum Schmelzen bringen würde. Jedenfalls empfand Lina es so.

Er hatte braune Haare.

Nicht so ein langweiliges grau-fleckig-beige-Hundekacke-braun wie Lina, sondern ein sehr schönes, schimmerndes Dunkelbraun. Es erinnert sie an das Holz einer Akazie. Aber er roch nicht nach Akazie, er duftete unaufdringlich nach einem herben Männerparfüm oder Rasierwasser mit einer Nuance, die sie an Großvaters Pfeifentabak erinnerte.

Dieser herrliche Duft war garantiert Teil seiner raffinierten Strategie, um weibliche Hormone auf sich aufmerksam zu machen. Er war so dezent, dass Frau ihm näherkommen wollte, um mehr davon zu erhaschen. Lina atmete automatisch tiefer ein. Auch so ein Aphrodisia ... . Fuck!

«Hi», erwiderte sie den Gruß und versuchte, gleichgültig zu klingen. Sie räusperte sich. «Ich bin aus der Buchhaltung und soll die Ordner mit den Belegen aus 2007 bis 2011 in den Konferenzraum bringen.»

«Ich weiß, wer du bist.» Er grinste. «Du heißt Lina.»

«Äh ... ja. Können Sie mir sag ...»

«Alex und Du. Ich bin nur Praktikant und die gesamte Belegschaft duzt sich hier, das habe ich längst mitbekommen. Also bitte keine Sonderregeln für mich.»

Sie nickte. «Okay.»

Lina konzentrierte sich darauf, nicht auf seine Muskeln zu starren. Auch nicht in seine Augen. Oder auf den geschwungenen Mund. Es kribbelte so schon genug in ihrem Bauch. Wenn er ihren Zustand bemerken würde, wäre sie geliefert. Er würde sie für den Witz des Jahrhunderts halten.

Ihr Blick irrte im Raum umher. «Ja, ähm, also, kannst du mir sagen, wo ich die Akten finde?»

«Sorry, kann ich nicht. Bin selber fremd in dieser archäologischen Fundstelle. Leider hat mein alter Herr sich so lange wie möglich geweigert, Belege zu scannen und stattdessen Aktenordner gesammelt, wie zu Großvaters Zeiten. Wühl dich durch. Du hast die freie Auswahl.» Er deutete gönnerhaft mit einer ausladenden Armbewegung in den Raum.

Linas trat zurück und ließ ihre Blicke über die Deckel der Ordner gleiten, um sich zu orientieren.

«Hier hinten habe ich den ältesten allgemeinen Kram gefunden. Alles, was die jüngere Buchführung betrifft, dürfte vermutlich weiter vorne sein», half er ihr.

«Ah ja, danke.»

Erleichtert, seiner Nähe zu entkommen, lief sie vor und versucht es in den ersten Regalreihen. Okay, da oben war ja schon mal was. «Zweitausensieben», murmelte sie und sah die Reihe entlang. «Zweitausendacht ... zweitausendneun», darüber oben entdeckte sie zweitausendzehn. Zweitausendelf reichte bis in die unterste Reihe. Puh, so viel! Pro Jahr mindestens sechs Ordner! Das würde ja eine nette Schlepperei werden.

Die Regale waren gut einen Meter höher als sie.

Sie lief zurück zu Alexander und deutete auf die Leiter.

«Kann ich die mal haben?»

«Klar. Ich bring sie dir.»

Er hob das große Ding an, als ob es aus Pappe bestände, und lief lässig durch die Reihen nach vorne. Angeber.

Sie folgte ihm. Ihr Blick war auf seinen Rücken gerichtet.

«Der zweite Gang», rief sie, damit er nicht zu weit ging. Durch das Hemd war das Muskelspiel über seinen Schulterblättern zu erkennen, und in Linas Knien lösten sich die Knochen auf. Und dieser Duft ...

«Wohin?»

«In die Mitte, wo 2007 beginnt.»

Er lehnt die Leiter an, sah sich kurz um und nickte ihr zu.

«Steig rauf und reich mir die Ordner zu, die du brauchst, dann lege ich sie hier unten ab. So geht's am schnellsten.»
«Mhm.»
Mit wackeligen Beinen kletterte Lina die Sprossen hinauf. Seine blauen Augen waren jetzt direkt auf ihren Arsch in der grauen Hosen gerichtet. Sie spürte das, und das war furchtbar. Es war schließlich kein hübsches, pralles, rundes Popöchen, sondern ihr dicker, schwabbeliger Hintern.
«Bist du nicht schwindelfrei?», fragt er von unten. «Soll ich lieber auf die Leiter klettern?»
«Alles in Ordnung. Geht schon.»
Ihre Hände waren schweißnass. Während sie sich mit der einen am Holz festkrallte, zog sie mit der anderen den ersten Ordner aus dem Regal. Eine Staubwolke senkte sich über ihr Gesicht. Verdammt! Hustend reichte sie ihm das unförmige Pappding und er nahm es ihr ab.
Die nächsten folgten, dann kletterte sie runter, um die Leiter weiterzuschieben.
Als sie sich halb drehte, stand er so nah vor ihr, dass sie direkt auf seine Brust gaffte und sein Aftershave, oder was auch immer das war, in ihre Nase strömte. Vermutlich ließ er sich das Zeug von einem Schamanen zusammenmixen, um Frauen zu irritieren. Einem Sunnyboy wie ihm machte es bestimmt Spaß, langweilige Tussis wie sie, verlegen und nervös zu machen.
Reflexartig trat sie zurück und donnerte prompt mit dem Hinterkopf gegen ein Regalbrett. Au!
«Vorsicht, langsam», murmelte er, schob die Leiter zur Seite

und sah sie wieder an. «Schlimm?»

«Nein.» Eilig kletterte sie erneut hoch, um den nächsten Ordner zu greifen.

«Den Rest kann ich allein», stieß sie aus, als sie endlich die letzten Aktenordner aus den obersten Fächern entnommen und sie ihm nach unten gereicht hatte.

Erleichtert klettert sie runter. Alex stand mit in die Taille gestützten Fäusten da und begutachtete den Berg Ordner, der inzwischen auf dem Fußboden lag. «Die sollen alle in den Konferenzraum?»

Lina nickte.

«Dann brauchen wir irgendwas, worin wir sie verstauen können, sonst rennen wir uns ja tot.»

Ihr Herzschlag stolperte, und plötzlich durchströmte sie Wärme. Er sagte so selbstverständlich *wir*. Vielleicht war er doch nett.

Sie nickte. «Stimmt.»

Er hob die Hand und rieb sich über das Kinn. «Wenn mich nicht alles täuscht, habe ich in einem der vorderen Abstellräume einen Stapel Umzugskartons gesehen.»

«Das wäre toll.» Lina starrte auf den zweiten Knopf seines Hemdes, der sich exakt auf Augenhöhe vor ihr befand, wenn sie nicht den Kopf hob. Das war sicherer, als ihm ins Gesicht zu sehen. Nachher merkte er ihr das Kribbeln an, dass seine Anwesenheit in ihrem Bauch verursachte.

Er lief los und Lina sah ihm hinterher. In ihrer Brust begann es zu ziehen. Als wäre da ein Magnet, der seinen Körper zu ihr zurückziehen wollte. Energisch drehte sie sich um und

betrachtete den Aktenberg. Ein Poltern ertönte entfernt im Gang. Das war vermutlich eine dieser eisernen Feuerschutztüren. Noch mal. Es hörte sich an, als ob Alex mit den Fäusten dagegen donnerte. Dann Türenschlagen. Zweimal. Er suchte wohl alle Räume ab.
Eine Haarsträhne kitzelte sie an der Wange.
Schritte wurden lauter.
Die Haarsträhne bedeutete, dass ihre Frisur, der Knoten tief am Hinterkopf, keine mehr war, und die Schritte, dass er gleich wieder vor ihr stehen würde.
Vielleicht hatte sie auch Staubflecken im Gesicht. Hektisch kämmte sie mit den Fingern durch die Haare und wischte mit dem Unterarm über ihre Stirn und die Wangen. Dann war er auch schon da, allerdings ohne Kartons.
Seufzend schüttelte er den Kopf. «Sieht so aus, als hätten wir ein kleines Problem.»
«Was?»
Er stemmte die Fäuste in die Taille. «Die Tür zum Treppenhaus ist zu. Wir sind hier unten eingesperrt.»
«WAAAS?»
Er hob den rechten Arm und warf einen Blick auf seine protzige Armbanduhr. «Vermutlich hat der Sicherheitsdienst alles abgeschlossen, weil die Bürozeit vorbei ist.»
Wie in einem Film zucken Bilder durch Linas Kopf. Sie und der Juniorchef allein bei Neonlicht zwischen Aktenregalen auf Betonboden hockend. Sie musste Zeit mit ihm verbringen und mit ihm reden. Stundenlang, vielleicht die ganze Nacht! Sie stank nach Schweiß, sie war dreckig und

es gab im Keller kein Klo. Verdammt! Es gab kein Klo!
Wie auf Kommando drückte ihre Blase.
«Am anderen Ende des Ganges ist eine zweite Tür.» Sie deutete hektisch in die Richtung. «Man kommt von hier aus in die Tiefgarage!»
Er winkte ab. «Die habe ich auch probiert. Der Durchgang ist abgeschlossen. Es gibt außer diesem gemütlichen Wohnzimmer», sein Blick glitt durch das Archiv, «nur zwei weitere Räume gegenüber, einen mit Mülleimern und daneben einen mit Putzkram. Ich ruf mal meinen Vater an. Der kann dem Sicherheitsdienst Bescheid sagen, dass wir hier unten festsitzen.»
Er schlenderte in den hinteren Teil des Raumes und kehrte mit seiner Anzugjacke in der Hand zurück. Im Gehen griff er in die innere Brusttasche. «Mist!»
Lina zuckt unwillkürlich zusammen.
«Mein Handy ist nicht da. Ich muss es oben vergessen haben. Hast du deins hier?»
«Nein. Das liegt in meiner Schreibtischschublade. Ich dachte ja, ich bin nur für ein paar Minuten weg.»
Er zuckte mit den Schultern. «Dann bleibt uns nichts anderes übrig, als zu warten.»
Lina stöhnte. «Was für ein Mist.»
Er grinste. «Immer noch besser zu zweit in einem Keller zu sitzen, als allein in einem Fahrstuhl steckenzubleiben, das ist mir in Wien mal passiert.»
Nachdem er seine garantiert teure Anzugjacke weit ausgebreitet auf den Fußboden an der Wand geworfen

hatte, deutete er mit ausholender Geste darauf. «Bitte. Mach's dir bequem.»

Zögernd nahm sie sein Angebot an, rutschte unbeholfen auf den Boden und setzte sich auf eine Ecke der Jacke.

Es musste ihn nerven, mit einer Frau wie ihr, im Archiv eingesperrt zu sein. Wenn es eine Judith wäre, oder die hübsche, junge, wohlgeformte Auszubildende ... aber sie war die langweilige, etwas pummelige Lina aus der Buchführung. Immerhin war er höflich genug, nicht zu zeigen, wie ätzend das für ihn war.

Als wäre es eine völlig normale Situation, ließ er sich auf der anderen Hälfte seiner Jacke nieder.

Er saß dicht neben ihr, so dicht, dass sie sich innerhalb seines Duftkreises befand und ihre Oberarme sich hauchzart berührten.

«Wie lange musstest du in dem Fahrstuhl warten?», fragte sie, um überhaupt was zu sagen.

«Sieben Stunden.»

«Oh.»

Er stieß ein trockenes Lachen aus. «Ich war niemals in meinem Leben so froh, eine Toilette zu betreten, wie nach diesen sieben Stunden, das kannst du mir glauben.»

Unwillkürlich musste Lina an ihre ersten Schreckgedanken denken und kicherte. «Doch, das kann ich mit vorstellen.»

Er drehte ihr das Gesicht zu und zwinkerte. «Hier ist es dagegen paradiesisch luxuriös. Wir können uns jeder einen eigenen Pinkelraum nehmen und benutzen die Eimer der Putzfrauen.»

«Äh. Ja. Das geht wohl.» Mehr fiel ihr leider nicht ein. Zu blöd. Er musste sie für total dämlich halten. Judith würde jetzt einen passenden Witz machen oder die Situation ausnutzen und ungehemmt mit ihm flirten. Lina dagegen starrte gegen die verstaubten Aktendeckel in den Regalen und suchte händeringend nach Worten, irgendwelchen Worten, aus denen man Smalltalk formen könnte.

Tief durchatmend lehnte er den Hinterkopf gegen die raue Betonwand. «Okay, erzähl was.»

«Ich ... äh ... weiß nichts.» Sie drehte ihm das Gesicht zu und begegnete prompt einem frechen Grinsen. «Raubt dir meine Anwesenheit den Verstand?»

Sie schnaubte. «Erzähl du doch was.»

Er grinste immer noch. «Frag mich was.»

«Ähm ... äh ... äh ...»

Er beugte sich vor und zog die Augenbrauen zusammen. «Dir fällt nichts ein, was du von mir wissen willst? Echt jetzt?»

Kopfschüttelnd lehnte er sich wieder an die Wand.

«Das kränkt mein Ego auf nie gekannte Weise. Du bist nicht neugierig auf den bestaussehenden Erben eines Firmeninhabers ganz Hamburgs? Wenn nicht ganz Deutschlands! Das kann nicht dein Ernst sein!» Er raufte sich theatralisch die Haare. «Bitte frag was. Zerstöre nicht mein fragiles Selbstbewusstsein! Du musst doch wenigstens wissen wollen, warum ich nach Hamburg gekommen bin. Das will jede Frau wissen! Wirklich! Jede fragt das!»

Glucksend schüttelte sie den Kopf. «Ich denke, du bist nur

Praktikant.»

Er stöhnte. «Stimmt. Aber das Label *erbender Juniorchef* klebt trotzdem unsichtbar auf meiner Stirn.»

Sie stupste ihn mit dem Ellenbogen an. «Armer kleiner Praktikant, so ist das nun mal, wenn man der Sohn vom Inhaber ist. Also gut, ich frag was ... Moment ... lass mich überlegen ...» Sie legte theatralisch die Fingerspitzen an die Schläfen «Äh ... Äh ... Was ich immer schon mal wissen wollte ... ähm ... Warum bist du eigentlich nach Hamburg gekommen?»

Er lachte, zog die Beine an, stellte die Füße auf und lehnte sich lässig mit den Unterarmen auf die Knie. «Mein Vater hat mich überredet. Ich soll die Firma mal übernehmen.» Er drehte ihr den Kopf zu. «Und du? Bist du in Hamburg geboren?»

«Ja.»

Er warf ihr einen schrägen Blick zu. «Und wolltest nie weg?»

«Nein.»

«Warum nicht? Bist du nicht neugierig auf den Rest der Welt?»

Sie zuckte mit den Schultern. Was für eine scheiß Frage. «Warum sollte ich?» Sie klang versehentlich ungeplant angepisst. Mist.

Einer seiner Mundwinkel hob sich. Er lachte sie aus? So ein Arschloch. Was war an ihrer Antwort witzig gewesen? Es gab eben Menschen, denen Fremdes unangenehm war. Das konnte sich ein Typ wie Alexander Morton natürlich nicht vorstellen.

Er nickte. «Ich verstehe. Du erzählst nicht gerne etwas von Dir.»

«Von mir gibt es nichts Interessantes zu erzählen.»

Er zuckte mit den Schultern. «Das ist typisch. Langweilige Frauen können stundenlang über ihre Wohnungseinrichtung, irgendwelche Schauspieler, Modeläden und Schuhe quasseln, und Frauen, die was anderes im Kopf haben, glauben, es ist zu langweilig, um davon zu erzählen.»

Sie stieß ein genervtes Stöhnen aus und warf ihm einen kritischen Seitenblick zu. Er machte sich über sie lustig. Er verarschte sie. «Ich arbeite in der Buchhaltung.»

«Na und?»

«Eine Finanzbuchhalterin führt kein interessantes Leben.»

«Du siehst nicht langweilig aus. Hast du kein Leben außerhalb von SOLL und HABEN?» Er hob die Hand. «Sorry. Vergiss es. Du willst mit dem Sohn vom Boss nicht über Privates reden und das ist dein gutes Recht. Ich habe für einen Moment vergessen, welche Stellung ich in dieser Firma einnehme. Tut mir leid.»

Lina runzelte die Stirn und musterte ihn unauffällig. Er hatte das mit einer seltsamen Betonung gesagt. Als ob ihm nicht gefiel, dass seine Zukunft gesichert und luxuriös aussah. War er so verwöhnt, dass er seine Privilegien nicht zu würdigen wusste?

Du siehst nicht langweilig aus, hatte er gesagt. Ihr Herzschlag stolperte. Das hatte er bestimmt nur so dahingesagt. Das meinte er nicht wirklich. Er war nur höflich.

«Gefällt dir Hamburg?», fiel ihr zum Glück ein, zu fragen.

Er nickte. «Ja. Die Stadt hat viel zu bieten, Musik, Kunst, das maritime, weltoffene Flair. Außerdem mag ich Wasser. Die Elbe und die Nähe zur Nord- und Ostsee gefallen mir.»
«Dann bleibst du hier.»
Er zuckte mit den Schultern. «Wahrscheinlich. Ich reise sehr gerne und ...» Er schüttelte kurz den Kopf. «Mein Vater meint, ich muss endlich erwachsen werden und mich in das Unternehmen einarbeiten, also werde ich mich wohl hier niederlassen.»
Stille. Was um Himmels Willen sollte sie denn darauf antworten?
«Die Elbe gefällt mir auch.»
«Gefällt dir auch dein Job hier?»
«Klar.»
Was glaubte der Spinner? Dass sie jetzt aufzählte, was alles blöd war, damit er es seinem Papilein weitererzählte und sie rausgeschmissen werden würde?
Er grinste. «Das glaube ich nicht.»
«Für einen wie dich wäre es sicher nicht der richtige Job, aber ich bin zufrieden.»
«Einer wie ich? Was heißt das denn?»
Der Blick aus seinen blauen Augen bohrte sich provozierend fest in ihren. So ein Arsch! Was wollte er hören? Zorn brodelte in ihrem Bauch. Sie hob die Hand. «Hör zu, du kommst aus einer anderen Welt, als ich. Du bist anders aufgewachsen, hast andere Ansprüche und andere Möglichkeiten. Also tu nicht so, als wärst du so normal wie alle anderen in der Firma.»

Er nickte, wirkte aber nicht besonders beeindruckt. «Wenigstens mal jemand, der ausspricht, was alle denken. Was bezeichnest du als normal?»

Verdammt! Was sollte das? Suchte der Blödmann Streit?

«Weniger reich. Tu nicht so, als wenn du nicht weißt, wovon ich rede.»

«Glaubst du, ein interessantes Leben kann man nur führen, wenn man reich ist?»

«Alles kostet Geld.»

«Wenn du so denkst, verpasst du viel.»

Sie schnaubte. «Sagt einer, der sein Leben lang genug hatte.»

Er presste für einen Moment seine Lippen fest zusammen. Dann seufzte er. «Tja. Ich habe mich wohl geirrt. Du scheinst in sehr einfachen Bahnen zu denken. Schade.»

Der brodelnde Zorn in ihrem Bauch wurde zu einem Vulkanausbruch. «Du weißt nichts über mich. Rein gar nichts. Du kennst nur deine Welt und hast kein Recht, über meine zu urteilen.»

Er hob eine Augenbraue. «Ich urteile nicht über dich, du hast mich aber anscheinend bereits aufgrund der äußeren Umstände in eine Schublade gesteckt, ohne mich zu kennen. Deine Ansicht der Welt scheint mir ziemlich schwarzweiß zu sein.»

In Linas Bauch spuckte ein Vulkan glühende Lava, ihr Körper spannte an und sie dachte nicht mehr nach, bevor sie sprach. «Vielleicht wirke ich ja nur so *trivial*? Vielleicht trenne ich privat und Beruf? Vielleicht bin ich eine

Künstlerin? Vielleicht mache ich Musik und schreibe tolle Songs? Vielleicht habe ich ja einfach nur kein Interesse daran, mit einem reichen oberflächlichen Jüngelchen wie dir, darüber zu reden?»

Er grinste breit und ihr wurde klar, dass er sie mit voller Absicht provoziert hatte. Sie war in eine Falle getappt. Fuck!

Er zwinkerte. «Eine Künstlerin also. Interessant. Musik, ja?» Er neigte den Kopf leicht zur Seite «Ich wusste, dass du kein oberflächlicher Mensch bist. Spielst du ein Instrument?»

«Nein. Das ist mir nur ... äh ... nur so als Beispiel rausgerutscht.»

«Was machst du dann?»

«Das geht dich einen Scheiß an.»

«Warum bist du eigentlich so sauer?»

«Ich bin nicht sauer.»

«Nein?» Er lachte. «Wenn dieser Zustand nicht als sauer zu bezeichnen ist, möchte ich dir nicht begegnen, wenn du tatsächlich sauer bist.»

Sie öffnete den Mund, um eine passende Antwort zu geben, doch ein Geräusch ließ sie verstummen und den Kopf Richtung Tür drehen. Es schepperte und Stimmen wurden lauter.

Alex sprang auf und lief zur Tür. «Hallo?»

Lina rappelte sich auf und folgte ihm. Mehrere Leute sahen ihnen aus dem Flur entgegen. Es war das Team der Reinigungsfirma! Was für ein Glück!

Alex bückte sich, griff nach seiner Jacke, schüttelte sie kurz aus und hängte sie sich über den Arm. Er zwinkerte Lina zu.

«Schade, unsere Plauderei wurde gerade interessant.» Sie schnaubte, und er legte lachend den Arm um ihre Schultern. «Nicht böse sein.» Er zog sie für einen kurzen Moment an seinen festen Körper, bevor er sie sanft von sich schob, um ihr den Vortritt durch die Tür zu lassen. Ihre Gehirnzellen verfielen in ein kollektives Erstarren. Wann hatte sie zuletzt einen Männerkörper an ihrem gespürt? Die nur eine Sekunde dauernde Umarmung war so ungewohnt, dass es sie vollkommen durcheinanderbrachte.

«Die Ordner müssen noch nach oben», stammelte sie.

«Ich mache das morgen früh. Jetzt habe ich keine Lust mehr.»

«Frau Wagner hat aber ausdrücklich gesagt, dass dein Vater es heute noch will.»

Er winkte ab. «Der Steuerprüfer kommt zwar morgen früh, aber er wird ja nicht als Erstes in die alten Akten sehen wollen, sondern im Laufe der nächsten Tage stichprobenartig den einen oder anderen Beleg raussuchen.»

«Aber ...»

«Nein.» Er schob sie energisch Richtung Ausgang. «Frau Wagner hat nicht nachgedacht, sondern wollte einfach schnell den Auftrag loswerden. Die Ordner raufzubringen ist eine typische Aufgabe für einen Praktikanten, also mich, und es hat Zeit bis morgen früh. Ich übernehme die Verantwortung. Basta.»

Grummelnd wehrte sie sich nicht mehr, obwohl es sich falsch anfühlte. Schließlich hatte sie den Auftrag bekommen und wollte keinen Ärger.

«Es ist spät geworden, ich fahre dich schnell nach Hause. Wenn du Lust hast, können wir irgendwo was zusammen essen», sagte er, während sie nebeneinander die Treppe hochstiegen.

Linas Herz raste los. Er wollte sie abschleppen? Er wollte sie in der Waagerechten? Wie Judith und die Auszubildende und zahlreiche andere? Mal eben eine Nacht? Ausprobieren, ob die langweilige Buchhaltungstussi wenigstens beim Sex was zu bieten hatte? NIEMALS!

«Danke. Nicht nötig.» Sie hob entschlossen abwehrend die Arme. «Äh ... ist nett, aber ich ... ähm ... bin hier in der Nähe verabredet.»

Sie erreichten die Eingangstür, und er zuckte mit den Schultern. «Dann nicht. Schönen Abend noch, Lina.» Er winkte kurz und sie wendete sich zum Fahrstuhl, um auf den Knopf zu drücken.

«Ich werd's rauskriegen», hörte sie ihn sagen und drehte sich um. Er stand an der geöffneten Tür, legte den Kopf schief und schmunzelte. «Musik? Theater? Slam? Du benutzt einen Künstlernamen, stimmt's? Vielleicht schreibst du auch Bücher unter Pseudonym. Ich liebe Rätsel um interessante Frauen. Tschau, Lina!»

Er verschwand, bevor die Tür zugeklappt war.

Während Lina im Fahrstuhl nach oben fuhr, ihren Arbeitsplatz aufräumte und sich den Mantel anzog, gingen ihr seine Worte nicht mehr aus dem Kopf. Er hatte sie als *interessante Frau* bezeichnet. Sein *nicht langweilig* war vielleicht doch nicht nur daher gesagt gewesen. Ein Grinsen ließ sich nicht unterdrücken. Er hielt sie für eine *interessante Frau,* sie, Lina Hansen, die Finanzbuchhalterin. Würde er wirklich versuchen, herauszufinden, ob sie eine Künstlerin war? Quatsch. Bestimmt nicht. Das hat er nur gesagt, um sie aufzuziehen, weil sie sich wie eine launische Zicke aufgeführt hatte.

Ja, so musste es sein, er hatte das Alles nur gesagt, um sie aufzuziehen. Er konnte sie nicht interessant finden, er war schließlich Alexander Morton, dem die attraktivsten Frauen hinterherliefen.

Hoffentlich würde er den Kollegen nichts von ihrer Zwangslage im Archiv und ihren patzigen Antworten erzählen, sodass alle über sie lachen würden.

Kapitel 4

«Kommst du mit in die Kantine?» Hans stand von seinem Schreibtischstuhl auf, reckte sich und Linas Blick fiel auf seinen leicht gerundeten Bauch, auf dem ein Hemdknopf nicht im dafür vorgesehenen Loch steckte.
«Nur, wenn du dich ordentlich anziehst.»
Er sah an sich herab? «Was?»
«Dein Bauch.»
«Oh.» Er behob den Fehler und stopfte das Hemd an allen Seiten in den Hosenbund. «Besser?»
«Perfekt.»
Sie stand auf, griff nach ihrem Handy und dem Portemonnaie und zog sich den Blazer an, den sie über die Stuhllehne gehängt hatte. «Was gibts denn heute?»
«Kohlroulade, Spagetti und irgendwas Vegetarisches.»
Sie seufzte. «Dann werden es bei mir mal wieder die Nudeln. Kohlroulade mochte ich noch nie und Veggie ist nicht so mein Fall.»
Sie verließen ihr Büro und schlenderten den Flur entlang.
«Der vegetarische Auflauf letzte Woche war sehr lecker», sagte Hans und drückte auf den Fahrstuhlknopf. Er musterte sie mir leicht schräg geneigtem Kopf. «Du siehst heute irgendwie anders aus.»

Augenblicklich spürte Lina, dass Hitze in ihre Wangen stieg. Sie hatte tatsächlich am Morgen gefühlte Stunden vor dem geöffneten Kleiderschrank gestanden und sich schließlich für einen Bleistiftrock entschieden, den sie noch nie ins Büro angezogen hatte. Sie hatte das Teil gekauft, als sie mal die Idee gehabt hatte, sich während der Arbeit eleganter anzuziehen, doch dann hatte sie sich nicht getraut, den Rock tatsächlich zu tragen. Schließlich war sie nicht die Schlankste und das Ding saß so eng, dass es schrecklich unbequem war. Heute hatte sie den Rock trotzdem angezogen, den Haarknoten besonders sorgfältig geformt und sich ein klitzekleines Bisschen aufwendiger geschminkt als sonst.

Es war ja möglich, dass sie sich sahen. Falls ihr Alexander Morton irgendwann im Laufe des Tages begegnen sollte, wollte sie attraktiv aussehen.

Es war blöd. Natürlich war es blöd. Nur weil sie gezwungenermaßen am Vortag, eingesperrt im Keller, einige Worte miteinander gewechselt hatten, würde sich nichts ändern. Auch in Zukunft würde er ihr lediglich freundlich zunicken, sollten sie sich im Gebäude begegnen.

Und trotzdem ... es könnte ja doch sein ... er hatte sie schließlich interessant gefunden ... hatte er jedenfalls gesagt, wenn auch vermutlich ohne wirklich darüber nachzudenken, was er damit meinte. *Interessant* konnte vieles bedeuten. Man konnte etwas Tolles interessant finden, aber auch etwas Ekliges, wie eine hässliche, insektenfressende, behaarte Spinne in einem Terrarium.

Nervös zupfte sie an dem Stoff über ihren Oberschenkeln.
«Der Rock ist neu.»
Hans lächelte. «Schick.»
«Ja?»
Die Fahrstuhltür öffnete sich und sie traten ein. Hans drückte auf den obersten Knopf und nickte. «Ja. Steht dir gut.»
«Danke.»
Die Kantine war groß und verfügte über ein riesiges Panoramafenster entlang einer langen Seite des Raumes, durch das man einen herrlichen Blick über die Stadt hatte. Dadurch, und durch viele Dachfenster, war sie angenehm hell. Zwischen den Tisch- und Stuhlreihen im altmodisch eleganten Gartenmöbel-Stil standen hohe Pflanzen in großen Kübeln. Diese Zusammenstellung vermittelte den Eindruck, in einem riesigen Wintergarten zu sitzen, was in den Pausen ein angenehmes Feeling von Urlaub und Freizeit suggerierte.
Lina mochte dieses Ambiente. Doch sie ging nur hierher, wenn Hans mitkam. Es gab keine kleinen Tische und Lina setzte sich nicht gerne zu einer Kollegengruppe. Sie war sich nie ganz sicher, ob man sie in dem jeweiligen Kreis dabei haben wollte. Und allein an einem der langen Tische zu sitzen, wirkte erst recht seltsam.
An diesem Tag war etwa die Hälfte der Plätze besetzt.
Sie steuerten den Ausgabebereich auf der linken Seite an, ließen sich ihre Mahlzeiten auf Tabletts stellen und setzten sich nebeneinander an den nächsten freien Tisch.
Hans hatte sich das vegetarische Menü bestellt. Er nickte

Lina zu. «Guten Appetit.»

«Gleichfalls.» Sie nippte an ihrem Orangensaft und begann, mit Löffel und Gabel ein paar Mal die langen Spagettifäden anzuheben, um die Bolognesesauce zu verteilen, dann wickelte sie die ersten Nudeln auf.

Prompt spritzten klitzekleine Saucentropfen zu allen Seiten, als sie das gerollte Nudelpaket in den Mund schob und die heraushängenden Enden schlürfend einsaugte.

Sie kaute und schluckte, sah dabei kritisch auf ihre Bluse hinab und schüttelte den Kopf. «Wer hatte bloß die Idee, so ein unpraktisches Lebensmittel zu erfinden?»

«Meine Schwester schneidet ihren Kindern die Spagetti in zentimeterkleine Teile, damit sie sie mit dem Löffel essen können.»

Sie schnaubte. «Soll ich das jetzt auch so machen?»

Hans grinste. «Wenn dir das Essen dann leichter fällt.»

Seufzend schüttelte sie den Kopf, während sie die nächsten Nudeln auf die Gabel wickelte. «Kinder haben es gut, die müssen nicht darüber nachdenken, wie andere Leute über das urteilen, was sie tun.»

«Das müssen Erwachsene auch nicht», sagte Hans und betonte dabei das Wort *Müssen*.

«Aber sie tun es. Vermutlich beginnt man damit, wenn man alt genug ist, um den Begriff Blamage zu verstehen. Wer hat den eigentlich erfunden? Herr Knigge?»

Hans kaute und schluckte seinen Bissen hinunter. «Es ist bestimmt ein Produkt des Kapitalismus. Irgendwelche reichen Leute haben sich die modernen Essensmanieren ausgedacht, um sich vom gemeinen Proletenvolk abgrenzen zu können.»

Lina kicherte. «Ich wusste, dass du ein verkappter Revolutionär bist.» Sie hob die Faust. «Nieder mit unseren Speisesaalmanieren! Geschnittene Spagetti für alle!»

Hans schob zum dritten Mal ein paar grüne Erbsen auf seine Gabel, die immer wieder herunter kullerten. «Ich habe mal gelesen, dass es bei den alten Römern zu den guten Manieren gehörte, durch Furzen und Rülpsen während des Essens zu demonstrieren, wie gut es ihnen schmeckt.» Schnell schob er sich die Gabel mit den Erbsen in den Mund. Sie hob die Augenbrauen. «Wehe, du rülpst jetzt.»

«Ich habe nicht vor, dir den Appetit zu verderben. Aber meinetwegen kannst du gern die Nudeln zerschneiden. Mich stört es ganz sicher nicht und ich sag es niemandem weiter, dass du sowas Unanständiges tust.»

Ehe sie antworten konnten, wurde Lina durch helles Lachen abgelenkt, das zu ihnen herüberschallte. Ihr Blick zuckte zur Tür und ihr Herz machte einen kleinen Luftsprung. Alexander Morton kam herein. Er grinste, nickte und sagte irgendwas zu den beiden jungen Frauen neben ihm. Eine von denen hatte gelacht und tat es jetzt wieder. Es war die an seiner linken Seite, Judith, die ja schon mit ihm ausgegangen war. Die andere Frau war eine schwarzhaarige Schönheit aus der Vorstandsetage, die Lina noch nicht persönlich kennengelernt hatte. Sie arbeitete erst seit kurzem für die Morton GmbH.

Ein glühender Nagel bohrte sich fies brennend zwischen ihre

Rippen. Eifersucht.

Die drei schlenderten zur Essensausgabe. Lina senkte schnell den Kopf und beschäftigte sich wieder mit ihren Nudeln, während die Gruppe in einigem Abstand an ihrem Tisch vorbei ging.

«Ähm ... sag mal, hast du schon Urlaubspläne?», fragte sie und Hans nickte eifrig. «Ich miete mir in diesem Sommer gemeinsam mit einem Freund ein Wohnmobil und wenn mir diese Art Reisen gefällt, kaufe ich eventuell eins.»

«Wow. Die Dinger sind doch ziemlich teuer, oder?»

Hans nickte. «Man muss Glück haben, um ein Gebrauchtes zu finden.» Er begann, über Ausstattungen, Preise und verschiedene Modelle zu erzählen und Lina konzentrierte sich darauf, zuzuhören, anstatt ihrem Drang zu folgen, Alexander Morton hinterher zu starren.

«Hi!»

Die tiefe Stimme erreichte ihre Ohren, als sie gerade den Mund voller Spagetti hatte und etwas Tomatensoße in ihren Mundwinkeln hing.

Ihr Blick zuckte hoch. Alexander Morton und die beiden Kolleginnen standen auf der anderen Tischseite. Er lächelte.

«Ist bei Euch noch frei?»

Hans deutete auf die unbesetzten Stühle. «Klar. Setzt euch.»

Alex zog den ihr gegenüber zurück. «Hi, Lina!» Sie schluckte die Spagetti runter und tupfte sich schnell mit der Serviette den Mund ab. «Hi.»

Judith und die andere Schönheit setzten sich rechts und

links von Alexander. Sie hatten nur Salat auf ihren Tabletts. Natürlich. Frauen mit solchen Figuren konnten ja gar nichts anderes essen. Wahrscheinlich schüttelten sie jetzt innerlich den Kopf darüber, dass ausgerechnet Lina, die sowieso schon überzählige Kilos mit sich herumschleppte, auch noch Nudeln aß. Wie unvernünftig!

Alex aß Kohlroulade. Lina rümpfte gedanklich die Nase. Wie eklig. Sie hatte es als Kind schon gehasst, wenn sie von der Schule nach Hause gekommen war, und es Kohlrouladen zum Mittag gab. Ob er wirklich so einen seltsamen Geschmack hatte oder nur ausprobierte, was er vielleicht noch nicht kannte, weil er ja neu in Norddeutschland war. Ob er schon Labskaus probiert hatte? Die drei breiteten ihre Servietten aus und griffen zum Besteck.

Was wollten die an ihrem Tisch?

Hans und sie waren Mitglieder der Kategorie *Die-aus-der Buchhaltung*, sie gehörten in der Morton GmbH definitiv nicht zu dem Personenkreis, zu dem man sich gern gesellte, weil er so interessant war oder Aufstiegsmöglichkeiten versprach.

Alex lächelte ihr zu. «Ich hoffe, du hattest keine Alpträume von unserem Kellergefängnis.»

«Ähm ... nein. Aber du?»

Er zog die Augenbrauen hoch. «Nein, ich auch nicht. Warum sollte ich?»

«Warum sollte ich?»

Eine Sekunde stutzte er scheinbar irritiert, dann lachte er.

«Erwischt. Anscheinend bin ich dem Vorurteil erlegen, dass Frauen in solchen Situationen ängstlich sein müssen.»

«Kellergefängnis?», fragte Judith und führte elegant ihre Gabel mit einem Stück Tomate zum Mund.

«Wir haben uns gestern kurz vor Büroschluss im Archiv getroffen und wurden dann versehentlich vom Wachdienst da unten eingeschlossen», erzählte Alexander.

«Ihr habt im Keller übernachtet?» Die Schwarzhaarige riss die Augen auf.

«Nein. Die Putzkolonne kam und hat uns befreit. Wir saßen nur ein lockeres Stündchen da unten fest.»

«Was für ein Glück!»

Er zwinkerte Lina zu. «Wie man es nimmt, ich hätte gerne mehr Zeit gehabt, um dein Geheimnis zu ergründen.»

Lina verdrehte die Augen. «Blödsinn.»

Judith sah abwechselnd zu ihr und dem grinsenden Alexander. «Lina hat ein Geheimnis?», fragte sie Alex.

«Ich trenne bloß Beruf und Privatleben», blaffte Lina, bevor er antworten konnte, und bemerkte sofort, dass sie ruppiger und aggressiver klang, als es normal gewesen wäre.

Alexander hörte auf zu grinsen und nickte. «Entschuldigung. Ich wollte bloß witzig sein. Das ist manchmal nicht angebracht.»

Unangenehmes Schweigen breitete sich aus. Hans runzelte die Stirn, sagte aber nichts.

«Heute Abend ist im Knust Livemusik. Alex, hast du Lust, mitzukommen?», fragte Judith.

Er drehte ihr das Gesicht zu. «Knust? Was ist das?»

«Ein Club hier in Hamburg. Sie haben eine Indie-Band angekündigt. Wird bestimmt gut.»

Er zuckte mit den Schultern. «Warum nicht.»

«Fein. Holst du mich ab?»

«Das kann ich tun.» Er sah über den Tisch. «Was ist mit Euch, kommt ihr mit?»

Hans winkte ab. «Ich stehe nicht so auf laute Musik.»

Lina schüttelte den Kopf. «Nein. Äh ... ich hab schon was vor.»

«Schade.» Alexander lächelte sie an und sie spürte ein aufregendes Kribbeln auf der Haut.

Er neigte sich vor, als hätten Lina und er ein Geheimnis. «Verstehe, die Kunst. Trennung von Beruf und privat», raunte er und zwinkerte.

Was sollte das? Wieso zog er sie schon wieder auf? Weil er ihre Lüge durchschaut hatte? Konnte er das leidige Thema nicht vergessen? Arschloch. «JA.»

Seine Augen wurden schmal. «Sehr interessant.»

Er verarschte sie. Er machte sich über sie lustig. So ein gemeiner Mistkerl.

«Wie läuft denn die Steuerprüfung?», fragte die Schwarzhaarige. Alex lehnte sich wieder zurück und winkte ab. «Bis jetzt problemlos.»

«Und wie lange wird der Typ vom Finanzamt da sein?»

Er zuckte mit den Schultern. «Ich habe keine Ahnung.»

«Wieso gehst du heute Abend nicht mit?», fragte Hans, als

sie nach dem Essen im Fahrstuhl standen. «Sagtest du nicht mal, dass du gern häufiger live Musik hören würdest?»
Sie schüttelte den Kopf. «Ich habe keine Lust, den ganzen Abend zuzusehen, wie Judith den Junior um den kleinen Finger wickelt.» Der Fahrstuhl hielt, die Tür ging auf und Hans ließ ihr den Vortritt. Sie schlenderten in Richtung ihres Büros. «Ich glaube nicht, dass der sich so schnell in etwas verwickeln lässt», sagte er.
Sie winkte ab. «Er war schon öfter mit Judith aus. Bestimmt steht er auf sie und hat uns nur aus Höflichkeit gefragt, weil wir zufällig mit am Tisch saßen.»
Sie traten ein, schlossen die Tür und setzten sich an ihre Schreibtische.
«Er schien mir eher an dir interessiert.» Hans zwinkerte. «Er will deine Geheimnisse ergründen.»
Sie schnaubte. «So ein Quatsch.»
Hans grinste, doch sie begann, auf ihre Tastatur zu hämmern, anstatt darauf zu reagieren, und zum Glück fragte er nicht nach, warum der Juniorboss glaubte, sie würde etwas verbergen.
Lina versuchte, sich auf ihre Arbeit zu konzentrieren, doch das klappte nicht. Immer wieder erschien Alexanders Gesicht vor ihrem inneren Auge und sie erinnerte sich an das Gespräch während des Essens.
Hatte Hans recht? Fand Alex sie doch interessant? Hätte er sich tatsächlich gefreut, wenn sie zugesagt hätte, mit ins Konzert zu gehen?
Sie könnte ihre Absage rückgängig machen. Sie könnte

sagen, dass ihre Verabredung geplatzt wäre und sie doch Zeit hätte.

Aber dann würde er vermutlich im Beisein von Judith über ihre blöde imaginäre Künstler-Karriere spekulieren und schließlich käme heraus, dass sie gar keine vorzuweisen hatte. Wie peinlich wäre das denn?

Verfluchter Mist, warum hatte sie so einen Blödsinn erzählt? Wieso war ihr überhaupt ein dermaßen bescheuerter Quatsch in den Kopf gekommen?

Aus der Nummer kam sie nicht wieder heraus. Vielleicht, nur vielleicht, hatte Alexander Morton tatsächlich Interesse an ihr und weil sie einen unüberlegten Satz gesagt hatte, hatte sie nun keine Chance mehr, das herauszufinden.

Sie seufzte voller Selbstmitleid, doch dann traf sie die Erkenntnis wie ein Blitz. Fuck, er hatte natürlich Interesse an ihr, WEIL sie diesen Satz gesagt hatte! Vermutlich dachte er: *Die langweilige Tussi aus der Buchführung behauptet, eine Künstlerin zu sein. Ich will unbedingt wissen, was die nach Feierabend treibt.*

Natürlich, genau das war es. Deswegen, nur deswegen, hatte er sich an ihrem Tisch gesetzt und nur deswegen hatte er gefragt, ob sie am Abend mitkommen wollte.

«Was ist?», fragte Hans. «Gehts dir nicht gut? War das Essen nicht in Ordnung?»

Ihr Blick zuckte hoch. «Wie kommst du darauf?»

«Du hast eben geseufzt und jetzt gestöhnt, als hättest du Magenschmerzen.»

«Nein. Alles in Ordnung. Ähm ...», sie deutete auf ihren

Monitor, «hab nur grad einen blöden Fehler in dieser Datei entdeckt.»

Stunden später, endlich zuhause, schälte sich Lina aus dem unbequemen Rock und schlüpfte erleichtert in eine ausgeleierte Jogginghose. Sie holte sich eine Flasche Saft aus dem Kühlschrank, ein Glas aus der Vitrine im Wohnzimmer, und ließ sich auf die Couch fallen.
Sofort waren ihre Gedanken wieder bei Alexander Morton und ihrem Dilemma.
Den ganzen Rest des Tages hatte sie die Erkenntnis nicht mehr losgelassen. Sie war nicht interessant genug für einen Mann wie Alexander Morton, doch würde sie in ihrer Freizeit etwas besonders tun, wäre sie interessant.
Leider tat sie nichts Besonderes. Sie lag faul auf der Couch oder im Bett und las Liebesromane im Akkord. Sie träumte sich in die Scheinwelten der Protagonisten, anstatt selbst ein ausgefülltes Leben zu führen.
Ob Judith interessanter für einen Mann wie Alex war?
Was machte sie wohl nach Feierabend, wenn sie mal nicht verabredet war? Vielleicht spielte sie Klavier. Das Instrument stand vermutlich in ihrem Schlafzimmer und sie klimperte Alexander ein romantisches Liedchen vor, wenn er sie besuchte. Auch eine Methode, einen Mann ins Bett zu locken.
Wieso hatte sie bloß Künstlerin gesagt? Hätte sie nicht Sportlerin sagen können? Nein, ihre Figur passte definitiv nicht zu der einer Sportlerin.

Was, wenn Alexander keine Ruhe gab und sie bei jeder Gelegenheit wieder nach ihren künstlerischen Aktivitäten fragen würde? Gab es irgendetwas, was man schnell lernen konnte?

Kunst ... Was war Kunst? Irgendwas Kreatives. Malen? Dichten? Romane veröffentlichen?

Im Schreiben war sie nicht gut. Keiner ihrer Schulaufsätze war jemals von einem Lehrer besonders gelobt worden, aber im Kunstunterricht hatte sie immer ganz ordentliche Noten bekommen. Sie könnte sich Zeichenmaterial besorgen und Bilder malen. Wäre das Kunst? Moderne Kunst sah ja manchmal seltsam aus ...

Ein Liebesroman, den sie kürzlich gelesen hatte, fiel ihr ein. Die Protagonistin war eine talentierte Malerin gewesen. Sie hatte heimlich den neuen Nachbarn, der sie faszinierte, gezeichnet. Er entdeckte das Bild zufällig in einer Galerie und zweihundert Seiten später hatten sie geheiratet.

Lina lehnte sich zurück und ließ ihrer Fantasie freien Lauf. Sie könnte sich ein Skizzenbuch besorgen und es immer dabei haben. Sie könnte es mal auf dem Tisch in der Kantine vergessen, Alexander könnte hineinsehen, darin blätterte und ihr Talent bewundern. Vielleicht, mit etwas Übung ...

Sie griff zu dem Notizblock mit Kugelschreiber, der auf dem Tisch lag und begann, aus dem Gedächtnis sein Gesicht zu skizzieren.

Sie riss das Blatt ab und zerknüllte es. Nein. Malen war nicht ihre Stärke.

Wie gut musste man sein, um ein Hobby als Kunst zu bezeichnen?

Als Kind hatte sie sich gerne verkleidet. Sie erinnerte sich, dass sie mal in einem von Mutters Röcken, der ihr damals bis zu den Knöcheln reichte, und einer schmalen Blumenvase als imaginärem Mikrofon in der Hand, bei einer Familienfeier eine Sängerin gemimt und donnernden Applaus eingeheimst hatte.

Sie lehnte sich zurück und begann zu träumen:

Sie war eine wahnsinnig tolle Schauspielerin und engagierte sich an einem modernen alternativen Theater mit anderen jungen Leuten in experimentellen Stücken. Zufällig besuchte Alexander mit Judith eine Aufführung, während der Lina Hansen, die Finanzbuchhalterin, die ihre wahre Passion unter einem Pseudonym auslebte, auf der Bühne stand. Das Publikum jubelte ihr zu und Alexander lächelte ...

Unwillig schüttelte sie den Kopf. So ein Quatsch. Oder?

Sie stand auf, holte ihren Laptop und schaltete ihn ein.

Eine Stunde lang gab sie Suchbegriffe ein: Laienschauspieler, Schauspielausbildung, Stimmausbildung ... Nein, von all dem kam nichts für sie in Frage. Sie würde sich bloß blamieren. Doch plötzlich fiel ihr Blick auf ein Wort, das ihr Herz schneller schlagen ließ: Clownschule.

Sie rutschte in ihrem Sessel nach vorne, beugte sich vor und klickte den Link an. Bunte Bilder von Menschen jeden Alters und jeden Geschlechts mit roten Clownsnasen im Gesicht füllten die Website. Sie sah lachende und mürrische Typen, zerstrubbelte Haare, unmögliche Klamotten und wilde Grimassen.

In jedem Menschen steckt ein Clown, las sie, und in ihrem Bauch begann es zu kribbeln. Clown! Das war es. Ein Clown musste nichts können, brauchte nicht hübsch sein, war tollpatschig und naiv. Das musste sie nicht üben. Das bekam sie ganz leicht hin.

Eine berufsbegleitende Ausbildung für Schauspieler und interessierte Laien, las sie, also auch für sie.

Aufgeregt holte sie sich ein frisches Glas Saft aus der Küche und setzte sich damit wieder vor den Laptop.

Je länger sie auf den Seiten der Clownschule stöberte, desto aufgeregter wurde sie und desto größer wurde die Lust, es auszuprobieren. Sie entdeckte im Menü den Termin für den nächsten Einstiegskurs, und der war schon in zwei Wochen!

Ohne länger darüber nachzudenken, füllte sie das Anmelde-Formular aus und drückte auf den Senden-Button.

Kichernd tanzte sie durch ihre Wohnung. Sie würde ein Clown werden. Wow!

Bereits am nächsten Tag kam die Bestätigungsmail für die Anmeldung in der Clownschule.

Während Lina am Vormittag in die kleine Kaffeeküche ihrer Etage ging, um sich einen Tee zu holen, piepte ihr Handy. Sie checkte es und entdeckte die Mail.

Sofort kribbelte es wieder in ihrem Magen, fast so, wie es auch kribbelt, wenn man sich frisch verliebt oder Lampenfieber hat.

Sie füllte den Wasserkocher und schaltete ihn ein. Dann lehnte sie sich an den Küchenschrank und las die Mail gleich zweimal.

Die schwarzen Buchstaben wurden zu Verheißungen. Es fühlte sich an, als ob ein neues Zeitalter beginnen würde. Sie schwebte in einer aufregenden Aufbruchsstimmung, ähnlich der, die sie empfunden hatte, als die Schulzeit zu Ende gewesen war, oder einige Jahre später, als man ihr nach der Berufsausbildung, während einer Feierstunde in der Handelskammer, ihr Zeugnis überreicht hatte.

Das war beides lange her.

An Aufbruch und Weiterentwicklung hatte sie seit Jahren nicht mehr gedacht, während sie in der alltäglichen Routine der Finanzbuchhaltung versunken war. Das einzige, wonach sie sich in den letzten Jahren gesehnt hatte, war die Begegnung mit einem Traummann gewesen. So einem, wie die Männer in den Romanen. Und über diese unerfüllten Sehnsüchte hatte sie vergessen, wie es sich anfühlte, Zukunftspläne zu schmieden und spannende Sachen zu wagen. Doch jetzt, jetzt war es wieder da, dieses Gefühl, zu leben, zu erleben, etwas aus dem Leben zu machen, sich zu entfalten, Neuland zu betreten und Abenteuer zu bestehen.

Warum war sie nicht viel eher darauf gekommen, Neues zu probieren, anstatt im alltäglichen Trott zu versinken?

Sie würde Clown werden. Sie würde auf einer Bühne

stehen. Sie würde neue, interessante Menschen kennenlernen, für die sie nicht nur die langweilige Lina aus der Buchhaltung war.

Das Wasser kochte. Sie holte einen Becher aus dem Schrank, hängte einen Teebeutel hinein und kippte Wasser drüber. Dann schlenderte sie mit dem Getränk in der Hand und einem breiten Grinsen im Gesicht zurück in ihr Büro.

Die Teilnehmer sollten bequeme Sachen zum Anziehen und Gymnastikschuhe oder Bühnenschuhe mitbringen, wenn sie nicht barfuß laufen wollten, stand in der Mail. Straßenschuhe waren, wie in einer Turnhalle, auf dem Holzboden der Bühne verboten.

Die Clownschule hatte ihren Sitz in St. Pauli. Lina hatte noch am Abend in der Navi-App die Straße gesucht. Sie lag zwischen Reeperbahn und Hafenstraße. Das war nicht unbedingt das gepflegteste Viertel von Hamburg.

Vor ihrem inneren Auge öffnete sie den Kleiderschrank und sah hinein. Sie könnte die enge lila Jogginghose anziehen, die sie sich gekauft hatte, als sie die dämliche Idee mit dem Laufen um die Alster gehabt hatte. Der Gedanke gefiel ihr nicht. Diese Hose passte nicht wirklich zu einem Clown und Linas Fettpölsterchen würden eher betont, als kaschiert. Aber in der ausgeleierten, grauen Hose, die sie anzog, wenn sie es sich zuhause gemütlich machte, wollte sie auch nicht vor fremden Leuten erscheinen. Sie würde etwas Neues kaufen. Sie könnte in der Mittagspause auf eine Mahlzeit in der Kantine verzichten, und stattdessen die zwei Stationen mit der U-Bahn fahren, um in das große Sportgeschäft am

Gänsemarkt zu gehen. Dort würde sie die Gymnastikschuhe bekommen und sicher auch etwas Passendes zum Anziehen finden.

Leise eine Melodie summend, arbeitete sie weiter. Hans hatte sich den Tag frei genommen, so saß sie allein im Büro und konnte ihre beste Laune ungehemmt ausleben, ohne jemanden zu stören.

Ob sie sich schon am ersten Wochenende eine rote Nase aufsetzen würden?

Wie viele Leute wohl an dem Kurs teilnahmen? Würde sie mit dem Trainer oder der Trainerin klarkommen? Würde sie sich wohlfühlen? Vielleicht waren die anderen Teilnehmer routinierte Theaterschauspieler und sie die einzige, die noch nie auf einer Bühne gestanden hatte. Sie würde sich blamieren. Bei dem Gedanken brach ihr der Schweiß aus.

Nein! Entschlossen schob sie die Befürchtung beiseite. Im Kursangebot waren ausdrücklich auch Laien angesprochen worden. Es war keine Schauspielausbildung und nicht die Ausbildung eines Akrobaten, sondern die des Clowns. Clowns waren tollpatschig und dumm. Das schaffte sie. Und falls doch nicht, war es egal, denn in der Clownschule kannte sie niemand. Selbst wenn sie sich total blamieren sollte, würde es kein Mensch aus ihrem Bekanntenkreis je erfahren.

Als es Zeit für die Mittagspause war, machte sie sich auf den Weg. Mehr schwebend als gehend, verließ sie die Firma und bewegte sich auf die U-Bahnstation zu, die sich in Sichtweite auf der gleichen Straßenseite befand. Um die Mittagszeit war es hier immer voll. Als sie die Treppe hinab lief, musste sie mehreren anderen hoch und runter eilenden Fahrgästen ausweichen, trotzdem fiel ihr ein Mann auf, der am Ende des Gleises stand und auf die Bahn wartete. War das ...? Sie runzelte die Stirn. Tatsächlich, es war Alexander Morton. Er trug einen dunkelgrauen Mantel, der offen war, so dass man seinen Business-Anzug mit dem weißen Hemd und der Krawatte erkennen konnte. Er sah auf das Display seines Smartphones und beachtete seine Umgebung nicht. Wenn er aufsehen würde, könnte er sie entdecken. Lina stellte sich hinter einen der dicken Pfeiler. Er durfte sie nicht sehen, nachher hielt er sie noch für eine Stalkerin, die ihn verfolgte.

Während ihr der Gedanke durch den Kopf ging, schimpfte sie sich bereits eine Idiotin. Was für bescheuerte Befürchtungen! Warum sollte er sie für eine Stalkerin halten? Er wusste doch nicht, dass sie ihn heimlich anschmachtete und es war total normal, dass Angestellte der Morton GmbH diese U-Bahnstation benutzten, schließlich waren es nur hundert Meter bis zum Firmengebäude.

Sie blieb trotzdem hinter dem Pfeiler stehen. Wenn er sie entdeckte und mit ihr plaudern wollte, würde ihr Gehirn mal wieder aufhören, Sätze zu formen, und es gab nichts Unangenehmeres, als einen leeren Verstand, wenn man höflichen Smalltalk halten wollte.

Lina beneidete Leute, die immer einen Gesprächsstoff parat hatten, egal, wem sie gegenüberstanden. Ihre Mutter hatte mal einen Schlagersänger zufällig in einem Parkhaus erkannt und auf die Farbe seines Hemdes während seines letzten Fernsehauftritts angesprochen. Einfach so. Lina hatte daneben gestanden und wäre vor Scham am liebsten im Erdboden versunken.

Würde sie jetzt mit Alexander plaudern, würde er sie bestimmt wieder auf ihr vermeintliches Geheimnis ansprechen und sie damit in Verlegenheit bringen.

Aber bald nicht mehr! HA! Bald war sie Clownin und stand in ihrer Freizeit auf einer Bühne. Dann konnte sie ihm guten Gewissens in die Augen sehen, wenn sie ihm sagte, dass ihn ihr Privatleben nichts anginge.

Natürlich waren ihre Gedankengänge totaler unreifer Mist, sie benahm sich wie ein dreizehnjähriges pubertierendes Mädchen, das einen Rockstar anhimmelte. Zum Glück standen ihre Gedanken nicht als Sprechblasen über ihrem Kopf.

Die Bahn kam, er stieg vorne ein und sie mehrere Wagen weiter hinten. Erleichtert ließ sie sich auf einen Sitz plumpsen. Doch als sie nach zwei Stationen ausstieg und sich Richtung Treppe wandte, erblickte sie ihn wieder vor sich. So ein Mist! Alexander war auch am Gänsemarkt ausgestiegen. Wenn er sie jetzt entdeckte, könnte er tatsächlich glauben, sie stalkte ihn.

Sie folgte ihm in einigem Abstand. Zum Glück betrat er die große Filiale der Stadtbäckerei an der Ecke. Erleichtert lief sie weiter und in das Sportgeschäft hinein.

Die Verkäuferin, die sie ansprach, strahlte, als Lina erzählte, dass sie zur Clownschule gehen wollte und nach geeigneter

Sport-Kleidung dafür suchte. Normalerweise benahmen sich die Verkäufer in den Geschäften ihr gegenüber immer eher gleichgültig, aber normalerweise war Lina auch nicht so begeistert, wenn sie einkaufen ging. Anscheinend übertrug sich ihre gute Stimmung auf ihre Umwelt.
Die Erkenntnis entlockte ihr ein noch breiteres Lächeln.
Sie erstand einen schlichten schwarzen Wellness-Anzug mit einer weiten, superbequemen Pumphose und ebenfalls schwarzen Gymnastikschuhen. Perfekt. Neutral und unauffällig, damit konnte sie nichts falsch machen.
Als sie das Sportgeschäft verließ und sich Richtung U-Bahn Station wandte, stockte sie nach wenigen Schritten. Auf der runden Umrandung des Lessing-Denkmals saßen zwei Männer. Der eine war ein Obdachloser. Lina erkannte den hageren, langhaarigen Typen mit Vollbart, sie hatte ihn hier bereits öfter gesehen. Er schob immer einen an einer Seite verbogenen Einkaufswagen vor sich her, in dem vollgestopfte Plastiktüten, leere Pfandflaschen und ein Wust von zerknüllten Decken lagen, wenn er den Platz umrundete und die Müllbehälter nach Verwertbarem durchsuchte.
Der Einkaufsrolli stand auch jetzt neben ihm, aber auf der anderen Seite saß jemand, von dem Lina niemals erwartet hätte, dass er sich zu einem Stadtstreicher setzen würde, es war Alexander Morton.
Der Kontrast zwischen den Männern konnte nicht auffälliger sein, auf der einen Seite ein total verdreckter Typ mit strähnigen Haaren in schäbigen Klamotten und daneben der gepflegte, attraktive Mann im Businessanzug und grauem

Wollmantel.

Was wohl sein Vater davon halten würde, den Erben der Morton GmbH, öffentlich in dieser Gesellschaft zu sehen?

Beide Männer hielten Kaffeebecher in den Händen und bissen von belegten Brötchenhälften ab, die sie von einem gut gefüllten Pappteller nahmen, der zwischen ihnen auf der Steinplatte stand. Sie unterhielten sich und achteten nicht auf die Umgebung.

Irritiert beobachtete Lina die Szene. Was hatte ein Typ wie Alexander mit einem Menschen wie diesem zu tun?

Sie beschloss, ihre Entdeckung zu ignorieren. Das ging sie schließlich nichts an. Entschlossen sah sie nach vorn und marschierte eilig weiter.

«Hey! Lina!», hörte sie hinter sich die wohlbekannte tiefe Männerstimme, als sie gerade die Treppe zur U-Bahnstation hinabsteigen wollte.

Sie stockte. Ihr Kopf zuckte herum. Alexander winkte und sie blieb stehen. Er holte sie ein. «Hi.»

«Hi.»

Sie gingen nebeneinander weiter.

Er hielt seinen Kaffeebecher in der Hand, trank einen Schluck und deutete auf ihre Einkaufstüte. «Einkaufsbummel gemacht?»

Sie runzelte die Stirn. «Ich brauchte ... äh ... nur neue Trainingsklamotten.»

«Was für einen Sport machst du?»

«Kein Sport.»

«Das Privatleben. Verstehe.» Er lachte. «Mist. Ich dachte,

ich könnte dir eine unüberlegte Aussage entlocken, aber du bist zu aufmerksam.»

Lina schüttelte den Kopf und stöhnte. «O Mann!»

«Männer können es absolut nicht vertragen, wenn Frauen Geheimnisse haben.»

«Sonst heißt es doch immer, Frauen sind so furchtbar neugierig.»

«Tja, vielleicht behaupten wir Männer das nur, um von unserer eigenen Neugier abzulenken.»

Zum Glück rauschte die Bahn heran, sodass Lina nicht sofort antworten musste. Ihr fiel nämlich schon wieder nichts mehr ein. Gott, wie sie Menschen beneidete, die schlagfertig waren und immer einen lockeren Spruch auf Lager hatten.

Alex warf den Kaffeebecher in einen Papierkorb, sie stiegen ein und setzten sich auf eine freie Bank.

Ihre Oberarme berührten sich. Durch die dicken Klamotten war das nur zu ahnen, als wirklich zu spüren, trotzdem brachte es Lina durcheinander. Sein angenehmer Duft nach Mann und diesem herrlichen Rasierwasser zog ihr in die Nase. Unwillkürlich musste sie an den Obdachlosen denken. Der Mann stank bestimmt ganz widerlich. Hatte Alexander das nicht gestört?

«Weißt du, ob mit der Prüfung alles gut läuft?», fragte sie schnell, weil sich das Schweigen so unangenehm anfühlte.

Er runzelte die Stirn. «Welche Prüfung?»

«Die Steuerprüfung.»

«Ach so, die.» Er zuckte mit den Schultern. «Ich denke schon. Warum?»

«Die Finanzbuchhaltung der Firma ist mein Job.»
Er lehnte sich zurück. «Seit wann machst du das?»
«Seit der Ausbildung.»
«Hast du die auch schon in der Firma meines Vaters absolviert?»
«Nein, in einem Versandhandel. Der ging pleite, weil die Manager zu träge waren, um auf den Onlinehandel umzusteigen, deswegen konnte ich dort nicht übernommen werden und wechselte zu eurer Firma.»
«Zur Firma meines Vaters.»
Sie sah ihn an und er zuckte lächelnd mit den Schultern. «Mir gefällt der Gedanke noch nicht, den Rest meines Lebens hier zu verbringen.»
«Du willst lieber etwas anderes machen?»
Er nickte, beugte sich näher zu ihr hinüber und zwinkerte. «Sag das bloß nicht den Frauen im Büro, sonst beachten die mich nachher nicht mehr, das würde meinem Selbstbewusstsein einen gehörigen Dämpfer verpassen.»
Lina gluckste. «Ich bin auch eine Frau aus dem Büro.»
«Dir kann ich sowas trotzdem erzählen, du hast ja sowieso kein Interesse am reichen Erben.»
Ihre Blicke begegneten sich nur für eine Zehntelsekunde, während er das sagte, doch prompt spürte Lina, wie ihre Wangen heiß wurden.
Zum Glück schien er nicht zu sehen, dass sie rot anlief, denn er seufzte theatralisch ergreifend. «Obwohl ich das wirklich absolut nicht begreifen kann, ich bin schließlich ein umwerfend toller Typ.»

Sie runzelte die Stirn und drehte ihm das Gesicht zu. Er lachte und stieß sie sachte mit dem Ellenbogen an. «Es macht Spaß, dich zu irritieren.»

Seine blauen Augen glitzerten wie ein Ozean bei Sonnenschein. Linas Herz hämmerte mit der Gewalt von Gewitterdonnern in ihrem Brustkorb und ihr Verstand war mal wieder wie leer gefegt. Sie schüttelte den Kopf und er lachte.

«Wir müssen raus.» Er stupste sie erneut so sanft mit dem Ellenbogen an und Lina wollte sitzenbleiben, nur damit er das ein drittes Mal tun würde. Erschrocken sprang sie auf und er folgte ihr.

Als sie das Büro erreichten und gemeinsam in das Foyer traten, stand die neue Schwarzhaarige, die mit ihnen am Tisch in der Kantine gesessen hatte, vor dem Fahrstuhl. Ihre sorgfältig gezupften Augenbrauen zuckten hoch, als sie Alexander sah, und sie strahlte ihn an. «Hi, Alex. Da bist du ja.»

«Hast du mich gesucht?»

«Dein Vater hat nach dir gefragt. Er war mit dem Anwalt essen und wollte dich dabei haben.»

Alex winkte ab. «Hätte er früher sagen müssen.»

Ihr Blick zuckte zwischen Lina und Alexander hin und her, während sie vor der Fahrstuhltür warteten.

Lina wusste immer noch nicht, wie diese Frau hieß und was ihr Job war. Die Neue hielt es anscheinend nicht für wichtig, sich allen Mitarbeitern der Firma vorzustellen. Jetzt fragte sie sich bestimmt, was der Juniorchef mit der langweiligen

Finanzbuchhaltungssklavin zutun hatte und ein klitzekleines bisschen frohlockte sie tief in ihrem Herzen.

Das leise Ping erklang. Die Tür ging auf, und zu dritt fuhren sie schweigend nach oben.

«Tschüss», murmelte Lina, als sie in ihrem Stockwerk den Fahrstuhl verließ und warf einen schnellen Blick zurück.

«Tschau, Lina!» Alexander nickte ihr zu, dann war die Tür schon wieder zu und sie stand allein im Flur ihrer Etage.

Kapitel 5

Endlich! Freitag! Es war so weit.
Jede Sekunde des Tages hatte Lina innerlich bebend vor Lampenfieber und Spannung darauf gewartet, dass es neunzehn Uhr wurde. Die Ausbildung begann mit einem dreistündigen abendlichen Treffen. Samstag und Sonntag ging sie dann den ganzen Tag.
Sie fuhr mit der U-Bahn und lief anschließend zehn Minuten zu Fuß, bis sie vor der Clownschule in St. Pauli stand. Die Sporttasche mit ihren neuen Trainingsklamotten hing über ihrer Schulter. Nieselregen verklebte ihre Haare, weil der Wind ihr so oft die Kapuze vom Kopf geweht hatte, dass sie schließlich aufgegeben hatte, sie immer wieder hochzuziehen.
Das schlichte Gebäude lag in einer schmalen Seitenstraße zwischen Reeperbahn und Hafenstraße. Ursprünglich war es der Festsaal einer alten Gaststätte gewesen, die längst abgerissen worden war.
Die grauen Außenwände waren mit Graffiti und halb zerfetzten Plakaten bedeckt, die Fenster mit schwarzer Folie verklebt. Wenn sie das Klingelschild mit der Aufschrift Clownschule nicht entdeckt hätte, hätte Lina geglaubt, an der falschen Adresse gelandet zu sein.

Sie klingelte, ein elektrischer Öffner brummte und sie drückte die Tür auf. Mit lauter klopfendem Herzen trat sie ein und gelangte in einen Vorraum, der durch eine antiquarisch verzierte Flügeltür mit großen Glasscheiben vom Hauptraum getrennt war. Lina versuchte, zu erkennen, was sich im Raum dahinter befand, doch man konnte durch die Scheiben lediglich Licht schimmern sehen, weil an den Innenseiten altmodische weiße Häkelgardinen die Sicht versperrten. Lina hörte Stimmen und auf dem Boden im Vorraum standen mehrere Paare Straßenschuhe. Es waren also schon einige Teilnehmer da.

Sie zog ihre dicken Winterboots aus, holte die Gymnastikschuhe aus der Sporttasche und streifte sie über die Füße. Dann öffnete sie einen Flügel der Innentür und betrat den alten Tanzsaal.

Der Raum wurde von Neonlicht erhellt und es roch etwas muffig. Das Stimmengewirr schien sie zu umfangen. Ein paar Leute saßen auf Stühlen oder standen herum. Zwei sahen ihr entgegen.

Der Saal war rechteckig, verfügte über eine hohe Decke und wirkte trotzdem verhältnismäßig klein. Lina schätzte seine Grundfläche auf vierhundert, vielleicht sechshundert, Quadratmeter. Dicke Holzbalken als Deckenstützen und eine halbhohe Wandverkleidung waren schwarz gestrichen, der alte Tanzboden in der Mitte glänzte jedoch in neuwertigem, hellem Parkett. Eine schmale, auffallend glänzend Messingschiene grenzte die Fläche ab. Darum herum standen unaufgeräumt, zum Teil übereinandergestapelt, braune Tische und Stühle auf einem dunklen robusten Teppichboden. Die Möbel waren zerschrammt und erinnerten in ihrer Schlichtheit an einen altmodischen Landgasthof. Sie stammten bestimmt aus der abgerissenen Gaststätte.

An einer Seitentür hing ein metallenes Hinweisschild zu den Toiletten. Gegenüber, vor der Tanzfläche, befand sich eine kleine, etwa einen Meter hohe Bühne. Durch deckenhohe, schwarze Holzbegrenzungen an beiden Seiten wirkte sie wie ein überdimensionaler Bilderrahmen. Die Erinnerung an eine goldene Hochzeit in der Verwandtschaft stieg in Lina auf. Es war ein Dorffest in einem ähnlichen Saal gewesen. Auf der Bühne hatte die Kapelle gesessen, während davor auf der Tanzfläche sich die Paare im Walzertakt drehten und rundherum an den Tischen getrunken und gelacht wurde.

Beim Anblick der zugezogenen dunkelroten Samtvorhänge, die den Blick auf die Bühne versperrten, kribbelte es in Linas Magen. Hinter diesen Vorhängen verbargen sich *die Bretter, die die Welt bedeuten* und sie würde bald – vielleicht sogar schon an diesem Abend - da oben stehen. Ein flaues Gefühl löste das Magenkribbeln ab. Immer wenn sie aufgeregt war, versagte ihre Fähigkeit zu sprechen. Sie würde vermutlich die einzige Teilnehmerin des Kurses sein, die da oben und vor Zuschauern kein Wort herausbrachte. Sie würde sich blamieren. Alle würden den Kopf schütteln und sich fragen, warum sich jemand für eine derartige Ausbildung anmeldete, obwohl er sich auf der Bühne nicht wohlfühlte. Was für eine bescheuerte Idee war es gewesen, Clown werden zu wollen!

Schnell schob sie den Gedanken beiseite. Er war nicht nützlich.

Sie ging zögernd weiter in Richtung Raummitte.

An der Decke hingen Scheinwerfer, die jedoch ausgeschaltet waren. Eigentlich hätte der Raum so romantisch wirken können, wie ein altes Theater aus den neunzehnhundertzwanziger Jahren, doch das kalte Neonlicht der Deckenlampen verdarb diesen Eindruck.

Lina hatte die Tanzfläche fast erreicht, als sich ein Mann umdrehte, der am Rande an einem Tisch mit einer technischen Anlage, vermutlich für die Musik, stand. Er entdeckte sie und kam auf sie zu.

Er wirkte sehr schmal, fast zierlich, hatte eine Halbglatze und war wenige Zentimeter kleiner als Lina. Er trug ein locker sitzendes weißes T-Shirt und eine schwarze Trainingshose. Sein rundliches Gesicht zierte ein unaufdringliches, scheinbar konstant verschmitztes Schmunzeln. «Guten Abend.» Er hielt ihr die Hand hin.

Lina erkannte in dem Mann sofort den Inhaber der Clownschule. Sie hatte im Internet auf der Website der Schule viele Fotos von ihm gesehen. Er hieß mit bürgerlichem Namen Hubert Wandler und war als Clown *Pico Tanto* um die Welt gereist. Seitdem Lina sich für die Ausbildung angemeldet hatte, hatte sie immer wieder abends zuhause über die Zirkus-, Artisten- und Clownswelt im Internet recherchiert und einige Youtube - Videos geschaut. Sein Name wurde in einem Atemzug mit den ganz Großen, Charly Rivel, Grock oder Pic vom Zirkus Roncalli genannt.

Dieser Mann war ein echter, weltberühmter Zirkusstar.

Sie räusperte sich und schlug ein. «Guten Abend. Ich bin Lina Hansen.»

Er lächelte, deutete eine Verbeugung an und machte eine einladende Geste in den Raum hinein. «Herzlich willkommen in unserer Schule.»

In Linas Brustkorb wurde es angenehm warm. Der Mann benahm sich nicht, wie sie es von einem derartigen Star erwartet hätte. Sein Willkommensgruß fühlte sich nicht wie eine daher gesagte, förmliche Floskel an, sondern ehrlich, echt und liebenswert. Sie war sicher: Er meinte, was er sagte und augenblicklich spürte sie eine große Erleichterung. Ein Sack voller Felsbrocken schien von ihrem Rücken zu kullern. «Danke.»

«Schön, dass du heute dabei bist, Lina. Ich hoffe, es gefällt dir bei uns.»

«Das hoffe ich auch.»

Hinter ihr hörte sie die Tür leise quietschend erneut auf- und zugehen. Hubert drehte dem Geräusch das Gesicht zu und sah dann wieder zu Lina. «Fühl dich wie zuhause. Wir sind hier ganz unkompliziert. Am besten suchst du dir eine freie Ecke, wo du deine Sachen lassen und dich umziehen kannst.»

Sie nickte. «Das mache ich.»

Ihr Lehrer trat an ihr vorbei, um die nächsten Ankömmlinge zu begrüßen. Dabei drückte seine Hand für einen kurzen Moment ihre Schulter. Es war nur eine klitzekleine Geste und doch kribbelte sie stark und wichtig durch Linas Körper. Sie fühlte sich in einer neuen Welt ehrlich und von Herzen willkommen.

Einige der anderen Kursteilnehmer murmelten ein *Hallo,* nickten ihr zu oder lächelten. Sie grüßte zurück und suchte sich ihren Platz.

Gab es keinen Umkleideraum?

Irritiert sah sie möglichst unauffällig zu den anderen Teilnehmern und entdeckte einen Typen, der sich gerade ungeniert seine Jeans auszog und in eine Trainingshose schlüpfte. Okay, dann schien es also normal zu sein, sich im Saal umzuziehen. Sie drehte den anderen den Rücken zu und zog sich ebenfalls schnell um. Nachdem sie die Haare zu einem festen Zopf am Hinterkopf zusammengebunden hatte, warf sie einen Blick auf ihr Smartphone. Es war fünf vor sieben. Höchste Zeit, das Telefon auszuschalten, nicht auszudenken, wenn ihr Handy den Unterricht störte. Sie drückte auf den Knopf und ließ es in ihre Sporttasche fallen. So. Fertig. Sie atmete tief durch und schlenderte in Richtung der Parkettfläche. Zum Glück hatte ihre neue Hose Seitentaschen, in die sie ihre Hände stecken konnte. Sie hätte sonst nicht gewusst, wohin damit. Ein paar Leute unterhielten sich, eine Frau stand ebenfalls alleine da. Sie lächelte Lina an und trat näher. «Hi. Ich bin Stella.»

Sie trug eine weiße Latzhose, wie ein Maler sie zur Arbeit anziehen würde, darunter ein geringeltes T-Shirt und an den Füßen die gleichen Gymnastikschuhe, wie auch Lina sie sich besorgt hatte. Ihre lockigen Haare waren nicht wirklich frisiert, sie wirkten eher wie ein Kurzhaarschnitt, bei dem ein Friseurbesuch überfällig war. Lina empfand augenblicklich Sympathie für die Frau. «Hi, ich bin Lina.»

«Schön, dich kennenzulernen.»

«Ja, freut mich auch.»

Stella beugte sich etwas näher. «Ich bin schrecklich aufgeregt. Ich habe noch nie auf einer Bühne gestanden.»

Lina zog mit einem schiefen Grinsen die Nase kraus. «Ich auch nicht. Ich kriege da oben garantiert kein Wort heraus.»

Stella gluckste. «Den Alptraum hatte ich letzte Nacht. Ich bin froh, dass ich nicht die Einzige mit null Erfahrung bin.»

«Ich hatte auch Angst, dass alle anderen Vorkenntnisse haben. Wir können uns gegenseitig bemitleiden, falls die anderen über uns lachen.»

«Das machen wir. Bist du aus Hamburg?»

«Ja. Du auch?»

Sie nickte. «Ich wohne in Stellingen. Einige der Anderen kommen anscheinend von weit her. Der da hinten ...», sie zeigte auf einen jungen Mann mit kurzen lockigen Haaren, der in der Nähe der Bühne stand, «ist Schauspieler. Ich habe eben zufällig mitbekommen, wie er von irgendwelchen Dreharbeiten erzählt hat.»

«Es wundert mich nicht, wenn erfolgreiche Schauspieler hierher kommen», sagte Lina. «Herr Wandler ist ja berühmt. Mich wundert eher, dass in den Kursen überhaupt Laien zugelassen sind.»

Stella seufzte und wollte antworten, doch in diesem Moment klatschte ein Mann in die Hände. Seine Hautfarbe war schwarz, er hatte Dreadlocks und trug eine ausgeleierte graue Jogginghose zu einem schwarzen Longsleeve. Sein großer Körper wirkte so muskulös und gleichzeitig geschmeidig, dass Lina ihn fasziniert anstarrte. Sein Alter war schwer zu schätzen. Bestimmt war er ein Tänzer oder Zirkusakrobat.

«Lasst uns anfangen, Herrschaften.»

Alle kamen zusammen und setzten sich in einen großen Kreis auf den Parkettboden.

«Wir duzen uns in den Kursen dieser Schule, ich bin der Hubert», begann ihr Gastgeber.

«Er reagiert aber am besten auf seinen Spitznamen *Hubo*», ergänzte der Schwarze augenzwinkernd, der sich neben ihn gesetzt hatte.

Hubert nickte, deutete auf ihn und eine junge blonde Frau auf seiner anderen Seite, die ein Klemmbrett und einen Stift in der Hand hielt. «Dies sind meine Assistenten Anna und Ben. Ben ist hauptberuflich Bühnen- und Klinikclown, Anna hat bei mehreren Ausbildern auf der ganzen Welt das Clownsspiel gelernt und war als Straßenclown unterwegs, bevor sie hier in Hamburg ein Pädagogikstudium begonnen hat. Beide arbeiten nebenbei hier in der Schule als Hausmeister, Computerprogrammierer, Lichttechniker, Telefonmelder, Maskenbildner, Dekorateure, Bühnenbildner, Kleiderkammer-Verwalter, Aushilfslehrer, Website-Spezialisten ...» Er sah sich nach rechts und links um, «hab ich was vergessen?»

Anna zwinkerte. «Büroorganisatoren.»

Er lachte. «Oh ja, das Wichtigste! Wendet Euch an Anna oder Ben für Finanzamtsbescheinigungen, Zahlungsbelege, Termine oder Ratenzahlung, falls ihr pleite seid. Darum kann ich mich nicht selber kümmern, ich bin dagegen allergisch.»
Allgemeines Gekicher füllte kurz den Saal, dann wurde es wieder still.
«Wie wäre es mit einer kleinen Vorstellungsrunde?», fragte Hubert und sah zu der Frau, die sich neben Ben gesetzt hatte. «Willst du anfangen? Erzähl ein bisschen von dir und verrate uns, was dich dazu gebracht hat, dich für diesen Kurs anzumelden.»
«Äh ja. Ich bin Maria. Ich ...»
Die Tür schepperte und alle Köpfe drehten sich zum Eingang. Eine Person in einer viel zu weiten rot-weiß karierten Hose mit Hosenträgern, einer dazu passenden Schlabberjacke und einem schwarzen Hut auf dem blond gelockten Kurzhaarkopf kam hereingelaufen. «Entschuldigung! Entschuldigung! Ich bin zu spät!», rief sie und ließ ihre Tasche achtlos fallen.
Sie sah sich um, sah an sich selbst herunter und wieder in den Kreis. Ihre Augenbrauen zuckten hoch. «Ist das hier nicht der Clownskurs?»
Hubert deutete auf den Boden. «Doch, du bist richtig. Setz dich einfach. Wir beginnen gerade mit unserer Vorstellungsrunde.»
«Oh. Okay.» Sie gehorchte und es wurde wieder still. Irgendwo war ein leises Glucksen zu hören. Hubert nickte Maria zu. «Mach weiter.»

Lina hörte nicht zu. In ihrem Kopf glühten die Gehirnzellen. Sie hasste Vorstellungsrunden und suchte in ihrem Gehirn nach gut klingenden Worten und Sätzen. Warum hatte sie sich für den Kurs angemeldet? Was sollte sie erzählen? Weil sie vor dem überaus attraktiven Juniorboss ihrer Firma nicht zugeben wollte, dass sie die langweiligste Person des Jahrhunderts war? Ganz sicher nicht. O fuck! Sie war schon an der Reihe.

«Ähm ... ja, ich bin Lina. Ich bin zweiunddreißig und arbeite als Finanzbuchhalterin bei einem der großen international agierenden Spediteure hier in Hamburg. Ich habe mich angemeldet, weil ... weil ...» Fuck! Sie hatte sich doch eine Antwort überlegt gehabt, was wollte sie denn bloß noch sagen? «Ähm ... also ... weil ich seit der Schule nur im Büro sitze und kein Hobby habe, und dann sah ich zufällig im Internet das Angebot für die Ausbildung und habe mich spontan entschieden, es zu versuchen.» Hitze flutete ihr Gesicht. Zum Glück lachte niemand. Neben ihr räusperte sich Stella. «Hi, ich bin Stella. Ich bin vierundvierzig und Mutter von zwei pubertierenden Kindern. Ich arbeite als Krankenschwester, will nebenbei ... ich weiß ich auch nicht, ...» Sie atmete deutlich sichtbar tief ein und aus. «Ich will endlich mehr aus mir machen.»

Lina staunte, als die weiteren Teilnehmer sich vorstellten. Paul war Inhaber einer Software-Firma und litt unter Burnout, Simon war Balletttänzer, dessen kaputte Bandscheiben seine Karriere frühzeitig beendet hatten, und Karin war Rentnerin, deren Mann vor wenigen Wochen gestorben war.

Vanessa war Schauspielerin im Fernsehen, die ihr Repertoire erweitern wollte. Sie sah toll aus, wie ein Mannequin. Lange, glänzende Haare, eine gerade kleine Nase, ausdrucksstarke braune Augen und geschwungene Lippen. Sie trug einen engen schwarzen Yoga-Anzug. Kerzengerade, mit zurückgeschobenen Schultern, saß sie auf dem Boden. «Hab ich bei der Anmeldung was falsch verstanden? Ist dieses Wochenende noch nicht der Beginn der Ausbildung, sondern ein Casting?», fragte sie, nachdem sie sich vorgestellt hatte.

Hubert neigte leicht den Kopf zu Seite. «Wie kommst du darauf?»

«Na ja.» Vanessa warf einen Blick in die Runde, wobei sie ihre Mundwinkel zweifelnd herabzog. «Hier sind so viele Laien.»

Hubert lächelte. «An diesem Wochenende gebe ich euch einen ersten Einblick in die Welt des Clowns. Vielleicht stellt jemand dabei fest, dass er oder sie sich diese Welt anders vorgestellt hat, sich in ihr nicht wohlfühlt und nicht wiederkommen möchte. Das passiert manchmal. Aber weggeschickt wird hier niemand.»

«Wäre es nicht fairer, untalentierten Menschen gleich zu sagen, dass sie scheitern werden?»

Stille. Niemand sagte etwas, aber alle starrten Vanessa an.

Linas Herz klopfte hart in ihrer Brust. Sie war sich nicht sicher, ob sie diese Frau für ihr Selbstbewusstsein bewundern, oder für ihre Arroganz hassen wollte.

Ben räusperte sich und lächelte. «Für einen Clown ist die Lust am Scheitern Lebenselixier. Man kann nicht scheitern, wenn man Clown ist.»
Stille.
Ein leises Prusten von links. Lina sah hinüber. Die Frau im Karnevalskostüm, grinste von einem Ohr zum anderen. «Dann habe ich mich in meiner Verkleidung ja gar nicht blamiert. Das hätte ich mal eher wissen müssen. Ich schäme mich, seit ich hier bin, in Grund und Boden, weil ich so blöd war, im Clownskostüm zu erscheinen. Was für eine Energieverschwendung!» Alle lachten. Sie versteckte kurz das Gesicht in ihren Händen und schüttelte den Kopf. Dann sah sie wieder auf. «Ich heiße übrigens Elisabeth, sitze im Alltag an einer Supermarktkasse und bin absoluter künstlerischer Laie.»
Wieder wurde gelacht, nur Vanessa zog ein Gesicht, als ob sie Zahnschmerzen hätte.
«Clowns spielen nicht, Clowns sind, und zwar so individuell wie der liebe Gott, oder die Evolution, jeden Einzelnen von uns geschaffen hat», sagte Hubert. «In dieser Schule gibt es kein Richtig oder Falsch. Wir werden zu allem, was wir uns gegenseitig zeigen, viel individuelles Feedback geben, jedoch niemals eine allgemeingültige Bewertung.» Er stand auf und beendete damit die Vorstellungsrunde, ohne diese Aussage zu erläutern.
Würde er nicht sagen, ob man es richtig oder falsch machte? War das hier gar keine richtige Ausbildung, sondern nur Spielerei? Lina hatte keine Zeit, länger darüber

nachzudenken, denn alle standen nun auf und redeten durcheinander.

Lina beobachtete die Gruppe. Sie konnte sich die Namen der Teilnehmer noch nicht merken, aber sie war fasziniert, wie unterschiedlich die Menschen waren, die sich hier zusammengefunden hatten.

«Zum Aufwärmen wollen wir wild tanzen», kündigte Hubert an. Anna lief zur Musikanlage und kurz darauf füllte ein Stück mit schnellem Beat den Raum.

Lina tanzte nicht gern. Sie hasste es, in einem Club zu tanzen, wenn um die Tanzfläche herum die Leute standen und abcheckten, mit wem sie flirten wollten. Sie fühlte sich dabei grundsätzlich wie eine unförmige und hässliche Schaufensterpuppe.

Die Clownschule war kein Club, das Gefühl war trotzdem das gleiche. Zaghaft bewegte sie sich mit im Takt schwingenden Hüften und beobachtete unauffällig, wie ihre Mitschüler sich anstellten. Einige steigerten ihre Bewegungen nach wenigen Minuten mit wilden Verrenkungen, andere blieben eher verhalten.

Sie hatte erwartet, dass Hubert am Rande stehen und die Gruppe beobachten würde, doch das tat er nicht. Voller Ernst und Hingabe, als wäre er ein Ballettänzer auf der Bühne vor tausenden Zuschauern, tanzte er mitten zwischen ihnen. Er vollführte dabei total komische Bewegungen, die an einen kämpferischen Schimpansen erinnerten, sodass Lina unweigerlich kichern musste. Er schien nicht mit Absicht witzig sein zu wollen, sondern zu genießen, was er

tat. Seine Blicke wanderten nicht. Er achtete ganz offensichtlich weder darauf, wie die anderen tanzten, noch, ob ihm jemand zusah, und seine Lippen zeigten dieses angedeutete Schmunzeln, was sie auf Anhieb dazu animiert hatte, ihn zu mögen.
Stella drehte sich im Kreis und fuchtelte übertrieben mit den Händen, ihre Blicke begegneten sich, sie lachten beide und Lina bekam Lust, sich ebenfalls wild auszuprobieren. Sie brach aus ihren gewohnten Tanzbewegungen aus und vollführte seltsame Verrenkungen.
«Und jetzt laufen wir als Spagetti durch den Raum», rief Hubo plötzlich.
Als Spagetti? Irritiert sah Lina sich um und ihr Blick blieb an Ben hängen, der konzentriert kerzengerade mit Minischritten über das Parkett zu hüpfen schien. Sie probierte es ebenfalls und kicherte, weil Karin, die Rentnerin, stehenblieb und scheinbar ratlos auf die anderen Teilnehmer sah.
«Gekochte oder rohe Spagetti?», fragte sie und Hubo rief: «Sie kochen während des Tanzens weich!»
Karin nickte und schob sich voller Tatendrang die Ärmel ihres Sweatshirts hoch. «Damit kann ich was anfangen.» Dann legte sie los.
Plötzlich raste eine Welle von Euphorie und Glück durch Linas Adern. Sie tanzte. Sie lebte! Sie erlebte ein Abenteuer! Sie lernte etwas Neues! Sie war Teil einer Clownschulklasse! Neue Welten öffneten sich für sie! Sie juchzte laut auf. Annas Blick zuckte zu ihr herum, sie lachten sich an und Lina hörte auf, zu denken, sondern gab sich

ganz dem Spiel hin.
«Und nun sind wir eine rohe Kartoffel», rief Hubo und Lina ahmte mit ihrem Körper eine trudelnde Kugel nach.

Die drei Stunden des ersten Abends vergingen wie im Flug. Sie hatten im Pulk jämmerlich geheult, in Phantasiesprache Lieder gebrüllt, wie Motoren gebrummt und imaginäre Hupen tröten lassen.
«Es gibt kein falsch oder richtig, kein gut oder schlecht», hatte Hubo ihnen immer wieder zugerufen. «Gebt alles, Clowns, und verändert die Welt!» Und sie hatten auf ihn gehört.
Müde und glücklich zog Lina sich um, nachdem Hubo den Unterricht beendet hatte. Als sie die Schule verließ, traten Stella und Elisabeth gleichzeitig mit ihr in die kalte Nacht hinaus. Sie stellten fest, dass sie mit der gleichen U-Bahnlinie fahren mussten und schlenderten zusammen zur Station.
Elisabeth trug immer noch das Karnevalskostüm. Sie hatte nichts zum Umziehen dabei, nur einen dicken Mantel, den sie bei ihrer Ankunft bereits im Vorraum ausgezogen hatte und nun über dem karierten Clownsanzug trug.
In der Bahn saßen sie zusammen auf gegenüber liegenden Sitzbänken. Elisabeth strahlte. «Ich bin fix und fertig, aber ich freu mich wie ein kleines Kind auf morgen.»
Lina nickte. «So geht es mir auch. Ich bin so gespannt, wie alles weitergeht.»
«Ich fand es toll, wie Hubo das mit der Kritik gleich

klargestellt hat. Individuelles Feedback ist wirklich etwas ganz anderes als ein Richtig oder Falsch», sagte Stella.

Lina beugte sich vor. «Das hat mich nachdenklich gemacht. Wie oft bewerten Leute dich, sagen, das ist gut, das ist schlecht, machen dir Komplexe und verunsichern dich. Dabei gibt es kein objektives Bewerten, jeder urteilt aufgrund seines persönlichen subjektiven Eindrucks, und der wird von so viele Faktoren beeinflusst. Deine Erziehung, die Meinungen der Freunde oder Kollegen, dein individueller Geschmack ... alles Mögliche spielt in deine Meinungsbildung mit hinein.»

Stella nickte. «Die Betonung der Subjektivität macht tatsächlich wahnsinnig viel aus. Es fühlt sich anders an, ob jemand sagt, *dein Tanz war seltsam*, oder ob er sagt, *auf mich hat dein Tanz einen seltsamen Eindruck gemacht.*»

Lina kicherte. «Sogar Vanessa wurde lockerer, als sie kapierte, dass es kein *gut* oder *schlecht* für ihre Leistung geben würde.»

Elisabeth rümpfte die Nase. «Oh je, Vanessa. Die hält mich garantiert für eine totale Spinnerin.»

«Macht nix, wenn es so ist, braucht es dich nicht zu stören.» Lina stand auf. «Ich muss hier raus.»

«Bis morgen, ihr Zwei!»

«Ja, bis morgen! Schlaf gut!»

In der Nacht warf Lina sich im Bett unruhig hin und her. Sie war ausgepowert und müde, trotzdem blieben ihre

Gedanken in der Clownschule. Sie erinnerte sich an jedes Gespräch, an jeden Tanz, an die verschiedenen Gesichter und Eindrücke. Sie hatte an diesem Abend so viel Neues erlebt, wie seit Jahren nicht mehr an einem Tag. Das, und die Aussichten auf Samstag und Sonntag, hielten sie wach. Irgendwann nickte sie ein, nur um gefühlt sofort wieder aufzuwachen. Es war drei Uhr und sie musste zum Klo. Sie krabbelte aus dem Bett und schlurfte ins Bad. Beim Händewaschen sah sie in den Spiegel. Noch ein paar Stunden, dann ging es weiter in der Clownschule. Ihre Haut kribbelte und in ihrem Bauch vibrierte es. Aber es war kein gemeines, fieses, unangenehmes Lampenfieber, sondern pure explosive Vorfreude. Ein irres Kichern sprudelte aus ihrer Kehle über ihre Lippen. Das Leben der Lina Hansen aus der Finanzbuchhaltung war zum Bühnenabenteuer geworden! Was für ein Gefühl!
Sie lief in die Küche, trank etwas und tanzte als Spagetti zurück ins Bett.

Als sie am Samstagmorgen unterwegs zur Clownschule war, hatte sie weder Bauchschmerzen noch Schweißausbrüche, sondern war stattdessen erfüllt von prickelnder Vorfreude und Ungeduld.
Sie betrat die Schule und begrüßte jeden, der ihr ins Sichtfeld kam, mit einem fröhlichen Hallo. Obwohl sie die Namen der anderen Teilnehmer noch lange nicht im Kopf hatte, waren diese Menschen keine Fremden mehr, sondern bereits Verbündete und Weggefährten. Was für ein

herrliches Gefühl.
Auch dieser Tag verging wie im Fluge. Hubo animierte sie zu den seltsamsten Tätigkeiten. Sie krabbelten wie Hunde, tanzten in imaginärer Schwerelosigkeit auf dem Mond, brüllten wie Kühe, quietschten wie Mäuse und brummten wie alte Dieselmotoren. Lina verlor die letzten Hemmungen und genoss mit allen Sinnen, sich wie ein Kind auszutoben.
Und dann kam nach der Mittagspause der magische Moment.
Es glich fast einer feierlichen Zeremonie. Nach und nach trudelten alle Teilnehmer aus der Pause ein und versammelten sich im Halbkreis vor der Bühne. Ben und Anna stiegen die kurze Treppe an der Seite hinauf und zogen die Samtvorhänge auf, Hubo schaltete die Scheinwerfer ein und das Neondeckenlicht aus.
Fasziniert starrte Lina nach vorne. Stella stand neben ihr und seufzte. «Wow.»
Das weiße Bühnenlicht erhellte die Holzbretter und den schwarzen Hintergrund fast wie Tageslicht. Ein aufregender Schauer lief Lina den Rücken hinunter.
Anna nahm einen kleinen Pappkarton und bückte sich. Sie legte in einer langen Reihe rote Clownsnasen auf den Rand der Bühne. Jede Einzelne fasste sie mit Daumen und Zeigefinger an, als wäre sie ein besonderes, sensibles und zerbrechliches Geschöpf.
Hubo stellte sich vor die Bühne und sah alle Kursteilnehmer an. Er lächelte. «An diesem Wochenende seid ihr auf die Suche gegangen. Ihr habt in euren Köpfen alle möglichen

blöden Erwachsenendinge zur Seite geräumt, um einen ersten Blick auf euren tief in euch versteckten kindlichen Clown zu erhaschen. Ich habe so manchen gesehen, der sich schon mit verschmitzt blitzenden Augen ein klitzekleines Stückchen hervorgetraut hat. Diese Clownsgesellen waren noch schüchtern, aber sie gieren danach, sich ganz zu befreien und es wird mir eine Ehre sein, euch und eure Clowns auf diesem Weg in die Freiheit zu begleiten.»

Es blieb still im Raum. Lina spürte die Magie des Moments mit jeder Faser ihres Körpers. Hubo zwinkerte. «Nehmt euch nun jeder eine Clownsnase, aber Vorsicht!» Er hob die Hand. «Geht sorgsam damit um. Das ist nicht nur ein Plastikding. Eine Clownsnase hat eine Seele und Zauberkräfte. Wenn ihr die Nase aufsetzt, erlaubt ihr eurem Clown, zu leben. Behandelt die Nase mit Respekt und Würde, pflegt sie und hegt sie. Sie ist euer Weg in die heilige Anarchie!» Die letzten beiden Worte betonte er dramatisch und rollte die Augen auf teuflische Weise, was allgemeines leises Lachen auslöste.

Jeder Teilnehmer durfte vortreten und sich eine der Clownsnasen nehmen.

Es waren einfache knallrote Gumminasen mit elastischen Bändern, um sie zu befestigen, doch Linas Herz klopfte schneller, als sie ihre Clownsnase in der Hand hielt.

Hubo lächelte ihnen zu und sprang auf die Bühne. «Während des Unterrichts hängen wir uns die Nasen um den Hals, und nur, wenn wir in die Clownsfigur wechseln, darf sie im Gesicht sitzen. Sobald die Bühnennummer vorbei ist, nehmen wir sie wieder ab.»

Er drehte sich von ihnen weg und setzte seine Nase auf, während alle Kursteilnehmer erwartungsvoll auf seinen Rücken starrten. Er sprang herum und sie wurden Zeugen einer wundersamen Verwandlung. *Pico Tanto* erwachte zum Leben. Er stand auf der Bühne und betrachtete mit staunend geöffnetem Mund seine Umgebung. Er machte einen tastenden Schritt nach hinten, aus seiner Tasche fiel ein kleiner Ball und kullerte über die rohen Bretter. Er erstarrte, riss die Augenbrauen in die Höhe, und sah dem Ball mit staunend geöffnetem Mund hinterher.

Er lief hin und wollte ihn aufheben, doch der Ball kullerte in die andere Richtung, weil er ihm anscheinend unabsichtlich mit dem Fuß einen kleinen Schups gegeben hatte. Er folgte ihm eifrig und stolperte. Alle Zuschauer kicherten, Pico Tantos Kopf zuckte herum und starrte sie an. Fasziniert beobachtete Lina das Geschehen auf der Bühne. Obwohl der Mann mit der roten Gumminase weder Clownsklamotten am Körper, noch Schminke im Gesicht hatte, sondern in bequemen, grauen Jogginghosen und weißem T-Shirt herumlief, schien er die Bühne und den gesamten Saal mit Energie zu füllen. Er zeigte keine besonderen Kunststücke und schon gar nicht eine einstudierte Nummer, trotzdem behielt er jede Sekunde die volle Aufmerksamkeit aller Zuschauer.

Nach einigen Minuten des Schabernacks drehte er sich wieder um und zog die Nase ab.

Hubo, ihr Lehrer und Trainer, schlenderte auf sie zu. Er setzte sich auf den Rand der Bühne, ließ die Beine hängen und hielt seine Clownsnase vor sich in der Hand. «Behandelt eure Nasen mit Respekt. Pflegt sie und streichelt sie. Seit zärtlich zu ihnen. Passt gut auf sie auf, damit sie sich bei euch wohlfühlen. Die Nase ist die Seele des Clowns. Wenn ihr die Nase aufsetzt, erwacht der Clown in euch und übernimmt die Regie, wenn ihr sie absetzt, seid ihr wieder Alltagsmenschen.»

Seine Augen glitzerten, während er sprach und das Schmunzeln in seinem Gesicht bekam einen liebevollen Touch. «In den ersten Wochen eurer Ausbildung wecken wir eure individuellen Clownsfiguren aus ihrem Dornröschenschlaf. Jeder wird seinen Clown kennenlernen. Ihr werdet spüren, auf welche Art er sich bewegt, welche Gesten er mag, in welcher Tonlage er am liebsten singt und auf welche Art er lacht. Ihr werdet ihn flüstern und schreien hören, und irgendwann werdet ihr euren Clown oder eure Clownin gut genug kennen, um ihm oder ihr einen Namen zu geben.»

Alle betrachteten die Nasen in ihren Händen und Hubo nickte. «Setzt sie auf und fühlt mal in euch hinein.»

Verlegen kichernd probierte Lina ihre rote Nase auf. Was für ein seltsames Gefühl. Irgendjemand reichte einen Handspiegel herum und sie musterte sich.

Sie sah ganz anders aus. Sie war nicht mehr Lina, sie begegnete einem Gesicht, das ihr fremd und doch vertraut war.

Nach einer Weile winkte Hubo alle Teilnehmer heran und sie streiften ihre Nasen ab.

Die Gruppe ließ sich im Halbkreis auf dem Boden nieder.

«Jeder wird jetzt einmal auf die Bühne gehen», erklärte Hubo die Aufgabe. «Dreht dem Publikum den Rücken zu, setzt die Nase auf und wendet euch um. Keine Action, keine Handlung. Bleibt einfach nur stehen und spürt für eine Weile in euch hinein. Dann seht euch um, geht zwei oder drei Schritte nach rechts, nach links, stellt euch mal vorne an den Rand und ganz nach hinten. Wo fühlt ihr euch wohl? Lasst euch Zeit. Registriert eure Gedanken und Gefühle. Nehmt kritiklos an, was euch in den Sinn kommt. Bewertet euch nicht.» Er sah jeden Einzelnen an. «Seid neugierig und kommentiert euer Erleben mit dem Satz und dem Gefühl: Das ist ja interessant. Ihr könnt die Worte laut aussprechen oder nur als inneren Monolog denken, wie ihr es lieber mögt.»

Nils stand auf. «Ich fange an.»

Lina beobachtete gespannt, wie er an der Seite der Bühne die drei Stufen hinauf ging. Nils war vierzig Jahre alt und Manager eines Konzerns. Daran erinnerte sie sich aus der Vorstellungsrunde. *Ich fühle mich wie ein Hamster im Rad und frage mich, ob ich dieses Leben bis zum Rentenalter weiterführen will*, hatte er gesagt.

Lina hatte Respekt vor Nils. Er wirkte extrem selbstsicher und gelassen. Er hatte souverän von sich und seinen Gefühlen gesprochen und war kein bisschen nervös geworden. In seiner Gegenwart fühlte sie sich so dumm und

ungelenk, wie sie sich auch fühlte, wenn sie ihrem obersten Boss Arthur Morton gegenüber stand. Von Arthur Morton konnte sie sich allerdings nicht vorstellen, dass er vor fremden Leuten derart gelassen über seine Gefühle sprechen konnte, geschweige denn, dass er eine Clownsnase aufsetzen würde. Der wirkte eher, als hätte er eine dicke, unsichtbare Mauer vor sich aufgebaut, über die keiner seiner Mitmenschen klettern durfte. Nils brauchte anscheinend keine solche Abgrenzung zu anderen.
Er wendete ihnen den Rücken zu und setzte seine Nase auf. Er wartete noch einen Moment, dann drehte er sich zögernd um. Er blieb kurz stehen, machte einige Schritte nach vorne und grinste. «Das ist ja interessant», sagte er mit verstellter Micky-Maus-Stimme und wackelte mit dem Kopf.
«Halt!» Hubo trat vor. «Nimm deine Nase ab!»
Nils gehorchte. Hubo lächelte. «Fang nochmal von vorne an. Vergiss, dass wir dir zuschauen. Mach keine Show für Zuschauer. Du bist ganz allein hier im Theater und machst nur für dich eine Erfahrung. Lass dir Zeit!»
Nils nickte, drehte sich um und setzte seine Nase erneut auf. Es war ganz still. Mindestens eine Minute wartete er, dann wendete er sich langsam um. Er stand ruhig da, sah nach vorne, zu den Seiten, zum Boden und zur Decke. Sein Gesicht blieb ausdruckslos und trotzdem spürte Lina die Kraft seiner Präsenz. Er trat einen Schritt vor und sah auf die Gruppe hinab. Immer noch zeigte er keine Mimik und wirkte völlig entspannt, obwohl ihn alle anstarrten.
Das schaffe ich nie, dachte Lina und musste schlucken, weil

sich ein Kloß in ihrer Kehle bildete.
Nach einer ganzen Weile beendete Nils seine Erfahrungsübung.
«Wie hat es sich angefühlt?», fragte Hubo, nachdem Nils die Bühne verlassen hatte. Er zuckte mit den Schultern. «Interessant?»
Alle lachten und Maria trat vor. «Ich bin so aufgeregt, ich will das jetzt ganz schnell hinter mich bringen.»
Sie lief auf die Bühne, setzte die Nase auf und drehte sich sofort um. Während sie regungslos im Scheinwerferlicht stand, ballte sie die Fäuste.
Stille.
«Du solltest atmen, wenn du weiterleben willst», stellte Hubo trocken fest und Maria stieß ein Fiepen aus, das an ein Meerschweinchen erinnerte. «Stimmt, gute Idee.»
Alle lachten.
Sie zog geräuschvoll Luft durch die Nase ein und ließ sie langsam wieder heraus. Ihre Schultern sackten herab und ihre Fäuste gingen auf.
«Was fühlst du?», fragte Hubo leise.
«Es surrt im Bauch», murmelte Maria, ihr Blick wurde leer, als würde sie in einen Tagtraum eintauchen. Sie drehte langsam den Kopf, ging ein paar Schritte hin und her und blieb wieder stehen. «Das riecht hier komisch und das Scheinwerferlicht ist warm.» Sie nickte zögernd. «Das ist tatsächlich alles sehr interessant.» Sie harrte noch eine Weile auf der Bühne aus, dann drehte sie sich um und setzte ihre Nase ab. Breit grinsend kam sie herunter. «Wow!

Das macht Spaß!»

Linas Lampenfieber ließ ihr Herz stakkatoartig poltern. Keine Sekunde hielt sie die Spannung noch aus. Sie trat vor. «Ich will jetzt.»

Hubo nickte und sie marschierte mit butterweichen Knien an ihm vorbei die Stufen zur Bühne hinauf. «Ganz in Ruhe», murmelte Hubo, «Genieße den Moment. Er gehört dir ganz allein.»

Lina setzte die Nase auf und drehte sich um. Durch das grelle Scheinwerferlicht konnte sie die anderen kaum sehen, aber sie spürte ihre Blicke wie spitze Pfeile, die auf der Haut piksten. Panik breitete sich in ihrem Kopf aus. Sie konnte nicht mehr denken. Blackout.

«Sprich mir nach. Das ist ja interessant.»

Lina starrte ihn mit leerem Kopf an.

«Hey! Lina! Hör auf mich. Sag es. Das. Ist. Ja. Interessant.»

«Das ist ja interessant», krächzte sie.

Hubo nickte. «Noch mal. Lass mit dem Satz deinen Atem aus deiner Lunge herausfließen.»

Sie versuchte es.

«Entspann dich. Lass den Unterkiefer hängen, sodass dein Mund ein Stück aufgeht.»

Lina folgte seinen Worten, ohne sie zu hinterfragen, und die Blockade begann sich zu lösen. «Das ist ja interessant ... Das ist ja interessant... Das ist ja interessant.»

«Ausatmen», hörte sie seine Stimme und ließ ihr *Das-ist-ja-interessant* mit einem leisen Seufzen aus ihrem Mund strömen.

«Jetzt fühlst du dich besser, stimmts?»
Sie nickte.
Sie konnte wieder denken. Ihr Herzschlag beruhigte sich.
«Spürst du den Boden unter deinen Füßen?», fragte Hubo.
Sie nickte.
«Spürst du das Licht?»
Sie nickte.
«Okay. Nimm alles in Ruhe in dich auf und finde es interessant.»
Lina gehorchte und konzentrierte sich darauf, die Wahrnehmungen ihrer Sinne zu bestaunen. Um sie herum war viel leerer Raum, fast wie ein überdimensionaler gläserner Würfel, in dessen Mitte sie stand. Eine interessante Erfahrung. Alle sahen zu ihr auf, sie sah auf die anderen herab. Eine interessante Erfahrung. Oben rechts summte etwas. Es musste einer der Scheinwerfer sein. Sie neigte leicht den Kopf zur Seite, während sie sich auf das Geräusch konzentrierte.
Plötzlich zuckten Glücksgefühle durch ihre Nervenbahnen und ihr Körper fühlte sich leicht an. Nur die Fußsohlen, die standen stabil auf dem Holzboden. Sie sah hinab und erkannte um ihre Schuhe herum Ritzen und Schrammen im Holz, die Muster bildeten. Sie machte einen Schritt zurück und unter ihrem Fuß knarrte eins der alten Bretter. Sie hielt inne und betrachtete es. Sehr interessant. Jemand kicherte. Ihr Blick zuckte hoch. Jemand lachte über sie. Sehr interessant.
Sie hob eine Hand und der sich im Bühnenlicht auf dem

Boden bewegende Schatten fand ihre Aufmerksamkeit. Sehr interessant.

Ein letztes Mal ließ sie den Blick durch den Raum gleiten, dann drehte sie sich um und nahm die Nase ab. Ihre Finger zitterten, als sie die Bühne verließ.

Hubo neigte leicht den Kopf zur Seite. «Willst du uns von deinen Erlebnissen erzählen?»

Lina zog die Nase kraus. «Normalerweise sterbe ich vor Scham, wenn jemand über mich lacht, eben fand ich es tatsächlich interessant und gar nicht schlimm.»

«Wunderbar! Merk dir die Erfahrung!» Er nickte ihr lächelnd zu. «Du hast dich auf die Übung eingelassen und viel wahrgenommen, das können nur wenige Menschen beim ersten Versuch auf der Bühne. Gefiel es dir da oben?»

Wow. Das war ein Lob. Das war Anerkennung. Lina grinste von einem Ohr zum anderen. «Es war toll. Ich hatte ein Glücksschaudern. Damit hätte ich im Leben nicht gerechnet.»

«Womit hast du denn gerechnet?»

«Das ich mich unwohl fühle und froh bin, wenn es vorbei ist.»

«Warum?»

Sie zuckte mit den Schultern. «Ich weiß nicht, vermutlich hatte ich Angst, mich zu blamieren.»

Er drehte sich um und sah alle an. «Was ist *blamieren*? Was bedeutet dieses Wort?»

«Wenn man in einem feinen Restaurant sitzt und beim Fünf-Gänge-Menü das falsche Besteck benutzt, blamiert man sich», sagte jemand. Alle murmelten Zustimmung.

«Wenn man bei einer Feier unpassend angezogen ist.»

«Wenn man einen Vortrag hält und anfängt zu stottern.»

«Wenn man jemanden kennenlernt und den Namen vergisst.» Elisabeth seufzte. «Wenn man etwas nicht richtig macht, obwohl jeder Dummkopf es besser wüsste. Ich bin in sowas total talentiert. Ihr habt es am Freitagabend erlebt, als ich im Clownskostüm hier ankam.»

Alle lachten.

Hubo nickte. «Kann man sich auch blamieren, wenn man allein ist?»

Elisabeth schnaubte. «Nein, dann sieht doch keiner, wie blöd man ist.»

Er lächelte. «Was sagt uns das?»

Finn runzelte die Stirn. «Ich kann mich nur blamieren, wenn ich den Erwartungen der anderen entsprechen will und das nicht schaffe.»

«Oder wenn ich damit angebe, dass ich etwas total gut kann und es dann vergeige», sagte Nils.

«Blamieren sich auch Kinder oder nur Erwachsene?»

«Ich glaube, es begann in der Pubertät», murmelte Stella. «Ich kann mich erinnern, dass ich zu einer Geburtstagsfeier einer Mitschülerin eingeladen war und in einem hübschen Kleid dahin ging. Alle anderen hatten Jeans an und das war total peinlich.»

Lina nickte. «Beim Spiel in der Sandkiste ist einem noch völlig wurscht, was die anderen Kinder denken, da kann man sich noch nicht blamieren.»

Hubo nickte. «Noch eine Frage: Was passiert mit Euch, wenn ihr euch blamiert fühlt?»
Maria schnaubte. «Die anderen Leute lachen und lästern.»
«Ich wollte nicht wissen, was die anderen machen, sondern, was euch dabei passiert. Tut es körperlich weh?»
«Nö.»
«Fließt Blut? Leidet man Hunger oder Durst? Werden Gliedmaßen amputiert?»
Alle lachten.
Maria hob die Hand. «Aber die Seele leidet. Man fühlt sich ausgestoßen und das brennt mindestens genauso fies wie ein echtes Messer in der Brust.»
Hubo nickte. «Unsere Instinkte sind noch die des Tieres, aus dem wir uns während der Evolution entwickelt haben. Dieses Tier brauchte sein Rudel, um zu überleben. Wurde es ausgestoßen, war es seinen Fressfeinden wehrlos ausgeliefert und das bedeutete den sicheren Tod. Diese Urangst, nicht mehr zum Rudel zu gehören, ist es, die unseren Körper immer noch reagieren lässt. Es ist nicht die Blamage, die so schlimm ist, sondern die Angst davor. Nur der Gedanke daran reicht schon! Das Herz schlägt schneller, die Muskeln spannen an, Schweiß bricht uns aus. Unser Unterbewusstsein will uns in den Flucht- oder Kampfmodus versetzen. Sobald ihr eurem Bewusstsein sagt, dass es diesen Quatsch sein lassen soll, weil ihr nicht in Lebensgefahr schwebt, ist alles gut. Die Blicke und eventuellen Gedanken anderen Menschen haben keine Macht mehr über euch.»

Lina gluckste. «Ob das auch im wahren Leben funktioniert? Das einem einfach egal ist, was die Leute denken?»
Hubo zwinkerte. «Deine Clownin ist naiv wie ein Kind. Sie kennt keine Blamage. Nimm sie in den Alltag mit und lass dich überraschen, was passiert.»

Kapitel 6

Als Lina am Montagmorgen auf das große graue Firmengebäude der Morton GmbH zulief, schwebte sie gefühlte zehn Zentimeter über dem Boden und grinste konstant vor sich hin. Weder der kalte Wind und der Nieselregen, noch der Typ, der sie an der Ampel anrempelte, noch der Gestank nach klammen Klamotten in der U-Bahn, konnten ihr die Laune verderben. Nichts konnte ihr die Laune verderben, denn das Wochenende hatte in ihrem Kopf Spuren hinterlassen, die alle anderen Wahrnehmungen durchdrangen.
Sie hatte Muskelkater vom vielen Tanzen und Hüpfen, und das fühlte sich verdammt gut an, denn es erinnerte sie konstant an die tollen Erlebnisse. Glücksgefühle prickelten wie Sekt in ihren Adern. Sie war jetzt Teil eines Teams, einer Gruppe von Leuten, die alle das gleiche Ziel hatten. Die bange Frage, ob sie gut genug war, stellte sie sich nicht mehr. Sie fühlte sich in der Clownschule unter all den Gleichgesinnten so wohl wie der sprichwörtliche Fisch im Wasser.
Sie konnte sich nicht erinnern, ob sie jemals vorher so lebendig, mutig und unternehmungslustig durch die Welt gelaufen war. Vielleicht als Kind ... aber als Erwachsene?

Wie kam das? Was war an diesem Wochenende so vollkommen anders gewesen, als an anderen? Nach den freien Tagen, die sie lesend in ihrem Appartement verbrachte, fühlte sie sich nie lebendig, sondern eher gerädert und frustriert, was ja auch eine logische Folge war. Schließlich musste sie jedes Mal aus einer romantischen heilen Welt eines Liebesromans in die raue Wirklichkeit zurückkehren. Doch selbst wenn sie sich mal aufraffte, um mit Freunden gemeinsam etwas zu unternehmen, war sie hinterher nie glücklich und aufgekratzt, sondern nur müde.

Sie runzelte die Stirn, während sie ihr Gedächtnis anstrengte. Wann hatte sie das überhaupt getan? Wann war sie zuletzt mit Freunden abends unterwegs gewesen? Das war Jahre her! Während der Ausbildung hatte sie in der Berufsschule ein paar Freunde gehabt. Seit sie in der Morton GmbH arbeitete, traf sie sich nie außerhalb der Bürozeiten mit Kollegen und die Kontakte zu den Schulfreunden waren nach und nach eingeschlafen.

Das Wochenende in der Clownschule war anstrengend gewesen, trotzdem fühlte sie sich erholt, jung und voller frischer Energie.

Der Unterschied war gravierend. Während sie bei normalen Unternehmungen darauf achtete, sich so zu benehmen, wie es gesellschaftskonform war, ging es in der Clownschule genau um das Gegenteil. Es ging nicht darum, eine Rolle zu spielen, sondern alle Rollen abzulegen und wie ein naives Kind einfach nur authentisch zu sein. Sie hatten gespielt, getanzt, gebrüllt und gelacht, ohne darüber nachzudenken,

wie andere Leute ihr Benehmen bewerten würden.
Sie atmete tief ein und aus. Ja! Sie war jung, gesund und voller Tatendrang. Selbstbewusst schob sie die Schultern zurück, als sie das Gebäude betrat.
Vor dem Fahrstuhl wartete eine kleine Gruppe von Mitarbeitern. Lina stellte sich dazu. Parfümgeruch wehte ihr in die Nase. Unangenehm.
Oder vielleicht interessant?
Sie zog Luft durch die Nase ein. Interessant eklig. Sie rümpfte die Nase.
Eine der Frauen drehte den Kopf und runzelte die Stirn. Ups. Anscheinend war Linas tiefes Einatmen und Naserümpfen nicht unbeachtet geblieben.
«Stimmt was nicht?», fragte die Kollegin.
Lina grinste. «Interessanter Geruch.»
Die Frau starrte sie eine Sekunde lang definitiv irritiert an, dann bimmelte der Lift und die Tür ging auf. Sie schüttelte kurz den Kopf und trat ein.
Lina folgte ihr. Sie presste die Lippen aufeinander, um nicht wild loszukichern. Erst, als sie den Fahrstuhl auf ihrem Stockwerk verließ, und sich die Tür wieder geschlossen hatte, ließ sie ihrem Heiterkeitsanfall freien Lauf und prustete los, während sie den Flur entlang lief.
Immer noch glucksend betrat sie ihr Büro. Hans saß bereits an seinem Schreibtisch. Seine Augenbrauen zuckten hoch, als er sie musterte. «So gute Laune am Montagmorgen?»
Lina winkte ab. «Ich habe mich gerade blamiert.»
«Oh.»

Sie wieherte erneut los und er runzelte die Stirn. «Bist du betrunken?»

«Nein.» Sie keuchte und hielt sich den Bauch. «Das hat nur total viel Spaß gemacht.»

«Aha.» Er schüttelte den Kopf und sah wieder auf seinen Bildschirm.

Lina zog sich den Mantel aus, hängte ihn in den Schrank, setzte sich an ihren Schreibtisch und schaltete den Computer ein.

Hans arbeitete weiter und sie beobachtete ihn. Sie mochte ihren Kollegen, aber im Stillen hatte sie sich auch schon manches Mal über ihn amüsiert. Sein Kleidungsstil beispielsweise war nicht besonders fantasievoll und seine Frisur ... «Auf einer Skala von eins bis zehn, wie wichtig ist dir, was andere von dir denken?»

Er sah auf. «Was?»

Sie wiederholte die Frage und wartete gespannt. Er zuckte mit den Schultern. «Das kommt darauf an, mit wem ich es zu tun habe. Bei manchen Leuten ist es mir egal, bei anderen ist es mir wichtig.»

«Okay, wenn ich jetzt von dir denken würde, dass deine Frisur schrecklich langweilig ist. Wäre dir das wichtig?»

«Nein. Aber es ist mir wichtig, ob du mich für einen angenehmen Kollegen hältst oder ob es dich nervt, mit mir zusammenarbeiten zu müssen.»

«Da kann ich dich beruhigen, es nervt mich nicht.»

«Na, was für ein Glück. Sonst würde ich dich jetzt auch für eine ziemliche Heuchlerin halten, schließlich gehen wir

dauernd zusammen in der Kantine essen.»
Sie nickte nachdenklich. «Meinst du, dass es vor allem wir Frauen sind, die es besonders wichtig finden, ob sie von anderen als hübsch oder hässlich wahrgenommen werden? Wie viele Männer denken über ihr Aussehen nach?»
Er zuckte mit den Schultern. «Keine Ahnung.» Er neigte leicht den Kopf. «Wer sind denn *die Anderen*? Freunde? Familie? Fremde?»
Lina überlegte, aber sie konnte beim besten Willen nichts unterscheiden. Wenn sie darüber nachdachte, was andere von ihr hielten, hatte sie nie differenziert, sondern einfach nur eher diffus an die Allgemeinheit gedacht. Seltsam.
Hans sah über seinen Monitor hinweg zu ihr hinüber. «Warum stellst du heute so komische Fragen?»
«Ich war am Wochenende bei einem Seminar und da ging es auch um das Thema.»
«Was war das für ein Seminar?»
«Ähm ...» Lina spürte, dass ihre Wangen heiß wurden und es in ihrem Bauch kribbelte. «Das bleibt aber unter uns! Und du darfst mich nicht auslachen.»
«Versprochen. Beides.»
«Ich habe eine Clownausbildung angefangen.»
«Clown! Wie bist du denn auf die Idee gekommen?»
Sie winkte ab. «Das ... äh ... war eher Zufall.»
«Wo lernt man so was? In einer Schauspielschule?»
«Es gibt hier in Hamburg eine spezielle Schule nur für die Clownausbildung. Da habe ich mich angemeldet.»
Er lächelte. «Es scheint dir gut zu bekommen.»

Kichernd winkte sie ab. «Bestens! Es macht riesigen Spaß.»
«Da bist du jetzt jedes Wochenende?»
«Nicht jedes, aber oft. Die Workshops sind an Wochenenden und in der Woche abends gibt es Trainingsstunden, zu denen man sich zusätzlich anmelden kann.»

Gegen Mittag klingelte das Telefon auf Linas Schreibtisch und sie nahm den Anruf an. «Hansen?»
«Hier ist das Sekretariat der Geschäftsleitung», meldete sich die quäkende Stimme von Frau Wagner, der Assistentin vom Oberboss.
Automatisch verkrampften Linas Nackenmuskeln. «Ja? Was gibts?»
«Sie sollen heute um vierzehn Uhr im Konferenzsaal erscheinen.»
Linas Herz schlug augenblicklich schneller. «Warum?»
«Es gibt irgendwelche Fragen wegen der Steuerprüfung.»
«Oh.»
«Seien Sie pünktlich. Herr Morton wird persönlich ebenfalls teilnehmen.» Es klickte. Das Gespräch war beendet und Lina ließ den Hörer sinken.
«Was ist los?», fragte Hans.
«Ich muss nachher hoch. Wegen der Steuerprüfung.»
«Gibt es Probleme?»
«Ich habe keine Ahnung.» Ihr Magen zog sich zusammen. «Ich glaube, mir wird schlecht.»

Hans winkte ab. «Mach dich nicht verrückt. Du hast immer sorgfältig gearbeitet.»

«Woher willst du das wissen?»

«Mädel, ich kenne dich nicht erst seit gestern.»

Lina seufzte. «Fehler passieren trotzdem.»

Das Hochgefühl des Wochenendes war verflogen. Der Alltag hatte sie zurück. Sie versuchte, sich auf ihre Arbeit zu konzentrieren, aber das war nicht leicht.

«Kommst du mit in die Pause?», fragte Hans nach einer Weile.

«Nein. Ich kriege keinen Bissen runter.»

«Lina, bleib ruhig. Die reißen dir da oben nicht den Kopf ab.»

«Du hast gut reden.»

«Komm mit, das lenkt dich ab.»

«Nein.»

Hans seufzte. «Dann nicht.» Er stand auf und schlenderte hinaus.

Als Lina allein war, fühlte sich die Stille im Büro so bedrückend an, als ob sie der einsamste Mensch auf der Welt wäre.

Sie zählte die Minuten, bis sie die Warterei überstanden hatte. Je näher die Konferenz kam, desto schlimmer wurde die Angst. Sie versuchte, tief durchzuatmen, aber ihr Brustkorb konnte sich nicht ausweiten, als ob er in ein stählernes Korsett gesteckt worden wäre.

«Verflucht, Lina Hansen, nimm dich zusammen», murmelte sie und zwang sich, die Schultern sacken zu lassen. Hans hatte Recht. Sie hatte immer sorgfältig gearbeitet, und sich nichts vorzuwerfen. Fehler konnten passieren. Jedem Menschen konnten Fehler passieren. Das musste auch ein Herr Morton wissen.

Jetzt knurrte zu allem Überfluss auch noch ihr Magen. Sie hätte doch mit essen gehen sollen. Nun war es zu spät, sich etwas zu besorgen. Hoffentlich blieb es nachher im Konferenzraum in ihrem Bauch still. Ein Knurren würden alle hören und das wäre oberpeinlich.

Hans kehrte aus der Pause zurück und legte ihr ein Schokoladentäfelchen auf die Tastatur. «Für die Nerven.»

«Danke. Das kann ich gebrauchen.» Sie griff zu, riss das Papier auf und stopfte die Schokolade in sich hinein.

Dann war es so weit. Mit weichen Knien und innerlich vor Aufregung bebend, machte sie sich auf den Weg. Erst zur Toilette mit Händewaschen und Frisurenkontrolle vor dem Spiegel. Sie roch unter ihre Achseln. Zum Glück zog ihr nur der angenehme Geruch ihres dezenten Deos in die Nase und kein Schweißgestank. Sie atmete tief durch. Immer noch das Korsett. Damit musste sie leben. Sie verließ die Toilette und lief zum Fahrstuhl.

Als sie vor der geschlossenen Tür wartete, waren ihre Hände schon wieder feucht vom Angstschweiß. Sie erinnerte sich an das Wochenende. Ach, könnte sie sich doch zurück in die Clownschule beamen. Da war alles so leicht gewesen. Der Gedanke zuckte durch ihren Kopf und gleich darauf die Erinnerung an ihren ersten Bühnenauftritt, die Angst vorher und das Blackout, aus dem Hubo sie gerettet hatte. Fühlte sich das hier nicht gerade genauso an? Die weichen Knie. Die schweißnassen Hände. Der rasende Herzschlag. Die Angst, vor lauter Panik nicht mehr denken zu können?

«Wovor habe ich eigentlich Angst, ich blöde Kuh? Ich habe doch kein Verbrechen begangen!», murmelte sie gegen die geschlossene Fahrstuhltür. Was konnte schlimmstenfalls passieren? Dass sie ihren Job verlor. *Dann werde ich eben hauptberuflich Clown.*

Der Gedanke reizte sie zum Lachen.

Das Ping des Fahrstuhls ertönte, die Tür ging auf und sie trat in die Kabine hinein.

Auf der Bühne war ihre Aufgabe gewesen, alles interessant zu finden. Vielleicht half das jetzt auch. Sie begann, die gleiche Taktik anzuwenden. *Dies ist eine interessante Erfahrung. Ich gehe in die Chefetage und das ist sehr interessant. In meinem Bauch grummelt es. Sehr interessant. Ich schwitze vor Angst. Das ist ja interessant.*

Tatsächlich fühlte sie sich etwas leichter. Die Taktik, mit der Hubo sie während ihres ersten Bühnenauftritts aus dem Blackout gerettet hatte, schien zu funktionieren. Ihr Herzschlag normalisierte sich. Die Nervosität wurde weniger. Sie nahm sich fest vor, genauso weiterzumachen.

Der Fahrstuhl hielt. Sie hatte den vierten Stock erreicht. Im Flur war es leer und still. Anders als in manchen anderen Firmen, war hier die Chefetage nicht besonders nobel eingerichtet, sondern es lag der gleiche graue Teppich auf den Fluren, wie im ganzen Gebäude. Hier oben arbeiteten

vermutlich weniger Leute, als auf den anderen Etagen. Lina kam sich wie ein Eindringling vor.
Was für ein Quatsch!
Nein! Interessant!
Sie ging nach rechts. Die Tür zum Konferenzraum stand offen, doch der Raum war leer und sie sah auf ihre Uhr. Es war erst zehn vor zwei.
Zögernd trat sie ein und sah sich um. Aus den großen Fenstern hatte man einen herrlichen Blick über die Stadt.
«Das ist ja alles sehr interessant», murmelte sie, bemühte sich erneut, tief durchzuatmen und die Schultern sacken zu lassen *Konzentriere dich darauf, deine Umwelt wahrzunehmen*, hörte sie leise Hubos Stimme.
Sie fühlte den Teppich unter ihren Schuhen und wippte ganz leicht hin und her. «Ein sehr interessantes Gefühl.»
Sie betrachtete den großen Tisch. Einige der alten Aktenordner lagen darauf und ein Computer des veralteten Typs, mit dem sie früher gearbeitet hatte, stand daneben. Sie ging hin und strich über die alte Tastatur. Der Monitor war unförmig und riesig. Damals hatte sie nachmittags immer die Jalousien des Büros zumachen müssen, weil die Sonne zu hell durch die Fenster hereinschien und sie auf dem Bildschirm nichts mehr erkennen konnte. Sie hatte gar nicht gewusst, dass es die alten Geräte in der Firma überhaupt noch gab. «Sehr interessant.»
Sich an Hubos Anweisungen zu erinnern, half tatsächlich. Ihre Nerven beruhigten sich. Klasse! Das wilde Tanzen und Toben in der Clownschule würde jetzt auch helfen. Danach

hatte sie sich jedes Mal total locker gefühlt. Ob sie es versuchen sollte? Es war still, die gesamte Etage schien noch in der Mittagspause zu sein. Niemand sah sie. Zögernd machte sie ein paar Tanzschritte. Die Situation war einmalig. Lina Hansen tanzte in der Führungsetage ihres Arbeitgebers. Übermütig machte sie ein paar wilde Armbewegungen und kicherte. Das war irre! Ein aufregender Schauer lief durch ihre Adern.

Stimmen.

Sie hielt inne.

Es waren tiefe Männerstimmen, die jetzt allmählich lauter wurden, dann betraten drei Männer und eine Frau den Konferenzraum, Arthur Morton, Alexander Morton, ein Fremder und Edith Wagner.

«Sie sind schon da.» Arthur Morton lächelte, als er Lina entdeckte.

«Ja. Äh ... guten Tag.»

«Hi, Lina!» Das war Alexander. Er lächelte auch. Sie nickte ihm zu und versuchte, das leichte Magenflirren, das sie befiel, zu ignorieren.

Edith Wagner lächelte ebenfalls, allerdings nicht in Linas Richtung. Sie trug einen Laptop unter dem Arm und sprach leise mit dem dritten Mann, den Lina nicht kannte. Der Gestik und Mimik nach war es Smalltalk.

Das konnte nur der Typ vom Finanzamt sein. Er hatte blonde kurze Haare und trug eine Hornbrille. Er wirkte nicht gefährlich, aber das musste nichts heißen. Vermutlich würde er ihr mit unbeteiligter Miene gemeine Fragen stellen, die sie nicht beantworten konnte. Prompt schlug ihr Herz wieder schneller.

«Bitte.» Der Seniorboss zeigte zum Tisch. «Setzen wir uns doch.»

Lina zog sich den Stuhl heran, der ihr am nächsten stand und ließ sich darauf nieder. Ihre Hand zitterte. Hoffentlich fiel das niemandem auf. Das wirkte ja, als hätte sie ein schlechtes Gewissen.

Sie beobachtete, wie auch die anderen sich ihre Plätze suchten. Alex setzte sich neben sie. «Hattest Du ein schönes Wochenende?», fragte er, als säßen sie privat zusammen.

«Äh ... ja. Danke.» Sein Duft stieg ihr in die Nase. Als Clownin würde sie sich jetzt zu ihm lehnen und tief einatmen, denn ein Clown folgt seinem Impuls, ohne über die Folgen nachzudenken. Doch sie hatte ihre rote Nase nicht dabei und musste also Alltagsmensch bleiben. Sollte sie jetzt nicht die Gegenfrage stellen? Machte man das nicht so? Sie räusperte sich. «Und du?» Alex drehte den Kopf. «Ich auch. Danke.»

«Dann ist ja gut.» Unwillkürlich sah sie Hubos Schmunzelgesicht vor ihrem inneren Auge, und sie stellte sich vor, wie er hier im Raum am Tisch sitzen und alle anlächeln würde. Der Reiz, zu kichern, überfiel sie, und ein leiser Quietschton schlüpfte aus ihrem Mund, bevor sie sich wieder unter Kontrolle hatte. Alexanders linke Augenbraue stieg ein Stück höher. «Alles in Ordnung?»

«Ja.» Sie hustete kurz. «Natürlich.»

Der Senior räusperte sich auch und wedelte mit seiner Hand zwischen Lina und dem Steuerprüfer hin und her. «Herr Kröger, Frau Hansen, Frau Hansen, Herr Kröger.»

Schon wieder überfiel sie die Heiterkeit, denn die Armbewegung des Chefs erinnerte sie an einen kaputten Roboter. O Mann! Das wurde ja immer schlimmer mit ihr. Der Clown, den Hubo am Wochenende in ihr geweckt hatte, wollte unbedingt seine Freiheit, anstatt sich während der Woche wieder brav tief im Unterbewusstsein einsperren zu lassen.

Sie presste die Lippen zusammen, um ernst zu bleiben.

Plötzlich fiel ihr auf, dass Arthur Morton fahrig mit den Händen über den Tisch strich und an der Manschette seines Hemdes zupfte. War der große Boss etwa nervös?

Wie albern die Männer gekleidet waren. Die dunklen Anzüge, die mit Krawatten eingeschnürten Hälse, die engen Jacken. Das musste doch total unbequem sein.

Okay, unbequem waren ihre weiblichen Büroklamotten auch. Warum zog man sich bei der Büroarbeit unbequem an? Eine sehr interessante Frage.

Noch nie hatte sie darüber nachgedacht, mit welch dämlichen Verkleidungen die Stadtmenschen des einundzwanzigsten Jahrhunderts durch die Gegend liefen. Warum taten sie das?

Sie betrachtete die anderen Menschen am Tisch, und es fielen ihr ganz viele erstaunliche Einzelheiten auf. Die Frisur der Frau Wagner ähnelte entfernt einem Vogelnest, die Nase vom Steuerprüfungs-Kröger hatte einen Buckel und

das linke Auge von Arthur Morton zuckte mehrmals. Plötzlich sah sie den Raum, die Personen am Tisch und sich selber wie in einem Theaterstück. Es war eine Komödie, und sie spielte nicht nur mit, sondern war eine der Hauptdarstellerinnen. Eine sehr interessante Erfahrung.
«Liebe Frau Hansen», sprach Herr Morton sie an und sie zuckte zusammen.
«Ja?»
«Wir brauchen ihre Hilfe. Sie sind die Einzige, die uns retten kann.»
Lina starrte ihren Chef an. Sie hatte mit allem Möglichen gerechnet, aber auf keinen Fall damit, dass man ihre Hilfe benötigte. Schon wieder tauchte Hubos Gesicht vor ihrem inneren Auge auf und er nickte ihr zu. «Das ist ja interessant», murmelte sie, bevor sie es schaffte, sich zur Ordnung zu rufen.
Alexander neben ihr stieß ein Geräusch aus, das sich im ersten Moment wie Lachen anhörte, dann aber zu einem Husten mutierte. Lina spürte den Reiz, zu kichern. O Mann!
Sie presste die Lippen aufeinander und nickte. Dann wurde ihr klar, dass sie etwas sagen sollte. Sie räusperte sie sich.
«Worum gehts?»
«Sie sind die Einzige hier im Haus, die noch mit der alten Software gearbeitet hat und es müssen einige Belege mit einigen Konten verglichen und jeweils Protokolle darüber ausgedruckt werden.»
Lina runzelte die Stirn. «Die alte Software funktioniert aber sicher nicht auf unseren modernen Rechnern.»

«Das stimmt leider. Mein Sohn hat gesucht und dieses antiquierte Exemplar im Archiv gefunden.» Er deutete auf den alten Computer. «Es funktioniert auch, doch leider kann niemand von uns damit umgehen. Wären Sie so nett, meinen Sohn einzuweisen, damit er im Laufe der Woche die nötigen Ausdrucke für Herrn Kröger anfertigen kann? Herr Kröger würde Ihnen dann jetzt genau sagen, welche Daten er benötigt.»

Lina nickte. «Wir brauchen die passenden CDs, auf die wir damals die Daten gebrannt haben. Gibt es die noch?»

«Ja, ein ganzer Schrank voll, alle beschriftet mit den entsprechenden Jahren und Monaten.»

«Hoffentlich sind sie noch lesbar.»

Alexander beugte sich vor. «Ich glaube schon. Wenn man sie reinschiebt, gibt es keine Fehlermeldung und es werden Zahlenkolonnen angezeigt.»

Linas Blick zuckte zu ihm. «Dann sollte es kein Problem sein, die Datensätze zu entschlüsseln. Allerdings weiß ich nicht, wie lange es dauert.» Ihr Blick wanderte zwischen Arthur Morton und seinem Sohn hin und her. «Für einen Buchführungslaien ist das alte Programm nicht so leicht zu verstehen.»

Alex nickte. «Das habe ich auch schon gemerkt. Wärst du bereit, mit mir heute Abend einige Überstunden zu machen, damit ich das System kapiere?»

«Die bekommen Sie selbstverständlich mit Zuschlag bezahlt!», rief Arthur Morton.

Wow. Der Chef bettelte ja geradezu. Was für ein

berauschendes Gefühl!

Lina lächelte. «Natürlich, und während der Woche kann Ihr Sohn mich ja auch jederzeit fragen, wenn er Probleme mit der Software hat.»

Arthur Morton strahlte. «Wunderbar! Ich bin sehr erleichtert, es wäre nämlich höchst unangenehm, wenn wir diese Steuerprüfung nicht zur Zufriedenheit des Finanzamtes abschließen könnten.»

Er erhob sich und Edith Wagner sprang ebenfalls auf, als wäre seine Aktion ein unausgesprochenes Kommando gewesen. Der Seniorchef schien erleichtert zu sein, dem Thema Buchführung zu entfliehen, was Lina insgeheim lächeln ließ. Es machte den Chef menschlich und fast sympathisch. Nachdem Edith Wagner mit ihm hinausgegangen und die Tür geschlossen hatte, holte Herr Kröger eine Mappe aus seiner Tasche und schlug sie auf. Er erklärte Lina und Alexander, welche Informationen er brauchte und Lina machte sich Notizen auf einem Block, den Alex geholt hatte. Nach einer Stunde war alles besprochen und der Steuerprüfer verließ sie.

Plötzlich war Lina mit Alex allein. Irgendetwas in ihrer Brust wollte sich zusammenziehen und sie begann, zu schwitzen.

Alex stöhnte. «Ich hatte noch keine Mittagspause. Wie sieht es bei dir aus?» Prompt knurrte exakt in diesem Moment ihr Magen. Sie verdrehte die Augen und Alex lachte. «Das war eine deutliche Antwort. Lass uns in die Kantine gehen. Der Arbeitstag wird noch lang genug, da sollten wir uns vorher stärken.»

Sie nickte. «Gute Idee!»

Während sie zum Fahrstuhl schlenderten, registrierte Lina wackelige Knie. Warum war sie plötzlich wieder so aufgeregt? *Das ist ein sehr interessanter Umstand, Lina Hansen.*

«Lina?»

Ihr Blick zuckte zur Seite. Alex drehte ihr den Kopf zu und hatte die Augenbrauen hochgezogen. Hatte sie etwa laut gedacht? Sie starrte ihn an. «Was?»

«Tausend Euro für Deine Gedanken.»

«Wie bitte?»

Er lachte. «Dein Gesichtsausdruck eben ... ich möchte zu gerne wissen, was du gedacht hast.»

Sie runzelte die Stirn. «Ich habe an gar nichts besonderes gedacht.»

Er wedelte mit der Hand hin und her. «Na ... wenn das mal die Wahrheit ist.»

«Was glaubst du denn, woran ich gedacht habe?»

«Irgendetwas Amüsantes. Vielleicht hast du insgeheim über mich gelacht.»

«Quatsch.»

Er verzog in übertrieben gespielter Konzentration die Augen zu schmalen Schlitzen. «Nein ... Warte ... ich denke, du hast dich gefragt, ob du deinem Freund erzählen sollst, dass wir beide den heutigen Abend zusammen verbringen.»

«Ich habe keinen Freund.»

«Das wollte ich hören.»

Die Worte krachten in ihren Verstand, doch sie hatte keine

Zeit, die Wirkung auf ihren Gemütszustand zu registrieren, denn das Gespräch endete in diesem Moment, weil sie die Kantine betreten hatten und die Mitarbeiterin am Tresen laut nach ihren Wünschen fragte.

Lina bestellte Salat, Alex eins der warmen Mittagsgerichte. Sie bekamen ihre Teller und gingen an einen Tisch. Um diese Zeit war die Kantine fast leer. Niemand beachtete sie.

Als sie sich gegenüber saßen, stieg Lina der Duft seines mit Käse überbackenen Auflaufs in die Nase. Speichel sammelte sich in ihrem Mund. Sie musste schlucken, um nicht wie ein Hund zu sabbern. Warum, zum Teufel, hatte sie bloß diesen blöden Salat bestellt?

Mal wieder erschien Hubos Gesicht mit seinem typischen Schmunzeln vor ihrem inneren Auge und sie konnte sich die Frage selbst beantworten.

Schnaubend sprang sie auf, lief zum Tresen. «Ich möchte bitte auch den Auflauf.»

Die Küchenmitarbeiterin nickte. «Kommt sofort.»

«Und eine Mousse au chocolate.»

Die Küchenmitarbeiterin lächelte.

«Eine doppelte Portion.»

Die Küchenmitarbeiterin kicherte und Linas Lippen verzogen sich zu einem breiten Grinsen.

Sie starrte hungrig auf das Tablett, als die Frau es über den Tresen schob und flötete ein «Danke schön».

Als sie mit der neuen Bestellung in den Händen an den Tisch zurückkehrte, zog Alex die Augenbrauen hoch und schmunzelte.

«Keine Kommentare bitte!», brummte sie, bevor er etwas sagen konnte.
«Äh ... alles klar.» Er zwinkerte. «Dann mal guten Appetit.»
«Gleichfalls.»
Lina nahm einen Bissen auf ihre Gabel und der Duft kroch ihr in die Nase, als sie sie zum Mund führte. Plötzlich war es ihr egal, dass sie sich gerade vor ihm lächerlich gemacht hatte. Wie hieß das Sprichwort so schön? Hat man sich erstmal blamiert, lebt es sich ganz ungeniert. Wenn sowieso schon über sie gelacht wurde, konnte sie auch einfach genießen, was jetzt den Weg in ihren Mund fand, ohne darüber nachzudenken, wie es auf andere wirkte. Sie hielt einen Moment inne, um sich auf den Duft zu konzentrieren. «Mmh.» Dann öffnete sie die Lippen und schob das Essen langsam hinein. Sie schloss die Augen und genoss, während sie kaute.
Als ihre Lider wieder aufklappten, begegnete ihr sein Blick. Er bewegte sich nicht. Er starrte sie an.
Und er leckte sich über die Lippen.
Und ihr Herz schlug schneller.

Kapitel 7

«Und dann habe ich den blöden Salat stehenlassen und den Auflauf gegessen.»
Alle lachten.
Es war Freitagabend und der Beginn des zweiten clownischen Seminarwochenendes. Die Gruppe saß in einer großen Runde beisammen. Jeder sollte erzählen, wie es ihm oder ihr seit dem ersten Ausbildungswochenende ergangen war, und gerade hatte Lina von ihrem Montag nach dem Seminar berichtet.
«Wie ging es dann weiter?», fragte Elisabeth.
Lina zuckte mit den Schultern. «Ganz normal. Wir haben zusammengearbeitet.»
Nils runzelte die Stirn. «Warum hast du überhaupt erst den Salat bestellt?»
Lina verdrehte die Augen. «Ich bin nicht gerade schlank. Für mich fühlt es sich blöd an, in der Öffentlichkeit kalorienreich zu essen. Ich sehe dann die imaginären Denkblasen über den Köpfen der Kollegen schweben: *Sie ist schon so dick, muss sie auch noch sowas in sich hinein schaufeln*?»
«Ich denke nie darüber nach, was die Leute in meiner Firma essen.»
«Wir Frauen kontrollieren und bewerten unser Verhalten viel

mehr, als ihr Männer. Ich weiß, es ist unvernünftig und dumm, ungesund zu essen. Wenn ich es trotzdem mache, bedeutet das, dass ich schwach bin. So will ich von meinen Kollegen nicht wahrgenommen werden.»
Hubo räusperte sich. «Hat jemand ähnliche Erfahrungen gemacht?»
«Ich!» Katharina meldete sich.
Lina erinnerte sich an die Vorstellungsrunde zu Beginn der Ausbildung. Katharina hatte erzählt, dass sie als Assistentin des CEO eines international agierenden Konzerns tätig war. Sie war nett und strahlte Souveränität aus. Lina hatte sie sofort sympathisch gefunden. Die anderen anscheinend auch, denn Katharina hatte zu allen Kursteilnehmern seit dem ersten Tag ein gutes Verhältnis.
Hubo nickte ihr zu. «Erzähl.»
«Ich habe alle hohen Schuhe und engen Röcke aus dem Schrank aussortiert und ziehe mich jetzt bequem an.»
«Hat dein Boss das kommentiert?», fragte Elisabeth.
«Nein.» Sie lachte. «Ich glaube, er hat es noch gar nicht gemerkt. Er ist nicht sexistisch und ich bin bisher auch eher wegen des Ansehens der Firma den Kunden gegenüber in den typischen Business-Frauen-Klamotten rumgelaufen.» Sie schwieg kurz und runzelte die Stirn. «Eigentlich habe ich nie darüber nachgedacht, warum ich mir High Heels antue. Es ist einfach üblich, deshalb gehörte es für mich zum Job. Einer unserer wichtigsten Kunde hat mich mit seltsamem Gesichtsausdruck gemustert, aber natürlich nichts gesagt. Dafür einige Kolleginnen aus der Firma. Denen ist es sofort

aufgefallen und sie haben mich gefragt, warum ich mich neuerdings so *brav* anziehe. Lina, du hast recht, wir Frauen ticken e nfach anders als Männer.»

Maria beugte sich vor. «Was hast du geantwortet?»

«Dass sie sich um ihre Jobs kümmern sollen, statt über meine Kleidung zu diskutieren.»

Alle lachten und Maria seufzte. «Ich habe darüber nachgedacht, mich weniger zu schminken. Es nervt total, jeden Morgen so viel Zeit damit zu verbringen, sich Farbe ins Gesicht zu kleistern, aber ich habe mich nicht getraut, es zu lassen. Ohne Make-up sehe ich aus, als ob ich sterbenskrank wäre. Alle würden mich blöd anlabern.»

Vanessa schüttelte den Kopf. «Was soll das? Sind wir hier in einer Psycho-Selbsthilfe-Gruppe? Was für eine
Rolle spielt es, wie ich privat bin? Warum soll ich plötzlich mein Leben ändern?»

Anna lächelte. «Niemand soll etwas ändern, es ergibt sich nur manchmal. Der Clown ist kein Schauspieler, ein Clown spielt keine Rolle. Wenn Du ein echter, authentischer Clown sein willst, musst Du Dich selbst finden. Du brauchst Dein inneres Kind, das sich in dir unter den ganzen Schichten von Rollen, Regeln und angelerntem Erwachsenenverhalten versteckt hat. Du musst ihm erlauben, vor allen Leuten auf der Bühne zu leben. Wenn ein Anfänger beginnt, diese Schichten zu identifizieren, spüren manche Kursteilnehmer, dass sie die eine oder andere ihrer Lebensregeln eigentlich bescheuert finden, und sie haben keine Lust mehr, sie weiterhin zu befolgen. Durch die Ausbildung zum Clown wird auf diese Art auch die Alltagsperson freier, entspannter und glücklicher!»

Vanessa verzog die Lippen zu einer kritischen Linie «Ich glaube nicht, dass ich mich ändern will.»

Ben winkte ab. «Das musst du auch nicht. Es gibt viele Clowns, die tatsächlich nur mit der Clownsnase im Gesicht zu Anarchisten werden und sobald die Nase ab ist, genauso sind und bleiben, wie sie es vor der Clownausbildung waren.»

Lina lehnte sich zurück. Während die anderen weitere Erfahrungen austauschten, schweiften ihre Gedanken ab. Annas und Bens Erklärungen klangen in ihr nach.

Anarchie. Keine Regeln. Das innere Kind finden und befreien. Gefühle ehrlich und ungefiltert rauslassen. Im *Jetzt* sein, ohne einen Gedanken an gestern oder morgen. Was für interessante Aspekte. Wie war sie als Kind gewesen? An was konnte sie sich erinnern? Bilder zuckten in ihrem Kopf auf, längst vergessene kurze Szenen. Ihre Lieblingspuppe im Arm. Spielen in einer Sandkiste. Ein Streit mit der Freundin, bei dem sie sich gegenseitig an den Haaren gezogen hatten. Gebrüll, weil dem Teddybären ein Arm abgefallen war. Ein Morgen, an dem sie einen Becher Kakao über den Küchentisch vergossen hatte und Wurstscheiben in brauner Soße schwammen.

Damals war alles so leicht gewesen. Sie hatte gelacht oder geweint, selbstvergessen gespielt oder wütend gebrüllt, wenn etwas ungerecht gewesen war. Das Mädchen Lina hatte tatsächlich nie auch nur einen Gedanken daran

verschwendet, darüber nachgedacht, wie andere Kinder über ihr Verhalten urteilen könnten. Allerdings hatte sich das bereits in der Schule geändert. Sie erinnerte sich daran, dass ein Mädchen schwarze Lackschuhe bekommen hatte, alle anderen nach und nach in ähnlichen Schuhen herumliefen, nur Lina nicht und sich deswegen schämte.
«Ich glaube, allmählich begreife ich, worum es beim Clownsein geht», murmelte sie ihrer Sitznachbarin zu und Elisabeth nickte. «So geht es mir auch gerade.»
Vanessa schüttelte den Kopf. «Das ist doch alles Blödsinn. Als Clown auf der Bühne macht man Quatsch, um die Zuschauer zum Lachen zu bringen. Ob das mein inneres Kind ist oder nicht, kriegt doch niemand mit.»
Anna nickte. «Ich bin keine Schauspielerin und will auch keine werden. Mein Clown-SEIN ist ein Teil meiner Persönlichkeit. Meine Clownin will nicht vorspielen, sondern mit dem Publikum spielen. Sie ist eine authentische Persönlichkeit. Doch das muss nicht so sein. Wenn Du ausschließlich ein einstudiertes Bühnenprogramm machen willst, also sozusagen als Schauspielerin die Rolle des Clowns spielst, geht das auch. Für jeden gibt es ganz subjektiv einen ureigenen, persönlichen Weg. Du bist Schauspielerin und niemand zwingt dich dazu, etwas anderes zu werden, wenn du nicht selber etwas anderes werden willst. Vielleicht willst du Komik, Slapstick oder Akrobatik mit witzigen Nummern machen. Vielleicht entdeckst du Freude daran, eine stille, schüchterne Clownin zu sein.»

Vanessa runzelte die Stirn, doch Anna winkte nur lachend ab. «Musst du ja nicht. Ich will nur sagen, nutze die Ausbildung hier, ohne vorher schon Ziele festzulegen. Gib dir die Chance, Erfahrungen zu machen. Experimentiere einfach, lass dich darauf ein, zu probieren, wohin der clowneske Weg dich führt.»

Ben nickte. «Den Unterschied zwischen Vorspielen und Mitspielen werdet ihr spätestens dann verstehen, wenn unsere Übungseinheiten als Straßenclown beginnen und ihr spontan agieren und reagieren müsst. Da helfen einstudierte Rollen wenig, da ist Improvisation gefragt.»

Anna lachte. «O ja. Auf der Straße merkst Du ganz schnell, ob du authentisch bist oder ob du eine Rolle spielst.»

Hubo stand auf. «Genug geredet. Denkt nicht so viel nach. Ihr seid ganz am Anfang und solltet einfach Lust zum Spielen haben. Das reicht vollkommen. Okay?»

Alle lachten und nickten.

«Gut. Dann lasst uns loslegen.»

Sie begannen mit dem *Warm-up*, wie Anna und Ben es nannten. Es beinhaltete viele Elemente, die Lina bereits im ersten Wochenende kennengelernt hatte, wildes Tanzen und verrückte Spiele. Es folgte Entspannungs- und Lockerungsübungen, dann arbeiteten sie am Gebrauch der Stimme und einer guten Atemtechnik.

Lina genoss alle Übungen, die Angst, nicht gut genug zu sein, war vollständig verflogen. Sie fühlte sich in der Clownschule bereits zuhause.

Nach zwei Stunden klatschte Hubo in die Hände. «Bühnenübung!»
Augenblicklich schlug Linas Herz schneller. Die Bühne übte eine eigenartige Faszination auf sie aus. Sie fühlte sich von ihr angezogen, doch gleichzeitig vibrierten ihre Nerven bei der Aussicht, ins Scheinwerferlicht zu treten, als hätte sie jemand wie Gitarrensaiten gespannt.
«Es ist eine Partnerübung und sie heißt: *Was-tust-du.*» Hubo winkte seinen Assistenten und zeigte Richtung Bühne. «Anna und Ben. Wollt ihr es einmal vorführen?»
Die beiden nickten, liefen die kurze Treppe hinauf und setzten ihre Nasen auf, bevor sie sich umdrehten und dem Publikum stellten.
 Ben begann, auf einem imaginären Fahrrad zu fahren. Anna sah mit offenem Mund, sichtbar fasziniert und staunend, zu.
«Was tust du?», fragte sie. Er hielt inne, wendete sich ihr zu und antwortete feierlich ernst: «Ich putze Fenster.»
Die Gruppe lachte und Anna rief: «Ich auch!» Sie begann, voller Inbrunst unter Einsatz des ganzen Körpers, imaginäre Fensterscheiben zu putzen. Zwischendurch wischte sie sich den Schweiß von der Stirn und rieb mit dem Daumennagel über einen fiktiven festklebenden Fliegenschiss. Ben sah eine Weile konzentriert zu. Er staunte genauso, wie Anna, als sie ihm zugesehen hatte. Schließlich fragte er: «Was tust du?»
«Ich stricke einen Pullover.»
Ben strahlte. «Ich auch!»

Er begann, mit imaginären Stricknadeln zu agieren.
Alle lachten.
Hubo winkte ab. «Das reicht. Ich glaube, jeder hat verstanden, worum es geht.»
Ben und Anna drehten sich um, zogen die roten Nasen ab und verließen die Bühne. Hubo wandte sich der Gruppe zu. «Seid spontan und impulsiv. Nicht nachdenken, nicht planen, sondern folgt eurer ersten Idee, dem ersten Impuls. Wir wollen hundertprozentigen Einsatz sehen. Gebt alles!»
Er sah von einem zum anderen. «Noch Fragen?»
Alle schüttelten die Köpfe.
«Okay. Wer möchte beginnen?»
Nils schupste Lina an. «Los, wir beide sind mutig.»
Ups. Nils, der attraktive Manager, der Souveränität mit dem Löffel gefressen zu haben schien, wollte ausgerechnet mit ihr auf die Bühne? Warum?
Bereits während diese Gedanken durch ihren Verstand huschten, schimpfte sie sich eine Idiotin. Sie standen zufällig nebeneinander und Nils war lediglich spontan. Sie war in der Clownschule, nicht im Business-Alltag. Hier gab es keine Rangordnung oder Cliquenbildung. Sie alle waren ein Team und genauso handelte Nils.
Sie liefen die drei Stufen hinauf und drehten den Zuschauern ihre Rücken zu. Linas Knie fühlten sich mal wieder wie Watte an. Sie setzten ihre Nasen auf und Nils drehte ihr das Gesicht zu. «Bereit?», fragte er grinsend. «Ja. Fang du an.»
Er nickte. «Okay. Dann los!»

Sie drehten sich zu den Zuschauern um und Nils begann wie Ben, indem er auf einem imaginären Fahrrad los strampelte. Lina sah zu.

«Atmen nicht vergessen, und dein innerer Monolog ist: *Das ist ja interessant*», rief Hubo ihr von der Seite leise zu. Natürlich! So hatte sie es doch gelernt. Sie gehorchte und atmete aus. Ihre Schultern sackten herab und sie konzentrierte sich auf ihren Bühnenpartner, sah ihm zu und dachte: Das ist ja interessant.

Nach einer Weile stellte sie ihre Frage: «Was tust du?»

Nils hielt inne und wendete sich ihr zu. «Ich spiele Tennis.»

Aus dem Publikum flog Kichern zu ihnen hinauf.

Linas Gedanken fuhren Achterbahn. *Tennis! Mist! Wie zum Teufel spielte man Tennis?* Sie begann unbeholfen, den unsichtbaren Tennisschläger zu schwingen, wie sie es im Fernsehen gesehen hatte. Ben wartete eine Weile. Dann fragte er: «Was tust du?»

«Ich flechte mir einen Zopf.»

Augenblicklich begann Nils, wild an seinem Kopf herum zu fummeln und die Zuschauer lachten.

«Was tust du?»

«Ich backe einen Kuchen.»

In Linas Kopf sprang das Bild eines Sandkastens auf. Sie fühlte sich in ihre Kindheit zurückversetzt, hockte sich hin und begann mit Inbrunst, imaginären Sand in Formen zu drücken und umzukippen.

«Was tust du?»

«Ich kaufe im Supermarkt ein.»

Ben schob einen Einkaufswagen los und packte Sachen hinein.

Hubo unterbrach. «Das ist genug.»

Lina und Nils lachten, während sie den anderen die Rücken zudrehten und ihre roten Nasen abzogen. Die Gruppe applaudierte stürmisch, als sie die Bühne verließen, und Lina spürte ein Glücksschaudern ihren Nacken hinunter kribbeln.

«Wie fühlt ihr euch?», fragte Hubo.

Lina strahlte. «Herrlich. Es hat riesigen Spaß gemacht.»

Er nickte. «Du hast erst Tennis gespielt, anschließend Kuchen gebacken. Hat es sich für dich unterschiedlich angefüllt? Was hast du während der Tätigkeiten gedacht?»

Lina überlegte. «Beim Tennis spielen wusste ich nicht so recht. Ich habe nie selber Tennis gespielt und diese Sportart interessiert mich auch nicht.» Sie ließ ihren Blick gegen die Raumdecke ins Leere gleiten, während sie sich an die Übung erinnerte. «Ich habe versucht, es nachzumachen, wie ich es aus dem Fernsehen kenne. Das Kuchenbacken war viel leichter. Da war plötzlich eine Sandkistenerinnerung da, der ich gefolgt bin, ohne weiter darüber nachzudenken.»

«Hast du die Sandkastenerinnerung nachgespielt, wie beim Tennis, oder wurdest du wieder das Kind in der Sandkiste?»

«Ich war Kind.» Sie kicherte. «Vermutlich hätte ich eher in eine imaginäre Küche gehen und meine Mutter nachahmen sollen. Sandkiste war ja gar nicht gefragt gewesen.»

«Nein, es war herrlich!», rief Elisabeth und die anderen stimmten zu.

Hubo stützte sich auf den Rand der Bühne und schwang sich so darauf, dass er auf dem Rand zu sitzen kam. Er nickte Elisabeth zu. «Warum empfandest du es als herrlich? Und denk daran, wir wollen keine allgemeine Wertung, sondern subjektives Feedback.»

Sie zuckte mit den Schultern. «Ich weiß nicht, es hat mir einfach gefallen.»

«Ich habe es irgendwie als rührend empfunden», murmelte Maria, «ich hatte das Gefühl, dass diese Clownin verletzlich ist, ich bekam ein zärtliches Gefühl für sie, ich wollte sie beschützen.»

Anna nickte lächelnd. «Die Clownin auf der Bühne hat dein inneres Kind gestreichelt.»

Hubo sah in die Runde. «Erinnert euch an alles, was ihr eben von Nils und Lina gesehen hast. Wie habt ihr die einzelnen Phasen empfunden?»

«Es war alles lustig, aber Linas Sandkastenspielen war tatsächlich ... mehr. Meine Gefühle reagierten ähnlich, wie Marias», sagte Katharina.

Hugo nickte. «Merkt Euch das. Das ist der Unterschied zwischen Clown spielen und Clown sein.»

Lina hob den Kopf und ließ ihr Gesicht von der Frühlingssonne wärmen. Seit sie zur Clownschule ging, schien die Zeit dahinzujagen. Der Winter war viel schneller vergangen als in anderen Jahren und nun war es schon Ende April.

Meistens traf sie Ben oder Anna und Mitglieder ihrer Gruppe

auch an mindestens einem Abend innerhalb der Woche. Sie übten und probierten alles, was sie in den Unterrichtswochenenden lernten und hatten viel Spaß dabei. Stella, die alleinerziehende Mutter und Krankenschwester, war inzwischen zu einer echten Freundin geworden. Sie wohnte nur zehn Autominuten von Lina entfernt. Seitdem sie das wussten, trafen sie sich ab und zu abends in einem Restaurant und sie dachten darüber nach, als fertige Clowns gemeinsam aufzutreten.
Die Clownschule und die anderen Kursteilnehmer waren zu einem echten Teil ihres Lebens geworden.

Heute hatte Lina Urlaub genommen, und sie war unterwegs, um Hamburgs Secondhand-Läden zu durchforsten. Sie brauchte ein Clownskostüm.
Vor zwei Wochen hatte Hubo angekündigt, dass die Gruppe im Juni erste Straßenclown - Erfahrungen sammeln würde.
Bis dahin sollte jeder daran arbeiten, seine persönliche Clownfigur zu entwickeln, ihr einen Namen zu geben und sie einzukleiden.
Lina hatte sich bereits Theaterschminke besorgt. Sie hatten zwar im Unterricht noch nicht das Thema Maske behandelt, aber es reizte sie, auszuprobieren, wie es sich anfühlte, mit einem weißen Clownsgesicht herumzulaufen.
Heute wollte sie auf die Suche nach verrückter Kleidung gehen. Nils war am letzten Wochenende in einem weißen Ballett - Tutu auf die Bühne gegangen. Darunter hatte er eine weite rote Hose angezogen. Das war total grotesk und sehr lustig gewesen.

Elisabeth hatte das gekaufte Kostüm, in dem sie am ersten Abend in der Clownschule erschienen war, verschenkt und kam neuerdings in einer schlichten Arbeitslatzhose zu den Übungsstunden.

Lukas, der Lehrer, der sich immer etwas schüchtern im Hintergrund hielt, hatte sich ein wadenlanges blaues Nachthemd angezogen, sich aber darin nicht wohl gefühlt und es Maria geschenkt, die das Teil inzwischen liebte.

Lina hatte noch keine Ahnung, wie sie sich anziehen wollte. Sie hoffte, irgendwo etwas zu entdecken und es spontan zu mögen.

Während sie die Weidenallee in Richtung Sternschanze entlang schleuderte, summte sie leise ein Lied vor sich hin. Sie erreichte einen Secondhand - Laden, trat ein und sah sich um. Die Inhaberin sortierte T-Shirts in einem Regal. «Hi. Kann ich helfen?», fragte sie, ohne ihre Arbeit zu unterbrechen.

«Hi. Ich weiß nicht. Ich brauche etwas Verrücktes, Hässliches, Auffallendes, Außergewöhnliches, was ein normaler Mensch nicht anziehen würde.»

«Das ist ja mal eine seltsame Suche.»

Lina lachte. «Ich mache eine Ausbildung zum Clown. Dafür brauche ich etwas Verrücktes.»

Die Verkäuferin unterbrach ihre Arbeit. «WOW! Cool. Lass mal überlegen.»

Sie legte den Zeigefinger an die Lippen und ließ den Blick durch den Laden gleiten. «Bunt und verrückt ist schwierig, aber ich habe eine schwarz-weiß gestreifte Anzughose, zu

der du eine Bluse in verrückter Farbe anziehen könntest. Willst du mal probieren?»
«Klar. Her damit.»
Lina probierte die Hose an. Sie war eng und kurz. Ihr dicker Hintern sah darin total blöd aus und sie liebte es. Fröhlich marschierte sie auf Strümpfen in der Hose durch den Laden und entdeckte eine Bluse mit kitschigen rosa Blumen und eine giftgrüne Weste, die sicher mal jemand für einen Karnevalsauftritt angeschafft hatte.
Sie zog alles an. Die Verkäuferin lachte. «Du siehst genial aus.»
Perfekt.
Während Lina sich wieder umzog, staunte sie über sich selbst. Vor der Clownausbildung wäre sie im Traum nicht darauf gekommen, ihren Hintern mittels Kleidung zu betonen, und jetzt freute sie sich auf die amüsierten Gesichter ihrer neuen Freunde, wenn sie in diesen Klamotten zum ersten Mal auf die Bühne treten würde.
 Als sie den Laden verließ und die Straße entlang spazierte, lief eine Frau mit zwei Kindern vor ihr. Lina schätzte das Mädchen und den Jungen um die sechs bis acht Jahre alt. Beide hatten strohblondes Haar. Vielleicht waren sie Zwillinge. Während die kleine Familie ihren Weg ging, gaben die Kinder sich Fantasienamen, die immer verrückter wurden.
«Ich bin der große Musiktrompator», rief der Junge und kicherte.
«Und ich bin die noch größere Supermusiktromaptorin!»,

kreischte das Mädchen. «Und Mama ist Obersupermusiktromperin!»

Das Lachen der Kinder war so ansteckend, dass Lina ebenfalls gluckste.

Sie erinnerte sich an ihr Spiegelbild beim Anprobieren der neuen verrückten Clown-Klamotten im Secondhand-Laden.

Und ich bin eine ... Pinkabella!

Ha! Das klang gut!

«Pinkabella» probierte sie leise, es auszusprechen. «Pinkabella ist da!»

Die Kinder überquerten mit ihrer Mutter die Straße. Lina lief weiter geradeaus.

«Pinkabella ist klügste Clownin von ganze große Welt», sprach sie es laut aus und grinste breit. Ja! Das war ihr perfekter Clownsname.

«Pinkabella, Pinkabella, Pinkabella» Singsang-mäßig spielte sie mit dem Wort und es wurde ihr immer vertrauter. Sie hatte ihren Clownsnamen gefunden. Wow!

Zuhause zog sie die neuen Sachen an, filmte ihr Spiegelbild mit dem Handy und sprach in Theaterstimme dramatisch und lauthals ihren Clownsnamen aus.

«Hier kommt Pinkabella. Die große, schlaue unwiderstehliche Pinkabella! Pinkabella, schönste Clownin von das ganze Universum. Pinkabella, die größtmögliche Künstlerin»

Kapitel 8

«Und so, liebe Mitarbeiterinnen und Mitarbeiter, möchte ich mit Ihnen heute diesen Erfolg feiern.»
Arthur Morton hob sein Glas und alle folgten ihm.
«Auf eine weiterhin gute Zeit für uns.»
Lina trank. Der Alkohol prickelte auf der Zunge. Lecker. Das war kein billiges Zeug aus dem Supermarkt. Sie nahm schnell einen zweiten Schluck, bevor sie ihr Glas wieder abstellte.
Eine derartige Feier hatte es in der Morten GmbH noch nie gegeben. Alle Mitarbeiter saßen, aufgeteilt an zwei langen Tischreihen, auf der riesigen Dachterrasse der Kantine. Es war frühsommerlich warm, sodass die großen Sonnenschirme aufgespannt waren. Ein sanfter Wind sorgte für angenehme Abkühlung.
Es gab diesen garantiert teuren Sekt, Kaffee und Kuchen. Der Chef feierte mit seinen Mitarbeitern die Gründung eines weiteren Firmensitzes in Brüssel.
Das Unternehmen arbeitete seit mehreren Jahren international und zwei Mitbesitzer der GmbH leiteten Büros in Hongkong und Thailand. Lina wusste nichts darüber, außer, dass ihr die Namen und Orte in den Buchführungsbelegen begegneten. Nun würde sich das

Unternehmen also noch mal vergrößern.

Der Chef setzte sich an das Kopfende des Tisches, an dem auch Lina und Hans weiter hinten ihre Plätze hatten. Linas Blick glitt zur Seite. Alex saß neben Edith Wagner. Er trank sein Glas in einem Zug leer, stellte es ab und starrte mit ausdruckslosem Gesicht auf seinen Kuchenteller, auf dem ein unberührtes Stück Torte lag. Seltsam. So deutlich frustriert oder schlecht gelaunt hatte sie ihn noch nie gesehen.

Seit ihrer gemeinsamen Arbeit an der alten Buchführung hatte sie nichts Persönliches mehr mit ihm zu tun gehabt. Vermutlich hatte er eingesehen, dass es an ihr doch nichts Geheimnisvolles zu entdecken gab. Wenn sie sich zufällig begegneten, grüßte er freundlich, miteinander geredet hatten sie nicht mehr.

Die Mitarbeiter der Kantine verteilten Kuchen und gossen Kaffee ein. Allgemeines Gerede summte über die Terrasse.

Lina aß und fing um sich herum Gesprächsfetzen auf.

«Hast Du die neue Frisur von der Fuchs gesehen?»

«Der blöde Meyer hat ein neues Auto.»

«Ich mache heute aber keine Überstunden wegen der Feier hier oben.»

«Wir fliegen diesen Sommer nach Kreta.»

«Hey Lina! Träumst Du?» Ihr Gesicht zuckte hoch, als sie ihren Namen hörte. «Was?»

Hans grinste. «Ich habe dich dreimal angesprochen.»

«Sorry.»

«Was ist los? Worüber grübelst du?»

«Nichts. Mir ist nur gerade aufgefallen, dass mich nichts von dem, was hier am Tisch geredet wird, interessiert.»

Hans winkte ab. «Das muss es auch nicht. Ist ja nichts Wichtiges.»

«Warum reden dann überhaupt alle?»

Er zuckte mit den Schultern. «Würden alle still da sitzen, wäre es seltsam, und was sollten wir statt Reden tun? Singen?»

Lina gluckste. «Vielleicht.»

Unwillkürlich zuckten ihre Gedanken in die Clownschule. Was würden ihre clownischen Figuren an dieser Tafel tun? Im Geist sah sie Ben und Anna um die Tische laufen und von jedem Teller ein Stück Küchen stibitzen. Und was würde Clownin Pinkabella jetzt machen? In ihrer Fantasie setzte Lina ihre rote Nase auf und sah sich staunend um.

Es klirrte, weil jemand seine Kuchengabel auf dem Teller ablegte. Eine Frau tupfte ihre Mundwinkel mit einer Serviette ab. Und Alexander Morton trank schon wieder ein volles Glas Sekt auf ex aus.

Edith Wagner fiel gerade ein Stück Kuchen von der Gabel. Und ihr Mund, der bereits empfangsbereit geöffnet gewesen war, klappte wieder zu. Sie versuchte es noch mal, doch das Kuchenstück wehrte sich, es sprang erneut von der Kabel und Frau Wagners Mund erinnerte an das Maul eines Fisches.

Das ist sehr interessant hier.

Pinkabella würde vielleicht mit den Fingern essen, sich die Wangen besudeln und vergessen, eine Serviette zu benutzen. Sie würde bestimmt Sahnereste mit Hingabe vom Teller lecken und Kaffee direkt aus der Kanne in ihren Mund laufen lassen. Wie einen Wasserfall.

Sie könnte auch mit Teelöffeln Weitwurf trainieren oder mit Untertassen jonglieren üben. Vermutlich würden die Teller keine fünf Minuten überleben, denn sie hatte die Technik des Jonglierens bisher nur mit Tüchern geübt. Kopfschüttelnd quetschte sie mit ihrer Kuchengabel etwas vom Stück auf ihrem Teller ab und schob es in den Mund.

«Schmeckts?», fragte Hans und sie nickte. «Ja, lecker. Dir auch?»

«Mir auch.»

«Schön, dass wir darüber gesprochen haben.»

Sie lachten beide.

Lina schüttelte leicht den Kopf. Es war verrückt, wie sehr die Clownausbildung sie veränderte. Früher wäre es ihr unangenehm gewesen, dass sie nicht gut in Smalltalk war und es ihr schwerfiel, sich während eines derartigen Anlasses am allgemeinen Gerede zu beteiligen.

Sie wäre sich furchtbar blöd vorgekommen, schweigend zwischen den Kollegen zu sitzen, weil sie keine Idee für ein Gespräch hatte. Früher hätte sie auch nur ein Stück Torte langsam und in klitzekleinen Happen gegessen. Heute hatte sie sich schamlos bereits das dritte Stück auf den Teller geladen.

Ja, sie war in den letzten Monaten deutlich entspannter geworden. Ein gutes Gefühl. Zufrieden lehnte sie sich zurück.

Ups. Alexander schüttete schon wieder sein Glas voll.
Arthur Morton sagte etwas zu seinem Sohn. Der antwortete nicht, sondern hob das Sektglas an die Lippen und leerte es in einem Zug. Dann sprang er auf und lief durch die große Terrassentür hinein. Einige Kollegen sahen ihm nach. Frau Wagner schüttelte den Kopf.
Alex kehrte nicht wieder zurück.

Am späten Nachmittag löste sich die Veranstaltung auf. Lina holte ihre Jacke und Tasche von ihrem Arbeitsplatz und machte sich auf den Weg nach Hause.
Als sie eine halbe Stunde später vor ihrer Haustür stand und aufschließen wollte, war der Schlüsselbund nicht da. Mit wachsender Hektik suchte sie Hosentaschen, Jackentaschen und die Handtasche akribisch ab. Nichts.
Verfluchter Mist. Der Schlüssel musste noch im Büro liegen. Verloren hatte sie ihn auf keinen Fall, sie steckte ihn immer in eine Tasche, aus der nichts herausfallen konnte.
Stinksauer lief sie zur U-Bahn und fuhr zurück. Sie musste sich beeilen. Nur solange das Putzteam da war, hatte sie eine Chance, hineinzukommen.
Als sie außer Atem vor dem Gebäude stand, seufzte sie erleichtert auf. Sie hatte Glück, die Nebeneingangstür war offen und sie lief hinein. Ein Wachmann runzelte die Stirn, doch sie zeigte ihm ihren Ausweis und durfte in den Fahrstuhl.
Minuten später betrat sie ihr Büro und suchte ihren Arbeitsplatz ab, doch der Schlüsselbund war nicht da.

«Verdammt!» Sie rieb sich über die Augen. «Denk nach, Lina. Wo hast Du ihn das letzte Mal gebraucht?» Als sie den Verlauf des Tages im Geiste nachvollzog, fiel es ihr ein. Sie hatte ihn in der Hosentasche gehabt, als sie zur Firmenfeier auf der Dachterrasse gegangen war und ihn an der Kaffeetafel rausgenommen, weil er beim Sitzen in der Hose unangenehm gedrückt hatte.
Bestimmt hatte sie ihn auf dem Tisch liegengelassen.
Hoffentlich war noch jemand in der Kantine. Sie fuhr mit dem Lift hinauf, lief den Flur entlang und atmete auf, als sie zwei der Mitarbeiterinnen hinter dem Tresen stehen sah. Sie waren dabei, Gläser zu polieren, und hoben den Kopf, als Lina auf sie zulief.
«Hi! Ich habe vorhin wahrscheinlich meinen Schlüsselbund auf dem Tisch vergessen. Habt ihr ihn gefunden?»
Eine der Frauen lächelte, griff hinter sich und hob den Arm. «Der hier?» Sie wedelte mit den Schlüsseln, sodass sie klirrten.
«Ja!» Lina stieß ein tiefes Seufzen aus. «Puh, bin ich erleichtert!»
Die Frau nickte. «Das kann ich mir vorstellen. Wenn dein Name dran gewesen wäre, hätte ich angerufen.»
Lina nahm den Schlüssel und steckte ihn ein. «Vielen Dank!»
«Gern geschehen!»
Sie verließ die Kantine und schlenderte zum Fahrstuhl. Nun brauchte sie sich nicht mehr beeilen.
Sie drückte auf den Knopf und wartete. Als sich die Tür

öffnete, wollte sie hineingehen, doch dann zuckte sie zurück. Alexander stand im Fahrstuhl. Er lehnte an der hinteren Wand und hatte die Füße überkreuzt. Er hatte die Anzugjacke ausgezogen und das Hemd war an einer Seite aus der Hose gerutscht. Die Jacke hielt er mit einem Finger am Aufhänger und bemerkte nicht, dass sie auf dem Boden schleifte.

«Nur hereinspaziert», murmelte er undeutlich und machte eine ausladende, aber ziellose Handbewegung.

Lina runzelte die Stirn. Der Juniorboss war ganz offensichtlich nicht nur angeheitert, sondern sturzbetrunken.

«Hey, Liiiina», lallte er und grinste.

«Hi», murmelte sie und stieg in den Fahrstuhl.

«Das drift sich gud, ich such noch eine Kumpelin für den Club. Du koms mit.» Während er deutlich mühsam die Worte formte, deutete er mit dem Zeigefinger der freien Hand unkoordiniert grob in ihre Richtung.

«Ähm... nein.» Sie machte eine abwehrende Handbewegung.

«Büdde, büdde. Ich brauch Gesellschafd. Ich fah auch», nuschelte er und zog einen Autoschlüssel aus der Tasche.

Lina schnaubte. «Du kannst nicht mehr fahren.»

Er seufzte. «Dann muscht Du fahn. Auch jut.» Er beugte sich vor, zog ihren Arm nach vorne und drückte ihr seinen Schlüssel in die Hand. «Da.»

Verflucht. Was sollte sie tun? Sie konnte ihn unmöglich sich selbst überlassen. Nachher fuhr er tatsächlich in seinem Auto los und gefährdete andere Verkehrsteilnehmer oder lief unkontrolliert auf die Straße und wurde überfahren!

Der Lift erreichte das Erdgeschoss, und die Tür ging auf. Alexander drückte sich von der Wand ab, legte einen Arm um Liras Schultern und stützte sich schwer auf. «Kann losgehen.» Er rülpste. «Ups. Schuldigung.»

Oh je. Was sollte sie mit dem Kerl jetzt anfangen? Ob er jemanden hatte, der ihm helfen würde? Seinen Vater mochte sie nicht anrufen, der wäre bestimmt nicht begeistert, seinen Sohn sturzbetrunken aus der Firma holen zu müssen.

Sie verließen das Gebäude und blieben stehen.

«Wo steht dein Auto?», fragte sie und er zeigte mit dem Finger Richtung Fußboden. «Da.»

Lina kniff die Augen zusammen. Tiefgarage. Natürlich. Sie dirigierte ihn zurück ins Gebäude und in den Fahrstuhl und fuhr eine Etage tiefer. Nachdem sie in der Tiefgarage angekommen waren, hielt sie nach dem silbernen Sportwagen Ausschau. Da die anderen Mitarbeiter längst weggefahren waren, entdeckte sie ihn schnell. «Okay. Komm.» Sie zog ihn mit, schloss das Auto auf und bugsierte ihn auf den Beifahrersitz. Dann stieg sie auf der Fahrerseite ein. Zum Glück hatte sie nur zwei Gläser Sekt getrunken und das war lange genug her. In ihrem Blut konnte kein Alkohol mehr sein.

Lina hatte noch nie so einen Autotyp gefahren. Sie nutzte Carsharing und Mietwagen, wenn sie tatsächlich mal ein Auto brauchte und dann handelte es sich immer um Kleinwagen. Immerhin hatte das Ding eine normale

Automatikschaltung, und damit kannte sie sich aus.

«Wo wohnst du?» Er reagierte nicht und so stieß ihn an. «Hey!»

«Was?»

«Wo wohnst Du?»

«Ich will nich nach Haus.»

«Du bist betrunken und musst deinen Rausch ausschlafen.»

Er schüttelte vehement den Kopf. «Egal. Nich nach Haus.»

Mist. Vielleicht hatte er gar keine eigene Wohnung, sondern lebte bei seinem Vater. Der hatte garantiert eine große Villa mit genügend Platz. Aber sie wusste nicht wo.

«Was solls. Kommst du eben mit zu mir. Du kannst deinen Rausch auf meiner Couch ausschlafen.»

Er reagierte nicht und sie sah zu ihm hinüber. Seine Augen waren geschlossen. Kopfschüttelnd betrachtete sie ihn. Was für eine seltsame Situation. Der Mann, den sie insgeheim anhimmelte und in dessen Gesellschaft sie sich grundsätzlich unsicher fühlte, saß wie ein hilfloses Kind neben ihr und brauchte ihre Unterstützung. Wenn er wieder nüchtern war, würde es ihm vermutlich total peinlich sein. Aber das nützte nun nichts. Sie konnte ihn ja nicht einfach irgendwo abladen.

Sie ließ den Motor an. Er röhrte wie ein Rennwagen. Vorsichtig rangierte sie ihn aus der engen Tiefgarage hinaus. Nicht, dass sie dem teuren Gefährt eine Schramme verpasste. Vor der Schranke stieß sie Alex an. «Hey, wir brauchen deine Magnetkarte.»

Er rührte sich nicht. Mist. Sie zog seine Jacke halb zu sich herüber und durchsuchte die Taschen. Zum Glück fand sie die Karte in der Innentasche und konnte die Schranke öffnen.

Das Auto ließ sich angenehmer fahren, als sie gedacht hatte, und sie begann nach wenigen Minuten, die Fahrt in der Luxuskarosse zu genießen.
Alex brummte irgendetwas, ohne die Augen zu öffnen.
«Meine Güte, bist du hinüber», murmelte sie, doch das hörte er nicht. Er schlief.
Zum Glück fand sie in ihrer Straße einen Parkplatz direkt vor der Haustür. Nachdem sie das Auto abgestellt hatte und der Motor schwieg, stieg sie aus, lief auf die Beifahrerseite und öffnete dort die Tür. «Hey! Aufwachen!»
Er reagierte nicht. Energisch rüttelte sie an seinem Arm. Er brummte etwas Unverständliches, bewegte sich aber nicht.
Mist.
Stella!
Stella, ihre Freundin aus dem Clownkurs, wohnte nur zehn Auto-Minuten von ihrer Wohnung entfernt.
Wenn Lina Glück hatte, war sie zuhause und konnte schnell kommen, um dabei zu helfen, den betrunkenen Mann in ihre Wohnung zu transportieren. Sie holte ihr Handy heraus und wählte.
Stella war sofort dran und Lina schilderte ihre Situation.
«Du hast Glück, ich bin gerade ins Auto gestiegen, um zur Nachtschicht zu fahren. Ich halte gleich bei Dir an.»
«Super! Danke.»

Stella hielt Wort. Wenige Minuten nach ihrem Telefonat bremste sie neben Lina, schaltete den Motor ab und stieg aus. Als Krankenschwester war sie den Umgang mit Menschen in jedem Zustand gewohnt. Was für ein Glück.
Lina deutete auf Alex. «Ich kriege ihn nicht wach.»
Stella zwinkerte. «Na, dann lass mal einen Profi ran.»
Sie beugte sich vor und tätschelte beherzt Alex Wange. «Aufwachen, Kumpel!»
Er schlug tatsächlich die Augen auf. «Hi!» Er grinste. «Wer bischt du denn?»
«Ich bin Stella.»
«Und wo isch Lina?»
«Die steht neben mir. Du musst jetzt aus dem Auto steigen.»
Er seufzte. «Okay.»
Er hob seine Füße, drehte sich im Sitz und stellte sie auf den Boden. Dann streckte er die Arme aus. «Zieht ma.» Es fiel ihm nicht auf, dass seine Jacke immer noch an seinem Zeigefinger hing.
Kichernd packten die beiden Frauen ihn an den Unterarmen und hievten ihn aus dem Auto.
«Na also, geht doch.» Stella schlug die Tür zu und Lina schloss ab. Dann hakten sie ihn unter und marschierten den Fußweg entlang zur Haustür.
«Dasch isch echt nett mit euch», nuschelte Alex und Stella lachte. «Dein Freund ist mir sympathisch. Sehr höflich, der Junge.»
«Er ist nicht mein Freund. Er ist der Sohn von meinem Chef.

Ich habe ihn nur mitgenommen, weil ich Angst hatte, dass er sich selbst ans Steuer setzt.»

Sie betraten das Haus, stiegen die Treppen hinauf und erreichten Linas Wohnung. Erleichtert aufatmend setzten sie Alex auf der Couch ab.

Lina begleitete Stella zurück zur Tür. «Vielen Dank. Allein hätte ich ihn nicht hier hoch und in meine Wohnung bekommen.»

Stella winkte ab. «Stell ihm einen Eimer neben die Couch. Er muss bestimmt irgendwann kotzen.»

«Guter Tipp!»

Stella stand schon auf der Treppe. «Falls noch was ist, kannst du mich am Handy erreichen», rief sie und lief runter.

«Danke, aber ich denke, jetzt komme ich klar.»

Lina schloss die Wohnungstür, ging in den Abstellraum, um einen Eimer zu holen, und stellte ihn neben die Couch.

Alex schlief im Sitzen.

Seine Gesichtszüge waren entspannt und ein paar Haarsträhnen hingen wirr in die Stirn. Er wirkte jünger als sonst. Sie nahm ihm die Jacke ab, deren Aufhänger immer noch an seinem Zeigefinger klemmte und zog ihm die Schuhe aus. Dann hievte sie seine Beine seitlich hoch, sodass er zum liegen kam. Er murmelte etwas, drehte sich auf die Seite und bewegte sich nicht mehr.

Sie sah auf die Uhr. Es war noch nicht mal neunzehn Uhr. Viel zu früh, um schlafen zu gehen.

Sie ging ins Schlafzimmer und zog sich eine bequeme Jogginghose an. Dann öffnete sie die Balkontür und trat hinaus. Es war ein herrlicher Abend. Sie holte sich ein Buch und ein Glas Saft und setzte sich auf einen der beiden Gartenstühle.

Ein Rascheln forderte ihre Aufmerksamkeit. Es kam aus dem Wohnzimmer. Wachte Alex auf?
Lina legte ihr Buch zur Seite, stand auf und sah hinein. Ihr Gast drehte sich mitten im Zimmer. Er schwankte leicht und runzelte die Stirn. «Klo?», lallte er.
«Hier.» Sie lief an ihm vorbei und öffnete die Toilettentür.
Er marschierte mit steifen, großen Schritten an ihr vorbei und fummelte während des Gehens bereits an seinem Hosenknopf herum. Oh nein, das wollte sie nicht sehen. Auf keinen Fall. Hastig drehte sie den Kopf weg. Er verschwand im Bad, sie schloss die Tür und ging wieder auf den Balkon. Auch auf Kotzgeräusche konnte sie verzichten und zog die Glastür zu, um nichts mehr zu hören.
Sie konzentrierte sich auf ihr Buch. Es war einer dieser Liebesromane, deren Inhalte sie im Winter noch so gefesselt hatten, dass sie ganze Wochenenden in ihrer Wohnung verbracht hatte. Das war vorbei. Seit sie zur Clownschule ging, las sie weniger und an diesem Abend fesselte sie der Inhalt überhaupt nicht. Trotzdem zwang sie sich, weiterzulesen. Sie wollte auf keinen Fall irgendetwas sehen oder hören, was Alex hinterher peinlich sein müsste.
Erst als sie sich noch etwas Saft holen wollte, betrat sie erneut das Wohnzimmer und stutzte. Die Couch war leer. Alex war nicht da. Hatte er sich etwa neben das Klo

schlafengelegt? Die Tür zum Bad stand offen und sie sah hinein. Es war leer. Er musste sich aus der Wohnung geschlichen haben, nachdem er drei Stunden geschlafen hatte und wieder einigermaßen klar im Kopf gewesen war.
Ein winziger, schmerzhafter Stich traf in ihrer Brust. Er hätte sich wenigstens verabschieden können.
Unwillig schüttelte sie den Kopf. Sicher war es ihm peinlich gewesen, in ihrer Wohnung aufzuwachen. Vielleicht fehlte ihm die Erinnerung an die letzten Stunden und er hatte Angst, was ganz Blamables getan zu haben.
O NEIN! Er war ja wohl nicht in seinem Zustand ins Auto gestiegen! Er konnte auf keinen Fall bereits wieder fahrtüchtig sein! Verflucht, sie hätte aufpassen müssen! Sie hätte ihn nicht aus den Augen lassen dürfen!
Sie sprang ans Fenster und sah hinaus. Der Sportwagen stand da, wo sie ihn geparkt hatte. Ihre Schultern sackten herab. Alex war also zu Fuß gegangen. Zum Glück. Er hatte garantiert noch reichlich Promille im Blut.
Sie war traurig, dass er so sang- und klanglos aus ihrer Wohnung verschwunden war, und schimpfte sich gleichzeitig eine Idiotin deswegen. Er war schließlich nicht freiwillig mitgekommen, weil er sie mochte, sondern sie hatte ihn im unzurechnungsfähigen Zustand mitgeschleppt. Vermutlich war es gut, dass er sich weggeschlichen hatte. Am Morgen wäre es bestimmt peinlich geworden, wenn sie sich in ihrer Wohnung begegnet wären.
Sie schlenderte in ihr Schlafzimmer. Als sie das Licht einschaltete, zuckte sie mit einem leisen Schreckenslaut

zurück.

Alex lag quer über ihrem Bett auf dem Rücken. Er schlief und er war nackt. Ganz nackt. Nein, fast nackt. Einen schwarzen Strumpf hatte er noch am linken Fuß hängen. Der andere Strumpf, seine Anzughose, das weiße Hemd und seine Boxershorts lagen auf dem Fußboden, die Jacke hing über einem Stuhl und die Krawatte hielt er noch in der Hand.

Sein Körper war so schön wie der eines Leichtathleten. Breite Schultern und kräftige Arme, sanfte Erhebungen zeigten die Muskelformen und Rippen des Brustkorbes an, braune Brustwarzen mit kleinen Nippeln, ein flacher Bauch mit den typischen Linien des Sixpacks, ein schmaler Haarstreifen unter dem leicht nach innen gewölbten Bauchnabel. All das sah Lina, doch dann klebte ihr Blick an seinem Penis, der schlaff zur Seite gekippt auf dem Bauch seines Besitzers lag. Darunter waren die Hoden gut zu erkennen. Erst nach einigen Schocksekunden konnte sie ihren Blick losreißen. Ihre Wangen wurden heiß. Verflucht! Wie konnte sie so gemein sein und den hilflosen Typen anstarren! Nicht auszudenken, wenn er jetzt erwachte und sie dabei erwischte, wie sie ihn begaffte.

Da er auf ihrer Decke lag, zog sie eilig ein Laken aus dem Schrank und deckte ihn damit zu.

Er murmelte etwas und seine Hand legte sich auf ihren Unterarm. Seine Wärme schien ihre Haut zu durchdringen. Die Berührung war so weich und wurde zu einem sanften Streicheln.

Lina konnte sich nicht daran erinnern, wann sie das letzte Mal ein Mann gestreichelt hatte. Es war ein fremdes Gefühl. Es war ein wunderbares fremdes Gefühl.
Lina starrte auf die schön geformte Männerhand mit den langen Fingern auf ihrem Arm und musste schlucken. Sie konnte sich nicht bewegen. Plötzlich sehnte sie sich so sehr nach Zärtlichkeit, dass es in ihrem Brustkorb ganz seltsam zog.
Sie presste die Lippen aufeinander. Wie erbärmlich war sie, die zufällige Berührung eines betrunkenen und schlafenden Mannes wie ein Geschenk in sich aufzusaugen. Würde er jetzt aufwachen, wäre das wohl der peinlichste Moment, den eine Frau erleben konnte. Vorsichtig zog sie ihre Hand weg und entfernte sich vom Bett. Sie griff sich schnell Schlafklamotten aus dem Schrank, verließ den Raum, schloss leise die Tür und atmete aus. Okay, dann würde sie wohl an seiner Stelle diese Nacht auf der Couch schlafen.

Kapitel 9

Lina schlief unruhig und erwachte schon um kurz vor sechs. Ihr Unterbewusstsein konnte anscheinend auch im Schlaf nicht vergessen, dass ein äußerst attraktiver Typ in ihrem Bett lag. Allein der Gedanke an seine Anwesenheit in ihrer Wohnung ließ die Nervenzellen in ihrem Körper summen. Sie war aufgeregt. Ähnlich wie bei Lampenfieber. Vielleicht sogar ein bisschen sexuell erregt. Wie dumm von ihr.
Sie rappelte sich auf und horchte an ihrer Schlafzimmertür. Leises Schnarchen drang an ihr Ohr. Er war also noch da.
Sie huschte ins Bad und benutzte das Klo.
Die abgenutzten Badematten und die Unordnung im Regal fielen ihr auf. Ein Typ wie Alex wohnte sicher in einer Wohnung mit einem Badezimmer, das so groß war wie ihr Wohnzimmer. Und modern ausgestattet. Seufzend zuckte sie mit den Schultern. Selber schuld, hätte er sich nicht sinnlos volllaufen lassen, hätte er auch nicht in ihrem schäbigen Bad das Klo benutzen müssen. Zum Glück hatte er nichts vollgekotzt. Und der Rand vom Klo war auch nicht bepinkelt gewesen. Sie zog sich an und putzte die Zähne. Beim Blick in den Spiegel über dem Waschbecken wollte sie einem Impuls folgen und sich schminken.
Was für ein Quatsch! Das war lächerlich. Dieser Mann hatte kein Interesse an ihr, sie konnte sich ganz entspannt wie

jeden Morgen ungeschminkt und ungekämmt in die Küche setzen und ihren Kaffee schlürfen. Alles andere wäre einfach nur lächerlich.

Zehn Minuten später hockte sie an ihrem kleinen Küchentisch, nippte am Kaffeebecher und scrollte auf ihrem Tablet durch Facebook.

Sie sah auf, als sie hörte, dass ihre Schlafzimmertür geöffnet wurde. Augenblicklich klopfte ihr Herz schneller. Durch die offene Küchentür beobachtete sie, wie der nackte Mann durch den Flur schlurfte, kurz zögerte, als müsste er sich orientieren und dann im Bad verschwand.

Sollte sie schnell den Tisch decken und ihm Frühstück anbieten? Lieber nicht. Es wäre schrecklich, wenn er aus Höflichkeit bleiben würde, obwohl er eigentlich das Weite suchen wollte.

Wasser rauschte. Erst die Klospülung, dann der Wasserhahn.

Warum hatte sie nicht daran gedacht, ihm ein frisches Handtuch hinzulegen? Und eine neue Zahnbürste! Eine Holztür klappte. Anscheinend suchte er selber in ihrem Badezimmerschrank danach. Wenn er nicht blind war, musste er den Stapel verpackter Zahnbürsten entdecken. Sie hatte vor kurzem fünf Stück gekauft, weil die im Sonderangebot gewesen waren.

Noch mal Wasserrauschen. Stille. Die Tür ging auf und Alex kam heraus. Er hatte sich das Handtuch um die Hüften geschlungen. «Lina?»

«Ich bin hier. In der Küche.»

Er kam herein. «Hi.»

«Ähm ... hi.»

«In deinem Schrank lagen neue Zahnbürsten. Ich habe eine benutzt, ich hoffe, das war in Ordnung.»

«Natürlich.»

Er grinste schief. «Ich habe Erinnerungslücken. Habe ich Scheiße geb...»

«Alles in Ordnung. Es ist nichts Schlimmes passiert.»

Er stöhnte. «Gut.»

Ihr Blick zuckte über seine unbehaarte Brust, die breiten Schultern, die kleinen festen Nippel, die Rippen, die Bauchmuskeln, die Linie kurzer dunkler Härchen ... Sie zwang sich, ihm ins Gesicht zu sehen. «Willst du einen Kaffee?»

«Kaffee wäre super, aber ich glaube, ich sollte mich erstmal anziehen.»

«Äh ... ja.»

Er verschwand im Schlafzimmer. Sie holte einen Becher aus dem Schrank, füllte ihn und stellte ihn auf den Tisch vor den leeren Stuhl ihr gegenüber.

Als er zurückkehrte, trug er seine Anzughose und das Hemd. Er hatte sich allerdings nicht die Mühe gemacht, es in die Hose zu stecken.

Er setzte sich und griff nach dem Becher. «Danke.» Sie beobachtete, wie er einen Schluck trank.

Seine Haare waren nass. Er fuhr mit der Hand hindurch und runzelte die Stirn. «Sind wir in meinem Auto gefahren?»

Sie nickte. «Ja. Er steht unten vor der Tür.»

«Ich hoffe, du hast am Steuer gesessen.»

Sie lachte. «Ja.»

Er runzelte die Stirn. «Wie kam das? Ich meine, wo haben wir uns getroffen?»

«Im Fahrstuhl. Du wolltest in deinem Auto losfahren, das fand ich keine so gute Idee.»

«Es war sehr nett von dir, mich mitzunehmen.»

Sie zuckte mit den Schultern. «Ich konnte nicht verantworten, dass du selber fährst.»

Er starrte auf den Tisch, als ob seine Gedanken gerade in weit entfernte Sphären abdrifteten. Einen Moment lang war es unangenehm still. Lina räusperte sich. «Möchtest du Frühstück?»

Er schüttelte den Kopf, stöhnte und fasste sich an die Stirn. «Um Gotteswillen, bloß nicht.»

Sie kicherte. «Vielleicht lieber eine Kopfschmerztablette?»

Er seufzte. «Das ist vielleicht keine schlechte Idee. Ich glaube, ich war in meinem ganzen Leben nicht so betrunken wie gestern. Ich bin keinen Alkohol gewohnt und der Sekt reichte mir nicht. Ich wollte mich unbedingt total volllaufen lassen.»

«Das ist dir gelungen. Was war es denn noch?»

«Eine Flasche sauteurer Cognac aus dem Büro meines Vaters.»

«Du solltest wirklich eine Tablette nehmen. Dein Kopf muss sich gruselig anfühlen.» Lina stand auf, öffnete die Schrankschublade und holte eine Tablettenschachtel heraus. Sie legte sie auf den Tisch und gab ihm ein Glas

Wasser dazu.

«Danke.» Er bediente sich aus der Packung.

Er war so entspannt. Für ihn war es anscheinend nichts Besonderes, bei einer Frau zu übernachten. Für sie hingegen war es etwas sehr Besonderes, einen Mann in ihrem Zuhause zu haben, der nackt in ihrem Bett gelegen hatte und in den sie insgeheim verknallt war.

Sie sah zu, wie er eine Tablette schluckte und Wasser trank. Fasziniert starrte sie auf seine Lippen und seinen kräftig wirkenden Hals, seine Kehle und die deutlichen Schluckbewegungen.

Schnell griff sie zum Kaffeebecher und trank.

Welchen Eindruck hatte er von ihrer Wohnung? Sie sah sich um und versuchte einzuschätzen, wie ihre Einrichtung auf einen Mann aus reichem Hause wirkte. Wie Judith wohl wohnte? Ob er bei ihr schon übernachtet hatte?

Er räusperte sich und Lina wurde sich bewusst, dass sie bereits seit einer Weile schwieg.

«Ähm ... Du brauchst keine Angst haben, dass ich darüber rede», sagte sie schnell.

Er lächelte. «Danke. Ich hoffe, du warst die Einzige, die mich so betrunken erlebt hat. Meinem Vater wäre es sehr unangenehm, wenn in der Firma darüber geredet wird.»

«Dir nicht?»

Er zuckte mit den Schultern. «Es gibt Schlimmeres.»

Er trank einen Schluck Kaffee und strich mit dem Finger über den Becherrand. «Kommst du mit deinen Eltern gut aus?» Überrascht sah sie auf. «Im Allgemeinen ja. Meine

Mutter wartet darauf, dass ich endlich heirate und sie Enkelkinder bekommt. Das nervt etwas, aber sonst sind sie ganz okay.»

«Haben sie dir vorgeschrieben, was für einen Job du machst?»

«Nein, aber es gab auch keinen Grund für Diskussionen.» Sie zuckte mit den Schultern. «Sie waren mit meiner Wahl einverstanden. Ich bin Finanzbuchhalterin. Damit wären wohl die meisten Eltern für eine Tochter zufrieden. Ich weiß nicht, was gewesen wäre, hätte ich mir irgendeinen Beruf ausgesucht, der keine Sicherheit und kein geregeltes Einkommen bietet.»

«Ist es dein Traumberuf?»

Sie runzelte die Stirn. «Keine Ahnung. Ich hatte nie besondere Leidenschaften und irgendwie muss man ja sein Geld verdienen.»

«Und was ist mit deiner künstlerischen Ader?»

Verflucht. Hatte er ihre kleine Lüge immer noch nicht vergessen? «Das ist doch nur ein Hobby», murmelte sie, senkte den Kopf und trank einen Schluck Kaffee.

«War dir ganz egal, wie dein Leben verläuft? Hauptsache ein sicherer Job?»

Sie überlegte und strich versonnen über den Rand ihres Kaffeebechers. «Ich hatte schon Träume, aber die hingen nicht unbedingt mit einem Beruf zusammen. Es waren blöde Wünsche, Reichtum, toller Mann, Karriere als Sängerin ... was man als Kind oder in der Pubertät so dahinfantasiert.»

Er nickte versonnen. Plötzlich runzelte er die Stirn. «Wieso

Tochter?»

«Was?»

«Du sagtest: Die meisten Eltern wären mit diesem Beruf für ihre Tochter zufrieden. Für einen Sohn nicht?»

Lina zuckte mit den Schultern. «Bei Männern ist es doch immer noch eher so, dass sie Karriere machen sollen. Buchhaltung ist dafür nicht unbedingt ein Sprungbrett.»

Er rieb sich mit den Händen über das Gesicht. «Das stimmt wohl.»

Warum redete er so seltsam? Als ob er ein Problem mit seinem Beruf hätte!

«Mein Vater hat den neuen Firmensitz in Brüssel für mich gegründet. Er hat ihn mir zum Geburtstag geschenkt.»

«Wow! Du hattest gestern Geburtstag?»

Er nickte.

«Herzlichen Glückwunsch.»

«Danke.» Er runzelte die Stirn. Sie beobachtete ihn und glaubte, Traurigkeit in seiner Mimik zu erkennen. Sie begriff. Das war der Grund für sein Besäufnis. «Das Geschenk freut dich nicht? Du willst nicht nach Brüssel?»

Er schüttelte den Kopf, trank einen Schluck Kaffee, stellte den Becher ab und lehnte sich seufzend zurück. «Mein Vater ist in Ordnung. Er war immer für mich da und hat mir viel ermöglicht. Er geht davon aus, dass ich sein Nachfolger werde. Das ist für ihn absolut selbstverständlich und Brüssel soll mir die Möglichkeit geben, mich in Europa optimal zu vernetzen.»

Linas Herz klopfte schneller. Warum erzählte er ihr das?

Was sollte sie dazu sagen? Sein Vater war ihr Boss. Arthur Morton würde es garantiert nicht gefallen, dass sein Sohn mit der Buchhalterin seiner Firma über dieses Thema redete.

«Warum willst du das denn nicht?»

«Ich habe kein Interesse an der Firma.»

«Oh.»

Er zog die Augenbrauen hoch und grinste. «Oh?»

«Das ist kaum zu glauben. Alle sind davon überzeugt, dass du die Firma übernimmst, wenn dein Vater in den Ruhestand geht. Ich kann mir nicht vorstellen, dass du ... ähm ...» Lina spührte, wie ihr Verlegenheitshitze in die Wangen stieg.

«Was?»

«Das Leben, das du hast, darum beneiden dich viele.»

«Dass ich in Anzug und Krawatte rumlaufe? Dass Frauen gerne mit mir ausgehen, weil ich der Sohn vom großen Morton bin? Dass ich ein teures Auto fahre?»

«Na ja. So mancher Mann würde gern an deiner Stelle sein.»

«Ja. Das ist wohl so.»

«Aber dir gefällt es nicht?»

Er schüttelte den Kopf. «Es ist so viel Verantwortung. So viel Risiko, und es interessiert mich nicht wirklich. Für meinen Vater und seine Partner ist das Geschäft wie ein Sport oder ein aufregendes Spiel. Gewinn machen, Strategien für die Firmenentwicklung aufstellen und ihnen folgen, mit Aktien spekulieren, Konkurrenten übertrumpfen ... all das. Sie

lieben es und mein Vater geht davon aus, dass ich es auch tue.»
«Dein Vater kann dich doch nicht dazu zwingen!»
«Nein. Aber er wird enttäuscht sein. Vor allem jetzt, wo er mich mit den neuen Europa-Ideen überrascht hat. Ich hatte bis gestern Mittag keine Ahnung.»
«Hast du ihm denn nie gesagt, dass du kein Interesse an dem Unternehmen hast?»
«Wir haben nie wirklich darüber gesprochen. Mir war nicht klar, dass er mich so fest einplant, nur weil ich einverstanden war, hier jetzt ein Praktikum zu machen.» Er lächelte und zuckte mit den Schultern. «Sorry, das interessiert dich alles gar nicht.»
Lina wusste nicht, was sie antworten sollte. Sein Blick und sein Lächeln hatten die übliche Wirkung auf ihre Libido. Sie himmelte ihn insgeheim ja vermutlich, genauso wie andere Frauen, wegen des Images an, das er verkörperte. Es war das Gesamtpaket, Attraktivität plus Reichtum plus Macht ... auf all das fuhren Frauen nun mal ab.
Plötzlich schämte sie sich. War sie tatsächlich so oberflächlich, dass es sie anmachte, wenn ein Typ eine Rolex am Handgelenk trug?
Anscheinend hatte Alex eine bessere Meinung von ihr. Er vertraute ihr seine ganz persönlichen Sorgen an. Das fühlte sich verdammt gut an, obwohl sie keine Ahnung hatte, wie sie damit umgehen sollte. Sie war schließlich eine Fremde für ihn. Vermutlich war bloß sein verkaterter Zustand schuld. Er ließ ihn vergessen, wem er gegenüber saß, dass er ihr

derartig private Gedanken offenbarte. Sie sollte ihn davon abhalten, noch mehr zu erzählen.

Sie sah auf die Uhr an der Wand. «Ich muss bald los.»

Er folgte ihrem Blick. «Oh, Shit! Ja.» Er runzelte die Stirn. «Würde es dir was ausmachen, nochmal mein Auto zu fahren? Mit einem Umweg über meine Wohnung, damit ich mich schnell duschen und umziehen kann?»

«Ich soll fahren?» Schockiert starrte sie ihn an.

Er nickte. «Wenn es dir nichts ausmacht. Ich glaube, ich darf noch nicht. Restalkohol, du verstehst?»

«Ach so. Äh ... ja klar. Kein Problem.»

«Super.»

Sie sprang auf. «Okay, dann gehe ich mich schnell fertig machen.» Sie zeigte auf die Kaffeemaschine. «In der Kanne ist noch was drin.»

Er nickte. «Danke.» Als sie die Küche verließ, sah sie aus den Augenwinkeln, wie er sein Smartphone aus der Tasche zog und seine PIN eintippte.

Während Lina ihre Morgentoilette erledigte, klopfte ihr Herz schneller als sonst. Aufregung flirrte durch ihren Körper. Alex war immer noch in ihrer Wohnung. Er floh nicht, sondern schien sich bei ihr wohl zu fühlen. Sie sollte sein Auto fahren, sie würde seine Wohnung sehen, er hatte es nicht eilig, sie loszuwerden, sondern hatte nichts dagegen, mehr Zeit als nötig, mit ihr zu verbringen. Das wäre bestimmt anders, wenn er wüsste, dass sie heimlich in ihn verknallt war, dass sie ihn anhimmelte und sexuelle

Fantasien hatte, in denen er eine Hauptrolle spielte. Oh je. Er durfte ihr auf keinen Fall etwas anmerken. Das wäre so peinlich!

Sie beeilte sich mit dem Duschen und Anziehen, damit er nicht so lange warten musste. Ihr Magen knurrte. Normalerweise würde sie frühstücken, doch heute verzichtete sie, weil er nichts essen wollte. Sie würde ihn auf keinen Fall zusehen lassen, während sie sich den Magen füllte. Es tat ihr auch ganz gut, mal auf eine Mahlzeit zu verzichten. Das eine oder andere Kilo an ihren Hüften war definitiv überflüssig.

«Fertig!», rief sie und er kam aus der Küche. «Wow, bist du schnell.»

War das jetzt ein Kompliment oder eher das Gegenteil? Sah sie nicht gut genug aus? Sie runzelte die Stirn und er lachte.

«Alles in Ordnung, Lina! Ich bewundere nur dein Maß an Aktivität am frühen Morgen.» Er warf ihr den Schlüssel zu, zog seine Anzugjacke an und schlüpfte in seine Schuhe. Sie verließen die Wohnung und setzten sich in sein Auto. Linas Finger zitterten, als sie den Motor anließ, das musste er sehen, doch er beachtete es nicht, sondern zog sein Handy raus und tippte eine Textnachricht. Er benahm sich so, als wäre es ganz selbstverständlich, dass sie seine Nobelkarosse durch Hamburgs Berufsverkehr steuern würde.

«Welche Richtung müssen wir?», fragte sie, während sie vorsichtig aus der Parklücke manövrierte.

«Ottensen.»

Sie fuhr los und er dirigierte sie zu seiner Adresse. «Hier kannst du irgendwo parken», sagte er, als sie von der Behringstraße in eine schmale Seitenstraße abgebogen waren, und deutete vage nach rechts an den Straßenrand.
Sie manövrierte auf einen Parkplatz und ließ den Motor ausgehen.
«Soll ich im Auto warten?»
«Quatsch, du kommst mit hoch, du kannst frühstücken, während ich dusche. Ich habe eben Bescheid gegeben, dass sie ein zusätzliches Ei kochen und für dich mit decken.»
Durch Linas Herz zog ein plötzlicher, fies brennender Schmerz. *Bei uns*, hatte er gesagt. Er wohnte nicht allein. Er hatte eine Freundin. Vielleicht sogar eine Familie mit Kindern. Wieso war sie immer ganz selbstverständlich davon ausgegangen, dass er solo war? Nur weil er nie von seinen privaten Verhältnissen erzählte und abends mit Kolleginnen unterwegs war?
Sie musste einen Kloß hinunterschlucken. Gott, war sie blöd! Als er sie bat, sein Auto zu fahren, hatte sie sich tatsächlich eingebildet, dass er sie mögen könnte ...
Schweigend lief sie neben ihm her.
Er führte sie zu einem mehrstöckigen Altbau und schloss auf. Sie traten ein. Der Eingang wirkte nicht besonders gepflegt. Die alten Stufen der schmalen hölzernen Treppe knarrten so laut, dass man sicher in jeder Wohnung hören konnte, wenn jemand im Treppenhaus unterwegs war. Im dritten Stock schloss er eine Wohnungstür auf. Im Flur stand

und lag jede Menge Zeug herum. Lina registrierte Schuhe, Taschen, ein Fahrrad und eine Garderobe, die mit Jacken überfüllt war.
Sie hörte Stimmen. Alex lief darauf zu und Lina folgte ihm. Sie betraten eine helle große Wohnküche, in der zwei junge Männer und eine Frau an einem runden Tisch saßen.
«Hi Leute.»
«Hi.»
«Moin»
«Morning»
Alex deutete auf die drei. «Das sind meine WG - Mitbewohner Ina, Fabian und George. Die Glücklichen studieren und haben morgens viel Zeit.» Er zeigte auf Lina. «Das ist meine Kollegin Lina.»

Mitbewohner? Alex bewohnte ein Zimmer in einer Studenten - WG? Damit hatte Lina nicht gerechnet. Vor allem passten diese Leute nicht zu dem Image, dass sie mit ihm verknüpfte. Ina hatte eine peppige blonde Kurzhaarfrisur mit blauen Strähnen darin, Fabian hatte eine schwarze Hautfarbe und in jedem Ohr jede Menge silbernen Schmuck stecken, und George war sehr blass, hatte rote Haare und an beiden Armen Tattoos. «The Salt, please», sagte er und wedelte mit der Hand in Richtung Salzstreuer. Ina reichte ihn ihm.
Lina kam sich sehr dumm vor. Sie hatte Alex aufgrund seines Jobs und seiner Kleidung in eine Schublade gesteckt, sie hatte genau das getan, was sie bei anderen Leuten verurteilte, wenn sie es taten.

«Setz dich und iss was» sagte Alex und legte ihr für einen kurzen Moment eine Hand auf die Schulter. «Ich gehe schnell duschen.»

Er marschierte in einen Raum gegenüber der Küche, der anscheinend seiner war. Ungeniert entkleidete er sich bei offener Tür, warf seine Klamotten auf das breite Bett und verschwand durch den Flur in einem Badezimmer.

In diesem Moment meldete sich Linas Magen mit einem fordernden Knurren und Fabian hielt ihr einen Korb mit frischen Brötchen hin. «Bedien dich.»

«Und setz dich.» Ina deutete auf den freien Platz neben sich, vor dem ein sauberer Teller stand.

«Hier ist noch Kaffee.» Sie zog eine Thermoskanne näher.

«Danke.» Lina setzte sich, bediente sich aus dem Brötchenkorb und schenkte sich Kaffee ein.

Niemand versuchte, höflichen Smalltalk zu machen, im Gegenteil. Ina, Fabian und George benahmen sich, als wäre Lina jeden Tag an ihrem Tisch dabei. Sie waren gleichgültig und seltsamerweise fühlte sich Lina dabei wohl. Es war sehr entspannend, einfach da zu sein, ohne höfliches Gerede, nichtssagenden Smalltalk und die normalerweise unausweichlichen Fragen, wer bist du, wo wohnst du, woher kennt ihr euch, und so weiter, und so weiter ...

In dieser Wohnung schien das Leben sehr unkompliziert zu sein. Wie angenehm.

Während des Essens warf sie durch die offene Tür verstohlene Blicke in Alex Zimmer. An den Wänden hingen mehrere Schwarzweiß - Poster. Es waren Landschaften, sie erkannte eine Wüste und einen Urwald. In einem Regal standen Bücher und ein Schreibtisch wirkte ziemlich unaufgeräumt.

Niemals hätte sie gedacht, dass der Juniorboss der Morton GmbH so lebte. Sie hätte ihm eher ein edles Penthouse zugetraut, als ein Zimmer in einer Studenten - WG.

Während sie aß, hörte sie dem Gespräch der drei anderen zu. Fabian schien trotz seiner dunklen Hautfarbe, die spontan auf Zuwanderung schließen ließ, in Norddeutschland aufgewachsen zu sein, denn er sprach das typische norddeutsche Hochdeutsch. George redete Worte in einem Mix aus Deutsch und Englisch, wobei ihm grammatikalische Korrektheit definitiv nicht wichtig war. Irgendwann stand Ina auf, rubbelte ihm die Haare und küsste ihn auf den Mund. «Bis heute Abend.» Sie verließ die Küche, griff nach einer Tasche, die bereits neben der Wohnungstür stand und lief hinaus. Die beiden waren also anscheinend ein Paar.

Alex brauchte nicht lange.

Als sie wieder im Auto saßen, trug er gepflegte Businessklamotten und duftete nach teurem Rasierwasser, ganz so, wie sie ihn kannte. Lina spürte, dass in ihrem Bauch ein paar Schmetterlinge losflatterten. Oh je.

«Warum wohnst du in einer WG?», fragte sie, während sie das Auto in den laufenden Verkehr schleuste.

«Ich mag Geselligkeit», antwortete er gleichmütig. «Ich habe mir immer WGs zum Wohnen gesucht, egal, wo ich war.» Er lehnte den Kopf zurück. «Fuck, ich trinke nie wieder harten Alkohol.» Lina warf einen Blick hinüber und sah, wie er die Augen schloss. Er hatte definitiv keine Lust auf Smalltalk. Das war auch viel einfacher als dieses Reden, nur um des Redens willen. Erleichtert konzentrierte sie sich aufs Fahren.

Sie erreichten die Morton GmbH. Als Lina das Auto parkte, öffnete Alex die Augen. Beim Anblick des grauen Firmengebäudes seufzte er, als würde er eine schwere Last auf seine Schultern laden.

Lina schaltete den Motor aus und reichte ihm den Autoschlüssel.

Er lächelte, als er ihn annahm. «Thanks for driving.»

«Gern geschehen.»

Statt seine Tür zu öffnen, blieb er ruhig sitzen und neigte leicht den Kopf. «Musik ist es jedenfalls nicht.»

«Was?»

«Ich war in deiner Wohnung. Würdest du Musik machen, hätte ich irgendwas gesehen, ein Instrument, ein Notenständer, ein Aufnahmegerät ...»

Sie schüttelte den Kopf und stieg aus. Er tat das Gleiche und lachte ihr über das Autodach hinweg zu. «Ich kriege es noch raus!»

«Vergiss es.»

Sie gingen nebeneinander her zum Eingang. Sein Lächeln und sein schiefer Blick im Auto hatten die Schmetterlinge in ihrem Bauch geweckt. Panisch, dass er bemerken könnte, welche Wirkung er auf sie hatte, starrte sie stur geradeaus.

«Hi!», hörte sie eine helle Frauenstimme von hinten. Judith. Alex drehte den Kopf und grüßte zurück.

«Wo kommt ihr denn her?», fragte sie und Lina wollte genervt stöhnen, doch Alex antwortete gelassen: «Von zuhause.»

Linas Kopf zuckte hoch. Judith gaffte sie an, als ob Alex und sie über Nacht zu siamesischen Zwillingen geworden wären. Sie sah ihn an und er zwinkerte vergnügt. O Mann!

Kapitel 10

Hubo klatschte in die Hände. «Alle mal herhören!»
Es wurde still und die Gruppe versammelte sich um ihn. «Ihr kennt Euch jetzt gut genug, um ein Experiment zu machen, das nicht ganz einfach ist. Sucht Euch dafür jeder einen Partner.»
Lina sah sich um und begegnete Lukas Blick. «Wir?», fragte sie und er nickte. «Okay!»
Auch die anderen fanden sich zu Paaren zusammen.
«Das ist die Aufgabe», begann Hubo seine Erklärung. «Einer schwärmt seinem Spielpartner vor, welche positiven Gefühle er für ihn empfindet und dass ihr deswegen sehr gerne mit ihm befreundet sein wollt.» Er hob eine Hand. «Achtung! Ihr seid nicht eure Clownsfiguren, sondern Alltagspersönlichkeiten. Es ist kein Spiel, sondern das echte Leben. Sagt nicht irgendetwas, sondern fühlt in euch hinein und sagt etwas Wahres.»
Maria runzelte die Stirn. «Ich soll Vanessa sagen, dass ich mit ihr befreundet sein will? Wir sind so verschieden wie ein Fisch und ein Pferd.»
Vanessa nickte heftig und alle kicherten.
«Ihr findet bestimmt irgendwas, was ihr an euch mögt. Erzählt es euch mit Hingabe, schildert euch eure positiven

Gefühle.»
«Puh.»
Vanessa verdrehte die Augen. «Das ist ein bescheuertes Experiment.»
Toni grinste. «Betrachte es als ein Spiel. Mach einfach.»
Nils hatte sich mit Finn zusammengetan. Wie immer, wollte er gleich loslegen.
«Auf der Bühne?», fragte er und Hubo winkte ab. «Nein, einfach hier in der Gruppe. Verteilt euch im Raum.»
Die beiden Männer stellten sich gegenüber. Nils räusperte sich und begann. «Okay, Finn, ich mag dich. Deine Art gefällt mir, wir schwimmen auf einer Wellenlänge.» Er breitete theatralisch die Arme aus. «Lass uns Freunde sein!»
Alle lachten und Finn warf sich ihm im wahrsten Sinne des Wortes an den Hals.
«Wer hat das als glaubwürdig empfunden?», fragte Hubo.
«Ich nicht, aber es war lustig», sagte Maria.
«Mach es besser!», rief Finn.
«Okay.» Maria stellte sich vor Anton. «Liebster Toni. Wir kennen uns jetzt schon eine ganze Weile und ich möchte dir sagen, dass ich dich lieb gewonnen habe. Du siehst toll aus und lächelst so schön. Ich möchte so gerne, dass wir Freunde sind.»
Hubo nickte. «Das ist bei mir ziemlich authentisch angekommen. Toni, wie fühlst du dich dabei?»
Anton kratzte sich die Haare. «Äh ... irgendwie blöd. Es fühlt sich komisch an. Fast peinlich. Wäre das jetzt ernst, wüsste

ich nicht, was ich antworten sollte, denn sie hat *lieb gewonnen* gesagt und das suggeriert mir gerade, sie wäre in mich verliebt und solche Gefühle könnte ich nicht erwidern.»
Nils nickte. «Es fühlt sich total scheiße an, jemandem eine Absage zu erteilen, der sich outet. Das kenne ich.» Vanessa grinste. «Musst Du das so oft, weil dir aufdringliche Frauen ihre Liebe gestehen?»
Er zwinkerte. «Es ist schon vorgekommen.»
Alle probierten aus, ihren Partnern Gefühle mitzuteilen, und sie lachten viel. Auch Lina konnte nicht ernst bleiben. Als sie Lukas in die Augen sah und ihm sagte, dass er ein schönes Gesicht und einen erotisch ansprechenden Körper habe, musste sie so sehr lachen, dass ihr die Tränen kamen.
Lukas rümpfte die Nase. «Du kannst froh sein, dass ich auf Männer stehe, sonst wäre ich jetzt ziemlich gefrustet.» Lina atmete erschöpft durch, als der Lachanfall vorbei war. «Du bist schwul? Das ist mir noch nie aufgefallen.»
«Ich habe es ja auch nicht auf die Stirn tätowiert.»
«Entschuldige, mein Spruch war blöd.»
Er winkte ab. «Kein Problem.»
Sie erinnerte sich an ihr Staunen, als sie Alex in seiner WG gesehen hatte. Und darüber, dass sie sich gewundert hatte, dass der dunkelhäutige Mann Fabian hieß und typisch norddeutsche Mundart in seiner Stimmmelodie zu hören war. «Wir denken viel zu sehr in vorgefassten Meinungen und Vorurteilen. Das ist echt bescheuert.»
Hubo machte mit einem Pfiff auf sich aufmerksam. Alle verstummten und wendeten sich ihm zu.

«Besprechungsrunde. Setzt euch.»
Sie ließen sich im Kreis auf dem Boden nieder.
«Okay, Leute, was fällt auf?»
«Es ist schwer, über Gefühle zu reden», sagte Finn.
Hubo nickte. «Warum ist das so?»
«Ich kam mir total blöd vor. Ich weiß nicht, warum. Vielleicht hat man Angst vor der Reaktion. Man hat Angst, ausgelacht oder abgewiesen zu werden.»
«Sag nicht *man*, sprich für dich.»
«Ich habe Angst vor der Reaktion. Ich habe Angst, ausgelacht zu werden.»
Lukas nickte. «Smalltalk oder freches, lustiges Flirten ist einfacher.»
«Es ist wie seelischer Striptease», sagte Elisabeth und zustimmendes Gemurmel kam von allen Seiten.
Hubo nickte. «Okay. Jetzt möchte ich, dass ihr das Gleiche nochmal macht, allerdings als Clowns auf der Bühne.» Nils grinste. «Auf gehts!»
Die beiden Männer marschierten auf die Bühne. Während sie mit dem Rücken zum Publikum ihre roten Nasen aufsetzten, schaltete Anna die Scheinwerfer an.
Nils und Finn drehten sich um und stellten sich gegenüber. Nils räusperte sich. «Holder Clown! Ich liebe deine Nase! Ich liebe deine Haare! Ich schmachte Tag und Nacht nach dir!» Er griff sich an die Brust. «Ich brauche dich wie die Luft zum Atmen. Willst Du mein Clownpartner sein?»
Finn schrie «JA!», und sie fielen sich in die Arme.
Alle applaudierten, die beiden setzten die Nasen ab und

verließen die Bühne.

«Anna und Ben, wollt ihr mal?», fragte Hubo.

«Na klar.»

Sie ließen sich Zeit.

Es wurde ganz still, während alle erwartungsvoll auf die Bühne sahen. Lina beobachtete Anna. Ihr Clownsname war Kringelnudel. Obwohl sie die Clownsnase bereits aufgesetzt hatte, wirkte sie nicht albern, sondern ernst. Sie sah Ben alias Clown Babba an und nach einer Weile lehnte sie sich leicht zu ihm vor. «Hier wird es ganz warm» sagte sie und legte die Hände auf ihren Bauch. «Und dann kribbelt alles.» Ihr Körper schlackerte einmal von oben nach unten. «Das ist toll.» Sie lächelte breit vor lauter Glück und Verzückung.

Im Raum blieb es still. Kringelnudel machte einen Schritt vor, schloss die Augen und kuschelte sich an Babbas Brust. «Du bist so warm wie ein Stein in der Sonne.» Sie strahlte. «Das ist so ein Glück!»

Maria schniefte leise. «Das ist so rührend.»

Babba trat einen Schritt zurück und verzog das Gesicht, als müsste er gerade Hundekacke riechen.

«Nee! Geh weg!»

Kringelnudel riss die Augen auf. Dann verzog sich ihr Gesicht und sie begann, bitterlich lauthals zu weinen.

Lina musste schlucken. Sie hatte plötzlich einen Kloß im Hals.

Babba sah eine Weile mit dem Ausdruck des Erstaunens zu, dann stimmte er in das Geheul ein. «Sie liebt mich und ich liebe sie nicht», stieß er zwischen den dramatischen

Schluchzern aus und Kringelnudel nickte. «Ich liebe ihn und er liebt mich nicht.»

Eine Weile klagten sie sich gegenseitig ihr Leid, dann gingen sie gemeinsam, immer noch laut weinend, von der Bühne.

Lina lachte und applaudierte, aber tief in ihrem Herzen war sie berührt und mitfühlend.

Hubo sah in die Runde. «Was denkt ihr? Was fühlt ihr?»

Maria seufzte. «Bei Nils und Finn fand ich es einfach ganz lustig, bei Anna und Ben war ich total gerührt.»

Lina nickte. «Ich hatte auch einen Kloß im Hals. Die beiden haben tief in mir sitzende Gefühle berührt.»

«Kringelnudel ist ihrem Impuls gefolgt», erklärte Anna. «Sie hat beschrieben, was sie wahrnimmt, ohne darüber nachzudenken. Sie hat die Wahrheit gesagt und sich darüber gefreut, dass sie Babba liebt. Sie hat nicht darüber nachgedacht, wie seine Reaktion sein könnte.»

Lukas seufzte. «Ich hätte fast mitgeheult, als er sie zurückgewiesen hat. Aber dann haben sie gemeinsam über das Unglück geweint, dass sie nicht das gleiche für einander empfinden. Ich habe alles mitgefühlt, erst die Freude, dann die Trauer und dann war geteiltes Leid halbes Leid, ganz wie das Sprichwort es sagt.»

Paul nickte. «Ich habe auch mit Kringelnudel gefühlt. Sie hat ganz tief in mir etwas berührt. Beide Clowns haben das gemacht, was wir uns alle ersehnen, aber im normalen Leben nicht trauen.»

«Kringelnudel hat sich auch einfach angekuschelt. Sie hat sich genommen, was sie gebraucht hat», murmelte

Elisabeth. «Und ihre Trauer hat sie nicht versteckt, sondern ausgelebt.»

Hubo nickte. «Der Clown spielt nicht, der Clown ist und deshalb berührt er die Herzen der Zuschauer.»

Lukas stupste Lina an. «Wollen wir mal?»

Sie nickte.

Wie immer fühlten sich Linas Knie weich an, als sie die Stufen zur Bühne hinaufkletterte. Sie setzte ihre rote Nase auf und drehte sich um. Wie sie es gelernt hatte, nahm sie sich die Zeit, in ihre Füße hineinzuspüren, um den Boden unter den Fußsohlen zu fühlen. Das war für sie die beste Strategie, um ihren Verstand abzuschalten und sich für das Clownsspiel zu öffnen. Sie atmete ruhig und gleichmäßig. Sie registrierte die Luft und die Wärme vom Scheinwerfer auf ihrer Haut. Sie fühlte sich gut. Entspannt. Gedankenlos und interessiert an dem, was war. Als ob die Nase einen Knopf im Kopf gedrückt hätte, der ihr erlaubte, ein naives Kind, ohne böse Gedanken oder Bedenken, zu sein. Es hatte einige Übung gekostet, aber nun hatte sie ihren ganz persönlichen Weg gefunden, auf der Bühne Pinkabella zu sein.

Lukas und sie stellten sich gegenüber. Sie sahen sich in die Augen.

Er begann, zu reden. «Dein Haar wackelt so schön, wenn du läufst und die Farbe deiner Hose ist meine Lieblingsfarbe. Wenn du lachst, muss ich immer mitlachen. Und dann kribbelt es in meiner Brust, wenn wir so toll gemeinsam lachen.»

Während Lukas ihr seine Gefühle schilderte, wurde es tief in Linas Brust warm.

Sie fühlte sich nicht schlecht, es war nichts peinlich, sie spürte keine Scham, sie hatte kein mieses Gefühl, obwohl sie nichts an diesem Mann mit der roten Nase anziehend fand.

Sie lächelte breit. «In meinem Bauch gluckert was, wenn du mich anguckst und so tolle Sachen zu mir sagst.» Sie grinsten beide blöd vor Glück und vielen sich in die Arme.

Applaus. Hubo nickte. «Das ist Clownsein.»

Als Lina die Bühne verließ, spürte sie in sich hinein. Wie war ihr Verhältnis zu den Menschen in ihrem Umfeld? Wenn sie im Büro war, hatte sie furchtbare Angst davor, Alex könnte merken, dass sie Gefühle für ihn hatte. Nur zu gerne würde sie die einfach abschalten, wenn sie könnte. Und die Gefühle zu ihren Eltern und Verwandten empfand sie auch eher als etwas Belastendes, Verpflichtendes, nicht als etwas Positives. Hier auf der Bühne hatte sie jede Regung in ihrem Inneren begrüßt und sich darüber gefreut, sie zu haben. Warum? Was war anders? Sie versuchte, die Unterschiede zwischen Leben und Bühne aufzuzählen. In der Liebeserklärung des Clowns ging es nicht um Sex. Es ging auch nicht darum, vom anderen etwas haben zu wollen. Es ging nicht darum, etwas zu sagen, was der andere hören wollte, oder ein Ziel zu erreichen.

Die Liebeserklärung des Clowns war einfach nur die spontane Schilderung des momentanen inneren Zustands. Punkt. Mehr nicht. So einfach.

Ohne, das sie es verhindern konnte, kullerte ihr eine Träne über die Wange. Lukas hielt inne. «Lina?»

Sie schniefte und winkte ab. «Alles in Ordnung.»

Ben drückte ihre Schulter. «Willst Du uns erzählen, was du gerade empfindest?»

Lina atmete tief durch. «Ich habe gerade gemerkt, dass ich Liebe normalerweise mit Pflicht, mit Verpflichtung, mit Einengung und Forderung in Verbindung bringe. Alles, was mit Liebe zu tun hat, ist so anstrengend. Gerade eben war es jedoch leicht. Es war einfach nur ein schöner Zustand, ein Geschenk, ohne Forderungen, ohne Pflicht zur Gegenleistung. Das war so wertvoll.» Sie lachte leise. «Luka war toll. Er hat ...»

«Nein», unterbrach er sie. «Das war nicht ich, das war mein Clown.»

«Die Liebe des Clowns ist die Liebe des Kindes. Sie ist einfach ein Zustand ohne Gebrauchsanleitung», murmelte Karin. «Was wäre unser aller Leben schön, wenn wir das auch als Erwachsene so simpel leben könnten.»

Vanessa stöhnte genervt. «Ich bin raus. Ich gehe nicht auf die Bühne. Das ist ja hier wie beim Seelenklempner.»

Hubo nickte. «Das ist völlig in Ordnung, Vanessa.»

Grummelnd setzte sie sich abseits auf einen Tisch und sah zu, wie die anderen auf die Bühne gingen.

Als Lina später abends im Bett lag, konnte sie nicht gleich einschlafen. Die Erfahrungen des Abends ließen sie nicht los. Warum waren Erwachsenengefühle und

Erwachsenenliebe so viel komplizierter als die eines naiven Kindes? War es die Sexualität des Erwachsenen, die dieses wunderbare Gefühl, dass sie an diesem Tag auf der Bühne gespürt hatte, im wahren Leben unmöglich machte?
Warum machten sich erwachsene Menschen das Miteinander so schwer? War es überhaupt Liebe, was sie Liebe nannten?
Die halbe Nacht lag sie wach. Erlebnisse aus ihrer Kindheit kamen ihr in Erinnerung. Als die Mutter mal stinksauer war, weil Lina ihren besten Rock mit Klebstoff versaut hatte. Lina hatte schreckliche Angst gehabt, dass ihre Mutter sie deswegen nicht mehr liebte. Oder dieser Tag, an dem sie zum ersten Mal ihren Nachbarn Sven nicht mehr umarmt hatte, nachdem ihr Vater ihn schmunzelnd als zukünftigen Schwiegersohn bezeichnet hatte. Plötzlich hatte sie das Gefühl gehabt, es wäre falsch, den Spielkameraden anzufassen. Wie alt war sie da gewesen? Zehn? Oder zwölf?

Am Morgen hatte sie Kopfschmerzen und ein dumpfes, nicht klar definierbares Gefühl der Trauer erfüllte sie.
Als sie beim Frühstück saß, rief Elisabeth an. Sie hatte das Bedürfnis, zu reden, denn genau wie bei Lina, waren auch bei ihr Erinnerungen erwacht.
«Meine Mutter erwartete immer, dass ich aus Liebe zu ihr alles Mögliche mache. Ich glaube, deswegen bin ich jetzt grundsätzlich sehr misstrauisch, wenn ich der Liebe begegne», erzählte sie.

Lina nickte. «Vielleicht hat man Angst, seine Liebe zu gestehen, weil man denkt, man fordert vom anderen etwas.»
«Tut man das denn nicht auch? Wenn ich jemanden liebe, will ich, dass er mich auch liebt, ich will mich bei ihm gut fühlen, beschützt, unterstützt, geborgen ... all das.»
«Das stimmt. Und wenn man nicht bekommt, was man sich wünscht, obwohl der andere sagt, dass er einen liebt, ist man enttäuscht und leidet.»
«Die naive Liebe des Clowns beinhaltet keine Wünsche, Erwartungen, Sorgen, Gedanken. Der Clown liebt. Punkt.»
Sie seufzten beide und mussten lachen.
«Ich glaube, das Schlimmste ist unser Hang, immer irgendwie aus allem einen Wettbewerb und einen Vergleich zu unseren Mitmenschen zu machen. Dabei entsteht der ganze Stress. Damit versauen wir uns das ganze Leben.
«Wie meinst du das?»
«Ich habe Angst, nicht gut genug zu sein, ich habe Angst, abgewiesen und damit zum Verlierer zu werden. Ich habe Angst, nicht attraktiv genug zu sein, ich habe Angst vor Zurückweisung, vor Blamage, davor im Alter hässlicher zu werden, als andere, zu dick zu sein, zu dumm zu sein, zu naiv zu sein ... ich vergleiche mit ständig mit den anderen Menschen um mich herum.»
«Ja. Das kenne ich. Genauso, wie du es gerade beschrieben hast.» Elisabeth seufzte. «Meinst du, alle Menschen empfinden so?»
«Nein. Dafür muss man sensibel sein. Das ist nicht jeder.»
Lina kicherte. «Aber vielleicht kann man auch nur, wenn

man so empfindet, Clown werden.»

«Du könntest Recht haben», murmelte Elisabeth. «Ich bin so froh, dass ich Clown werde, das verändert mein ganzes Leben. Ich liebe meine rote Nase. Am liebsten möchte ich sie gar nicht mehr absetzen.» Sie kicherte. «Soll ich dir ein Geheimnis verraten?»

«Unbedingt!»

«Ich trage meine Nase seit einiger Zeit bei der Arbeit.»

«Was!?»

«Ich setze sie natürlich nicht auf, aber ich hänge sie um den Hals, damit sie unter den Klamotten dabei ist. So fühle ich mich immer ein bisschen wie mein Clown. Das ist so entspannend, denn mein Clown kann nix falsch machen, bei dem ist genussvolles Scheitern ja sowieso Programm. Ich nehme dann ganz automatisch alles, was im Laufe des Tages passiert, nicht so ernst.»

Lina gluckste. «Das hört sich gut an. Das probiere ich auch mal.»

Nachdem sie aufgelegt hatten, schlenderte Lina in ihr Schlafzimmer, zog die Nase aus dem Rucksack, mit dem sie immer zur Clownschule fuhr, und setzte sie auf.

Sie hatten im Unterricht oft über das Scheitern des Clowns gesprochen und es auf der Bühne begeistert zelebriert. Was war es für ein herrliches Fiasko, wenn der Clown seinen Mantel anziehen wollte und immer wieder verkehrt herum in den Ärmel griff. Was war es dagegen für eine Blamage, wenn man bei einer Firmenfeier nicht mit Fischbesteck umgehen konnte oder beim Salatessen die Soße aus den

Mundwinkeln tropfte. Elisabeth hatte Recht, im Alltag genussvoll zu scheitern und sich genauso darüber zu freuen, ausgelacht zu werden, wie sich der Clown auf der Bühne darüber freut, wenn man über ihn lacht, hatte etwas Verlockendes.

Kichernd schüttelte sie den Kopf. Wie sehr doch die Ausbildung zum Clown ihr Leben und Denken veränderte.

Kapitel 11

Leise eine Melodie summend blätterte Lina durch die Nachrichten auf ihrem Handy. Es war still im Büro. Hans war schon gegangen und sie wartete nur noch darauf, dass die Sicherungsroutine des Netzwerkes das Backup fertigstellte.
Immer zum Monatsende musste sie ein spezielles Programm starten, mit dem die gesamte Abrechnung einschließlich aller gescannter Belege, zusätzlich zur täglichen automatischen Sicherung, auf einen gesonderten Server gespeichert wurde. Hierbei prüfte das Programm gleichzeitig die Plausibilität der Datensätze und, ob es unerlaubte Zugriffsversuche innerhalb der letzten dreißig Tage gegeben hätte.
Die ganze Aktion dauerte meistens eine Stunde, in der Lina nichts anderes zu tun hatte, als zu warten.
Gespannt öffnete sie WhatsApp. Finn, der Lehrer, hatte sich vorgenommen, an diesem Morgen eine Clownsimprovisation vor seiner Klasse zu probieren, und er wollte anschließend gleich in ihrem Gruppenchat berichten, wie es geklappt hatte. Als Dozent in der Erwachsenenbildung hatte er mit Leuten zu tun, die eine Umschulung machten und er hoffte, sie mit einer Clownsnummer animieren zu können, auch selbst Träume zu verwirklichen.

Er hatte nicht nur geschrieben, sondern ein Video hochgeladen, dass einer seiner Teilnehmer aufgenommen hatte. Lina startete es und sah gebannt zu.

Zuerst wirkte Finn unsicher, doch dann wurde er zu dem Clown, den Lina auch von der Bühne in der Clownschule kannte.

Jemand klopfte an die Tür und sie rief ein «Herein», ohne aufzusehen.

«So, so ... das private Handy während der Arbeitszeit», hörte sie eine tiefe Stimme und ihr Blick zuckte hoch. Alex schlenderte schmunzelnd herein.

Es war klar, dass er scherzte, und sie seufzte theatralisch.

«Ja, es ist schrecklich, so nichtsnutzig herumzusitzen. Es ist die reinste Strafe, nicht arbeiten zu können, während das Monats - Backup läuft.»

Er lachte. «Jetzt habe ich was für dich zu tun.»

Er zog eine Hand hinter seinem Rücken hervor und hielt ihr ein dunkelrotes Päckchen entgegen. Es war so groß wie ein Schuhkarton und mit einer weißen Schleife auf dem Deckel verziert. Ups. Ein Geschenk?

Sie legte ihr Handy weg, setzte sich aufrecht hin und runzelte die Stirn.

«Nun nimm schon.» Er machte eine auffordernde Bewegung in ihre Richtung.

«Für mich?»

«JA!»

Sie legte das Handy zur Seite und griff zu. «Was ist das?»

Er lächelte. «Nur ein kleines Dankeschön.»

«Wofür?»

«Das du mich nicht betrunken mein Auto fahren lassen hast und ich bei dir übernachten durfte.»

Er schlenderte zu Hans Schreibtisch, zog sich den Drehstuhl heran, setzte sich und streckte die Beine aus. Lina stellt den Karton vor sich auf den Tisch. Verlegenheitshitze stieg ihr in die Wangen. «Das wäre nicht nötig gewesen.»

Er zwinkerte. «Ich habe mich auch nicht verpflichtet gefühlt.»

Sie runzelte die Shin. Was sollte das? Flirtete er etwa mit ihr?

Er hob die Hand und wedelte herum. «Nun mach schon auf.»

Irritiert gehorchte sie, zog den Deckel ab und sah hinein. Kuchenstücke. Mindestens acht Stück unterschiedliche Sorten. Alle hübsch in kleine, weiße, kunstvoll verzierte Papierstücke verpackt, sodass man sie rausholen und essen konnte, ohne klebrige Finger zu bekommen.

Sie sah auf. «Danke.»

Sie griff zum Deckel und hob ihn an, um den Karton wieder zu verschließen. Alexanders Augen wurden groß. «Magst du keinen Kuchen?»

«Äh ... doch.» Er sah sie an wie ein unglücklicher Hund und sie ließ den Deckel wieder sinken.

«Probier eins», forderte er. «Die runden Roten mit Erdbeeren schmecken toll. Da ist Joghurt unter der Frucht. Und die mit Heidelbeere und Sahne sind auch total lecker.»

«Ok. Ähm ... Ja.» Vorsichtig zog sie eins der Kuchenstücke heraus.

Er beobachtete sie so intensiv, dass sie nicht mehr klar denken konnte. Er wollte doch wohl nicht beobachten, wie sie Sahnekuchen aus der Hand aß, und sich dabei ihr Kinn und die Bluse mit Schlagsahne beschmierte. Sie schob den Karton in seine Richtung. «Dann nimm du aber auch eins.»
Sein Mund bog sich zu einem breiten Grinsen. «Gott sei Dank. Ich dachte schon, du fragst nicht.» Er griff zu.
Kichernd schüttelte sie den Kopf.
Alexander Morton war in ihr Büro gekommen, um mit ihr zusammen Kuchen zu essen. Das musste sie erstmal geistig verarbeiten und seelisch verdauen.
Er biss ein großes Stück ab, lehnte sich zurück, schloss die Augen und brummte genüsslich, während er kaute.
In Linas Bauch summte es. Gott, seine Stimme war so schrecklich erotisch.
Es erregte sie, ihm beim Kuchenessen zuzusehen. Das war ja furchtbar! Schnell wendete sie den Blick ab und biss ebenfalls ab.
«Das wird aber teuer, wenn du jedes Mal Kuchen kaufst, nachdem du nicht mehr Autofahren konntest und jemand anders dich chauffieren musste», sagte sie, als sie das Gefühl hatte, dass das Schweigen zu lange dauerte.
Er hatte sein Kuchenstück aufgegessen, warf das Papier in den Papierkorb an Hans Schreibtisch und leckte sich die Finger ab. «Ich trinke normalerweise nicht am Tag und schon gar nicht im Büro. Ich bin dir sehr dankbar, dass du mich mitgenommen hast.»
Verlegen zupfte sie einen Krümel von der Tischplatte.

«Wenn ich nicht zufällig dagewesen wäre, hätte dich jemand anders mitgenommen.»

«Zum Glück nicht! Es war meine Rettung, dass du mich gefunden hast.»

«Quatsch.»

Er beugte sich vor und machte eine Verschwörermiene. «Soll ich dir ein Geheimnis verraten?»

Sie beugte sich ebenfalls vor und ahmte ihn nach. «Unbedingt.»

«Ich habe Angst vor den Frauen in dieser Firma.»

Lina lehnte sich glucksend wieder zurück, doch er lachte nicht mit. «Das ist kein Witz.»

Sie winkte ab. «Doch, das ist ein Witz. Du veräppelst mich.»

«Ich schwöre, es ist mein Ernst. Manche drängen sich mir so schamlos auf, dass ich nicht weiß, wie ich Abstand zu ihnen schaffen kann, ohne unhöflich zu sein.»

«Du bist eben sehr attraktiv. Du hast die freie Auswahl unter den tollsten Frauen. Du kannst mir doch nicht erzählen, dass dir das keinen Spaß macht!»

Er grinste breit. «Du findest mich attraktiv?»

Sie verdrehte die Augen, biss von ihrem Kuchen ab und spürte gleichzeitig, wie ihr die Hitze in die Wangen kroch.

Er seufzte. «Im Ernst: Es macht keinen Spaß. Einige Frauen in diesem Haus sehen etwas in mir, was ich nicht bin. Sie halten mich für einen sexsüchtigen Macho, der sie über die Schulter werfen, in seine Hölle schleppen und ... und ...» Er zuckte mit den Schultern und winkte stöhnend ab. «Und was weiß ich alles tun soll. Die drängen mir ihre Telefonnummern

auf und sind dann beleidigt, wenn ich nicht anrufe. Und wenn ich aus Höflichkeit Einladungen annehme, benehmen sie sich, als wenn ich einem Sexmarathon zugestimmt hätte.»
«Du solltest mal Liebesromane lesen, da kannst du lernen, wonach wir Frauen lechzen.»
«So einen billigen Kitsch? Das ist nicht dein Ernst.»
Sie kicherte etwas zu schrill. Wenn er wüsste, dass sie selber Mengen von diesen kitschigen Liebesromanen gelesen hatte und er in ihren sexuellen Phantasien eine nicht unwesentliche Rolle spielte, würde er bestimmt nicht so mit ihr reden.
Er stöhnte. «Zum Glück gibt es auch solche wie dich.»
Ein fieser Stich fuhr ihr in den Brustkorb. Er sah in ihr keine attraktive Frau, sondern im besten Fall einen netten Kumpel. War ja klar.
«Woher willst du wissen, dass ich nicht genauso bin?» Die Frage flutschte ihr über die Lippen, bevor sie sie wieder einfangen konnte.
Er lächelte. «Zum Beispiel, weil bis heute kein Mensch in der Firma von meinem Besäufnis erfahren hat. Hätte Judith mich gefunden, gäbe es jetzt ein Video auf Youtube und Fotos von mir in ihrem Bett.»
Sie sah ihn an. Er lächelte nicht mehr, als ihre Blicke sich einfingen. In Linas Magen starteten eine Million Schmetterlinge zu einem Rundflug. O Gott, hoffentlich sah er ihr nicht an, dass ihre Sexualhormone gerade mit Raketenantrieb arbeiteten und sie keinen Furz anders auf

ihn reagierte als der gesamte Rest der weiblichen Belegschaft.

«Fuck, so spät schon.» Alex sprang auf. «Ich muss los. Mein Vater wartet. Danke nochmal. Man sieht sich.»

Die Tür klappte hinter ihm zu, bevor Lina antworten konnte.

Man sieht sich ... Was meinte er damit? Und das Andere? Er kam mit den Frauen nicht klar? Er fühlte sich bedrängt?

Zum Glück gibt es auch solche wie dich ...

Und dieser ernste Blick? Hieß das etwa, dass er sie mochte?

Man sieht sich ... Wollte er etwa ... nein, er hatte das nur so dahingesagt. Ganz sicher ... Oder?

Kapitel 12

«Und los.» Mit theatralisch bedeutsamer Geste drückte Lina auf die Entertaste. Am Monitor klappte das Druckerfenster auf und sie stand von ihrem Stuhl auf, streckte sich und rollte die Schultern hin und her. «Ich hole mir auf dem Weg einen Kaffee, willst Du auch was?»
Hans winkte ab. «Nein, danke.»
Lina verließ das Büro und schlenderte den Flur entlang.
Sie war aufgeregt wie ein Kind vor Weihnachten. Es fühlte sich fast wie das Lampenfieber an, das sie spürte, bevor sie in der Clownschule auf die Bühne ging. Der Überraschungsbesuch von Alex in ihrem Büro am Vortag wirkte noch nach. Glücksgefühle rauschten durch ihre Adern. Es war, als ob sie ahnte, dass sich ihr Leben ändern würde. Vielleicht würden sie zusammen essen gehen, gute Gespräche führen und sich näher kommen.
Sie rief sich immer wieder zur Vernunft, aber das half nicht. Sie grinste konstant albern vor sich hin, summte Melodien und wollte nicht darüber nachdenken, dass ganz schnell die Ernüchterung einsetzen würde, wenn sie von Alex in den nächsten Tagen nichts hörte. Sein *Man-sieht-sich* war garantiert nur eine dahin gesagte Floskel, in die sie auf ihre dämliche naive Art etwas hineininterpretierte, was es gar

nicht gab.

Wie angenehm, dass jede Etage eine eigene kleine Kaffeeküche hatte. Ihre lag direkt neben dem Abstellraum, in dem der Netzwerk - Drucker stand.

Sie warf einen Blick hinein. Das gute Stück arbeitete bereits. Die erste Seite würde jeden Moment erscheinen.

Die Chefetage wollte eine Liste der Werbeaufträge des vergangenen Halbjahrs haben. Es würde eine Weile dauern, bis der Drucker die letzte Seite ausspuckte.

Sie betrat die Kaffeeküche, nahm einen Becher aus dem Schrank und stellte ihn unter den silbern glänzenden Hahn des Vollautomaten. «Liebe kleine Gurgeldose, tu deine Pflicht.» Sie drückte auf den Knopf und die Maschine surrte los. Es war immer die gleiche Abfolge von Geräuschen. Erst Surren, dann Klacken, es folgte das Mahlgeräusch, bedrohliches Brodeln und schließlich setzte das Zischen ein. Das war der Moment, in dem auch die ersten Tropfen des fertigen Kaffees aus der Maschine in den Becher liefen.

Seit Lina in der Clownschule trainierte, Impulse wahrzunehmen, um darauf reagieren zu können, nahm sie auch im Alltag vieles wahr, was ihr vorher nicht bewusst geworden wäre. Die Geräusche der Kaffeemaschine hatte sie sogar schon mal als Pinkabella auf der Bühne nicht nur nachgemacht, sondern mit Inbrunst gelebt. Als sie sich jetzt daran erinnerte, musste sie grinsen. O Mann, sie liebte es, Clown zu sein.

Seit sie in der Clownschule mit Objekten arbeiteten, gab sie allen Geräten und Gegenständen Namen. Für einen Clown war jedes Ding etwas Neues und Interessantes, mit dem man auf vielfältige Weise spielen konnte. Sie übte das so häufig, dass ihre Fantasie ganz automatisch auch im Alltag aktiv wurde.

Die Gurgeldose hörte auf zu surren und das rote Licht blinkte auf. Pinkabella riss die Augen auf und erstarrte. «Das ist ja interessant.»

Sie beugte sich vor und ahmte mit der Hand das Blinken nach. «AN AUS AN AUS AN AUS.»

Ihr Körper begann, sich zu beteiligen, und sie tanzte den An-Aus-Tanz. Dabei lugte sie in die leere Tasse, drehte den Kopf, kniff ein Auge zu und versuchte von unten in den Hahn zu sehen, wo wohl ihr Kaffee blieb. Sie hielt das Ohr an die Seite der Maschine und lauschte gespannt.

Plötzlich stand Judith im Türrahmen. «Was machst du denn da?»

Pinkabella seufzte schwer. «Gurgeldose ist tot.»

«Hä?» Judith schüttelte den Kopf. «Der Wasserbehälter ist leer.»

«Oooohhh!»

Judith zog das Ding aus der Maschine, befüllte es und setzte es wieder ein. Augenblicklich ratterte die Gurgeldose los. Pinkabella strahlte. «Gesund!»

Judith kicherte los und Pinkabella klatschte in die Hände.

Kopfschüttelnd reichte Judith ihr den vollen Becher. «Hier, du Scherzkeks.»

«Danke schööööön.»

Lina spazierte hinaus, holte die Papiere aus der

Druckerablage und schlenderte zurück in ihr Büro.

Plötzlich wurde ihr bewusst, dass sie gerade eine Clownnummer geliefert hatte. Einfach so, ohne nachzudenken, aus dem Impuls heraus. Das war es, was ein Straßenclown tat. Impulse wahrnehmen und agieren.

Und Judith hatte gelacht. Wow. Sie hatte im Büro eine Straßenclown-Impro geliefert und ihre Zuschauerin damit zum Lachen gebracht! Sie musste am nächsten Übungsabend unbedingt den Clownfreunden davon erzählen. Hubo würde stolz auf sie sein.

«Bist du unterwegs dem Weihnachtsmann begegnet?», fragte Hans, als sie das Büro betrat und kicherte. «Nein, sollte ich?»

«Ich weiß nicht, du wirkst so überaus gut gelaunt.»

Lina winkte ab. «Ich hatte nur ein kleines Gespräch mit der Kaffeemaschine.»

«Aha.»

Versonnen blickte sie aus dem Fenster. «Judith ist in letzter Zeit irgendwie entspannter, findest du nicht?»

«Judith?»

Sie nickte. «Wir haben uns eben in der Kaffeeküche getroffen. Da ist es mir aufgefallen.»

Hans zuckte mit den Schulden. «Du bist ja auch viel entspannter, seitdem du zur Clownschule gehst. Deshalb reagieren die Menschen vermutlich auf dich auch anders.»

«Wirklich? Habe ich mich verändert?»

«Klar.» Er zwinkerte. «Und definitiv im positiven Sinne.»

«Wie meinst du das?»

«Ich habe den Eindruck, du bist entspannter, gelassener, hast weniger Angst, Fehler zu machen. Und du lachst mehr.»

«Das stimmt.»

Diese herrlichen kleinen Glückschauer rieselten durch ihren Körper. Vor der Clownausbildung hatte sie die nur ganz selten und bei besonderen Gelegenheiten gehabt. Zum Beispiel als sie ihr Abschlusszeugnis überreicht bekommen hatte. Oder bei der bestandenen Führerscheinprüfung.

Doch jetzt erlebte sie dieses Gefühl jedes Mal, sobald sie mit einer Clownspielerei ein Lächeln auf die Gesichter ihrer Zuschauer zauberte und natürlich, wenn sie auf der Bühne Applaus bekam.

Hans hatte Recht. Es war schon sehr lange nicht mehr nur das Clownsein in der Clownschule. Auch im Alltag erlebte sie immer häufiger solche Glücksmomente. Manchmal aus nichtigem Anlass, an diesem Morgen beispielsweise. Ein Typ hatte sie beim Besteigen der U-Bahn angerempelt. Als sie während der Fahrt hinter ihm stand, machte sie mit Blick auf seinen Rücken Grimassen, schüttelte den Kopf und streckte ihm die Zunge raus.

Eine Frau kicherte, Lina zwinkerte ihr zu, sie lachten beide und das Glücksgefühl rauschte durch ihren Körper.

Ihre Gedanken kehrten in die Gegenwart zurück. «Weißt du, was seltsam ist?»

Hans sah auf. «Du wirst es mir sicher gleich sagen.»

«Es gibt nur eine Art Glücksgefühl.»

«Wie meinst Du das?»

«Dieses Gefühl von überschäumender Freude. Es hat keine Abstufungen. Ein Glücksschaudern kannst du haben, wenn du im Lotto gewinnst, aber haargenau das Gleiche auch, wenn etwas scheinbar total Unwichtiges passiert. Eben zum Beispiel, hatte ich ein Glücksschaudern, weil ich mit Judith zusammen lachen konnte. Und es war das gleiche Gefühl wie in dem Moment, als ich meinen Führerschein überreicht bekam.»

«Dann hättest du dir den Führerschein ja sparen können.» Sie lachte. «Nein! Ich bin froh, des ich den habe. Es ist nur so, dass es so viele Kleinigkeiten gibt, mit denen man jeden Tag Glücksmomente erleben kann, wenn man sie beachtet.»

«Vermutlich hat jeder Mensch seine eigene Methode, um sich Glücksmomente zu verschaffen. Der eine spekuliert mit Aktien, der andere geht Shoppen und freut sich über ein Sonderangebots-Schnäppchen, der nächste trainiert für einen Marathonlauf, um zu gewinnen oder hat Glücksgefühle, wenn er des Flugticket in der Hand hält, das ihn in den Urlaub bringen wird.»

«Und wer am wenigsten Aufwand betreiben muss, um Glück zu fühlen, hat das leichteste Leben.»

«Wenn ich mich jeden Morgen über das Wetter freuen kann, bin ich fein raus.»

«Haha. Genau. Dann brauchst du nichts anderes mehr, um glücklich zu sein.»

«In einer Holzhütte ohne Heizung hat man bei Sonnenschein garantiert immer Glücksgefühle. In einer Wohnung

mit Klimaanlage braucht es schon mehr, um ein Glücksgefühl hervorzurufen.»
«Na ja. Wenn ich in der Hütte lebe und jeden Tag die Sonne vom Himmel brennt, kriegt man wohl eher Glücksgefühle bei einem Regenschauer.»
«Das ist das Ding von Jing und Yang. Nur wenn man Dunkelheit hat, hat man auch Helligkeit. Nur wenn es Kälte gibt, kann man sich über Wärme freuen.»
Lina kicherte. «Meine Güte, sind wir philosophisch heute.»

Kapitel 13

«Die Straße ist die Meisterprüfung des Clowns», sagte Hubo. «Geht mit offenen Augen durch die Welt. Nehmt Impulse wahr und reagiert aus dem Bauch heraus.»
Maria gluckste. «Oh Mann, das wird ein Spaß. Lasst mich bloß nicht allein!»
Anna nickte. «Wir gehen in der Gruppe und jeder hat seinen festen Partner, auf den er immer achtet. Denkt immer daran, füreinander da zu sein.»
Elisabeth stieß Lina an. «Gehen wir zusammen?»
«Ja, gern.»
«O nein!»
Anna runzelte die Stirn. «Was ist los?»
Elisabeth trug ein rosafarbenes, kurzes Trägerkleid, das sie nach einer abgewandelten Vorlage eines Pipi Langstrumpf Kostüms selbst genäht hatte. Sie zeigte auf ihr linkes Bein, das von einem gestreiften Overknee-Strumpf bedeckt war. «Ich habe ein Loch im Strumpf!»
Anna nickte ernst. «Das geht natürlich gar nicht. Sockenlöcher sind absolut tabu auf der Straße.» Ihr Gesichtsausdruck ähnelte dem eines Beerdigungsredners und Elisabeth kicherte los. «Das ist ein Zeichen des Schicksals! Jetzt habe ich endlich einen Clownsnamen! Ich

bin die Clownin Sockenloch.»

Alle lachten und Elisabeth begann einen fröhlichen Singsangtanz «Ich bin die Clownin Sockenloch ... ich bin die Clownin Sockenloch ...»

Lina betrachtete sich in ihrer Clownskostümierung und hängte sich die rote Nase um den Hals. Sie hatten sich mit Theaterschminke die Gesichter bemalt, aber die Gesichtszüge nicht völlig verfremdet. Sie war sich nicht sicher, ob ein Bekannter oder Kollege sie erkennen würde, falls sie sich über den Weg liefen. Wie sollte sie reagieren, wenn sie jemand mit ihrem Alltagsnamen ansprach? Schnell verdrängte sie den Gedanken.

Sie waren alle nervös und kicherten wie Kinder, die in der Schule ihrem Lehrer einen Streich spielen wollten.

«Stopp!» Hubos Stimme durchdrang das Gewirr. «Haltet inne und sammelt euch. Tief durchatmen. Zur Ruhe kommen. Fühlt in euch hinein. Ihr seid keine Kasper oder Komiker. Versucht nicht, witzig zu sein. Ihr seid Clowns! Jeder von euch hat inzwischen seine Methode, um auf der Bühne in die Clownsfigur zu finden. Nutzt das jetzt. Traut euch, die Masken des Alltags abzunehmen und eure Verletzlichkeit zu leben, zeigt eure Gefühle, seid naiv, seid leise, seid laut, aber spielt niemandem etwas vor. Seid authentisch. Seid Clowns.»

Lina atmete tief durch. Sie verstand, was ihr Lehrer meinte. Immer wieder hatten sie geübt, ihre Clownsfiguren zu wecken, und jeder hatte seine eigene Methode entwickelt, um den Eingang in dieses andere ich zu öffnen. Sie musste sich zentrieren und konzentrieren, atmete tief ein und lang aus. Mehrere Male. Sie bewegte die Zehen in den Schuhen und spürte in ihre Fußsohlen. Sie lockerte ihre Wirbelsäule, nahm die feste und starke Verbindung zum Boden wahr. Sie hatte stabilen Halt durch die Schwerkraft der Erde. Sie erdete sich. Als innere Ruhe einkehrte, erinnerte sie sich daran, wie sie als Kind voller Hingabe und Konzentration in der Sandkiste Kuchen gebacken hatte. Das war ihre ganz persönliche Tür, durch die sie in ihre naive Clownsfigur hineinschlüpfen konnte.

Als die Gruppe die Schule verließ, war Lina noch Lina und die Nase hing um den Hals, aber Pinkabella wartete bereits auf ihren Einsatz.

Draußen empfing sie herrlicher Sonnenschein. Es war Samstagnachmittag, die Menschen hatten frei und schlenderten die Fußgängerzone entlang. Zum ersten Mal in diesem Jahr spürte man das Nahen des Sommers und die Vorfreude darauf spiegelte sich in den Mienen der Passanten. Lina sah in fröhliche und entspannte Gesichter. Viele Leute saßen auf Bänken und schleckten an Eiskugeln, die aus Waffeln tropften.

Jeder, der ihr buntes Clownsgrüppchen entdeckte, schmunzelte, niemand schien an diesem Tag in Hamburgs Innenstadt schlechte Laune zu haben oder in Eile zu sein. Es war der perfekte Tag für einen angehenden Clown, um sich zum ersten Mal auf der Straße auszuprobieren.

An einer Straßenecke vor der Fußgängerzone rief Hubo die Gruppe zusammen.

«Ab hier verteilen wir uns. Bleibt aber als Paare zusammen. Unterbrecht euer Spiel, wenn ihr euch nicht wohl fühlt, macht es wie in der Schule auf der Bühne. Tretet von den Menschen zurück in den Hintergrund, dreht euch um und setzt die Nase ab.» Alle nickten und er lächelte.

«Dies ist ein großer Schritt für euch. Überfordert euch nicht. Versucht auf keinen Fall, euch zu zwingen, Clown zu spielen, wenn ihr es noch nicht schafft, in der Öffentlichkeit Clown zu sein. Ihr habt eine Stunde, danach treffen wir uns in der Schule wieder.»

Lina lief mit Elisabeth, die sich immer noch darüber freute, endlich einen Clownsnamen gefunden zu haben, los. Ihr Herz klopfte heftig und ihre Finger zitterten leicht. Adrenalin pumpte durch ihren Körper.

«Mist, ich bin viel zu aufgeregt», murmelte Elisabeth plötzlich und Lina nickte. «Ich auch. Lass uns erst noch mal etwas abseits gehen.» Sie zeigte nach rechte. «Da hinten, die Seitenstraße, da ist nichts los.»

Sie liefen hinüber und stellten sich an eine Hauswand. Sie nahmen sich Zeit. Atmen, konzentrieren, sich erden.

«Jetzt wirds besser», murmelte Elisabeth und griff nach ihrer roten Nase. Lina nickte und setzte auch ihre Clownsnase auf, sah in die Weite und fühlte in sich einen. Zum Glück hatten sie am Vormittag in der Schule bereits ausgiebig ihre Warm-up-Übungen gemacht, und auf der Bühne gespielt, so schaffte sie es jetzt tatsächlich trotz aller Aufregung, zu Pinkabella zu werden.

«Denk dran, dass immer nur einer aktiv und der andere

passiv bleiben soll», sagte Lina.
«Okay, wir gehen los und wer als erstes einen Impuls hat, fängt einfach an», sagte Elisabeth und Lina nickte. «So machen wir es, Sockenloch.»
«Ahoi, Pinkabella!»
Sie grinsten sich an, drehten sich den Menschen zu und kehrten in die Fußgängerzone zurück. Dann schlenderten sie ziellos dahin und mischten sich unter die Passanten.
Plötzlich blieb Sockenloch stehen. Pinkabella hielt ebenfalls inne und folgte ihrer Blickrichtung. Auf dem Boden lag eine Blume. Es war eine Margerite. Ihr Stiel war geknickt und die weißen kleinen Blütenblätter an einer Seite zerfleddert. Vielleicht war sie aus einem Strauß gefallen. Nein, vor einem Ladeneingang stand ein großer runder Blumentopf, in den ein ganzer Busch dieser Blumen gepflanzt war. Hier musste sie jemand ausgerupft und auf die Erde geworfen haben.
Gebannt beobachtete Pinkabella, was Sockenloch tat. Sie näherte sich vorsichtig der einsamen, kaputten Blume, umkreiste sie, beugte sich vor und berührte sie mit dem Zeigefinger. Sie stupste sie an, wartete und sah sich ratlos um, als die Blume sich nicht rührte.
Versunken wie ein spielendes Kind, hockte sie sich hin, stupste, streichelte, kniete nieder und roch geräuschvoll an der Pflanze. Schließlich nahm sie sie vorsichtig in die Hand und stand mit ihr auf. In diesem Moment realisierte Lina, dass mehrere Leute stehengeblieben waren und Sockenloch zusahen, die jetzt ihre Zuschauer anlächelte und glücklich

die Blume herumzeigte. Dann trat sie zu einer Frau und überreichte ihr feierlich die umgeknickte Blume als Geschenk. Die Frau schmunzelte, nahm das wertvolle Präsent an und verbeugte sich zum Dank vor Sockenloch. Sockenloch verbeugte sich auch. Die Frau ebenfalls noch mal, Sockenloch auch. Lina fühlte sich an eine traditionelle japanische Zeremonie erinnert, während sich die Clownin und die Passantin respektvoll verbeugend voneinander entfernten.

Allgemeines Gelächter setzte ein, es war kein lautes Gegröle, sondern eher leises, feines Lachen. Lina sah sich fasziniert um. Elisabeth hatte es geschafft, die Menschen auf der Straße in ihren Bann zu ziehen.

Sie entdeckte Hubo, der unauffällig hinter einem Pärchen stand und lächelte.

Aus den Augenwinkeln erkannte sie ein Gesicht. Ihr Herzschlag stolperte und Ihr Blick zuckte nach rechts. Alexander Morton gehörte zu den Zuschauern. Er wirkte fremd. Ein Bartschatten zierte sein Gesicht, seine Haare sahen aus, als ob er sich nach dem Aufstehen nicht gekämmt hätte, und er war in Jeans, einem locker sitzenden T-Shirt und einer ausgeblichenen schwarzen Jeansjacke gekleidet. So hatte er mit dem Anzugtypen, den sie aus dem Büro kannte, nichts gemeinsam, trotzdem war ein Irrtum ausgeschlossen.

Neben ihm lachte eine sehr junge Frau, eher noch ein Mädchen. Sie reichte ihm bis zur Schulter, war schlank und hatte lange blonde Haare, die in der Sonne glänzten. Sie neigte leicht den Kopf zur Seite und Lina fielen die süßen Grübchen auf, die sich beim Lachen in ihren Wangen bildeten. Alexander legte seinen Arm um ihre Schultern, zog sie ein Stück näher, beugte sich zu ihr hinab und flüsterte ihr etwas ins Ohr. Die beiden waren sich garantiert sehr vertraut. Als er wieder aufsah, begegneten sich ihre Blicke und er zwinkerte Lina zu.

Durch Linas Körper fuhr ein Strahl eisiger Kälte. Hastig drehte sie ihm den Rücken zu.

Zum Glück zupfte Elisabeth an ihrem Arm. Sockenloch verbeugte sich mit kindlichem Enthusiasmus vor ihren Zuschauern, lief los und zog Lina mit.

Sie kehrten in die schmale, ruhige Seitenstraße zurück, lehnten sich an die Hauswand und setzten ihre Nasen ab. Elisabeth keuchte und lachte gleichzeitig. Euphorisch klatschte sie in die Hände.

«Das war so geil! So irre! Hast du gesehen? Sie haben mitgespielt! Sie haben gelacht! O Gott! Meine Knie sind ganz weich und meine Hände zittern!»

Lina bemühte sich, sich mit ihr zu freuen, aber in ihr fühlte sich alles kalt an.

«Jetzt du», rief Elisabeth, die in ihrem Überschwang immer noch hüpfte und herumtanzte.

Lina schüttelte den Kopf. «Nein. Ich kann heute nicht.»
Elisabeth hielt inne und runzelte die Stirn. «Was ist los?»
«Nichts. Ich bin einfach raus.»
«Du kommst wieder rein. Wir haben noch genügend Zeit.»
«Nein. Ich laufe noch mit, wenn du weiter üben willst, aber

ich setze meine Nase heute nicht mehr auf.»

«Hey, ihr zwei.»

Hubo trat zwischen sie. Elisabeth strahlte ihn an. «Hast du gesehen?»

Er lächelte. «Klar!»

«Toll, oder?»

«Perfekt!» Er zog sie in eine Umarmung. «Herzlichen Glückwunsch zu deiner ersten Straßenclownsession.»

«Danke. Es war irre!» Sie lösten sich voneinander. «Diesen Tag werde ich in meinem ganzen Leben nicht vergessen.»

Hubo nickte. «Ich weiß. Ich kann mich auch noch an meinen ersten Straßenclownauftritt erinnern, als wäre es gestern gewesen, dabei ist es über vierzig Jahre her.» Er nickte Lina zu. «Wie gehts dir? Willst du auch noch was probieren?»

«Nein.» Lina schüttelte den Kopf.

«Sie meint, sie ist raus», sagte Elisabeth. «Aber wir haben doch noch genügend Zeit, oder? Wir können noch mal loslaufen.»

«Ich sagte doch, ich will nicht», motzte Lina aggressiver, als sie eigentlich wollte.

Hubo nickte. «Dann lass es. Das ist kein Problem. Ihr seid zum ersten Mal draußen und ihr sollt euch auf keinen Fall unter Druck setzen.»

Lina schluckte den dicken Kloß, der plötzlich ihre Kehle verstopfte, hinunter und nickte.

«Okay. Dann machen wir uns schon mal auf den Rückweg», sagte Elisabeth.

«Macht das. Ich sehe nach den anderen.» Hubo drückte

Linas Schulter, nickte ihr zu und ging. Ob er gemerkt hatte, was sie so erschrocken hatte?
Elisabeth fragte zum Glück nicht weiter nach.
Lina war furchtbar enttäuscht. Sie hatte Alexander nach seinem Kuchenbesuch in ihrem Büro anders eingeschätzt. Sie hatte ihm geglaubt, dass er sie mochte und von den Frauen, die ihn anhimmelten, nichts wissen wollte. Kein Wunder. Die waren erwachsen und er stand auf süße unverdorbene Mädchen, die ihn uneingeschränkt bewunderten und niemals kritisieren würden. Dieses war garantiert noch keine achtzehn. Wie konnte er eine Minderjährige verführen? Pah! So ein Arschloch!
Wie blöd war sie gewesen, zu hoffen, sein *man-sieht-sich* hätte eine Bedeutung gehabt. Gott, wie lächerlich! Er fand sie hässlich und langweilig, sie reizte ihn nicht als Frau, das hatte er gemeint, als er ... .
Fuck! Schluss jetzt mit den blöden Gedanken! Er konnte ihr doch total egal sein! Er war ein Arschloch! Sollte er ihr noch mal betrunken über den Weg laufen, konnte er auf der Straße schlafen.

Als alle Clowns in die Schule zurückgekehrt waren, dauerte es eine Weile, bis die gewohnte Ruhe und Gelassenheit einkehrte. Die Aufregung wirkte noch nach. Sie waren erfüllt von den Erlebnissen auf der Straße und redeten alle durcheinander.
Lina nervte die Stimmung. Zum ersten Mal fühlte sie sich in der Clownschule nicht wohl. Zum ersten Mal fühlte sie sich

nicht zur Gruppe dazu gehörend, sondern als Außenseiterin. Zum ersten Mal drängte sich ihr Alltagsleben in ihre clownische Welt. Damit hatte sie nicht gerechnet, darauf war sie nicht eingestellt. Die Redensart, das Gefühl zu haben, den Boden unter den Füßen zu verlieren, wurde für sie spürbare Realität.

Alle hatten aufregende Erfahrungen gemacht, nur für sie war der Tag zu einem totalen Reinfall geworden.

Hubo rief die Gruppe zusammen. Sie setzten sich in einen Kreis, um von ihren Erlebnissen zu berichten.

Linas erster Eindruck und ihre dummen, verbitterten Gedanken waren falsch gewesen. Nicht allen war es so toll ergangen, wie Elisabeth. Nils war von einem anscheinend betrunkenen Mann beschimpft worden, was ihn so verunsichert hat, dass er nicht weiterspielen konnte. Und Vanessa erzählte, dass sie genervt aufgegeben hatte, weil ein paar Kinder sie so sehr bedrängt hatten, dass sie nicht mehr clownisch denken konnte.

Lina hörte still den anderen zu. Als alle von ihren Erlebnissen berichtet hatten, nickte Anna ihr zu. «Was ist mit dir? Du hast noch gar nichts erzählt und wirkst so bedrückt.»

Lina seufzte. «Ein Kollege aus meiner Firma ist mir über den Weg gelaufen. Er hat mich erkannt und das hat mich voll rausgebracht.»

«Das ist ja blöd.»

Nils runzelte die Stirn. «Ich habe heute morgen über genau dieses Thema nachgedacht. Wie reagiere ich, falls ich als Clown auf der Straße jemanden aus meiner Firma treffe. Ich

bin Manager und Vorgesetzter, ich weiß nicht, ob ich damit klarkomme, wenn ein Angestellter, der mich als Respektsperson kennt, über mich lacht.»
«Er lacht nicht über dich, sondern über den Clown Zitronenhopser», sagte Ben.
«Ja, aber Zitronenhopser ist sensibler und dünnhäutiger als Nils», entgegnete Nils mit gequältem Gesichtsausdruck und fuhr sich mit den Händen durch die Haare.
Hubo nickte. «Ihr seid noch nicht gefestigt genug für solche Situationen. Lina hat es richtig gemacht und ist dem ausgewichen. Gebt euch Zeit. In einem Jahr könnt ihr mit Begegnungen dieser Art nicht nur umgehen, sondern sie genießen.»
Plötzlich hatte Lina das Bedürfnis, den Freunden das ganze Ausmaß ihres persönlichen Dilemmas zu schildern. «Es war nicht einfach nur ein Kollege. Er ist der Sohn vom Chef. Er ist jung, attraktiv und heiß. Alle Frauen laufen ihm hinterher. Er verkörpert das Klischee vom reichen Erben und arroganten Arschloch. Trotzdem reagieren meine blöden Hormone auf ihn.» Sie verdrehte die Augen und alle lachten. Seufzend hob sie die Hände. «Es gab in der letzten Zeit ein paar Situationen, in denen ich ihn etwas näher kennengelernt habe und dachte, er ist doch nicht so, wie ich ihn einschätzte. Da war er sehr nett und ich glaubte ....» Sie winkte ab. «Egal. Er war eben mit einem jungen Mädchen in der Fußgängerzone, das seine Tochter sein könnte. Voll ekelhaft. Der Typ ist über dreißig und die Kleine war vermutlich noch nicht mal volljährig! Das hat mich aufgeregt

und Pinkabella vertrieben.»
Anna nickte. «Ich kann nachvollziehen, wie es dir ging.»
«Und hast du einen Tipp, wie ich in Zukunft trotzdem weiter Clown sein kann? Auch wenn mir so ein Arschloch vor die Augen kommt?»
Sie lächelte. «Nein. Du hast alles richtig gemacht. Du kannst nichts erzwingen. Dein persönliches Verhältnis zu diesem Menschen hat dich aufgewühlt und rausgebracht. Das passiert. Sei einfach geduldig mit dir. Mach dir keine Vorwürfe. Schimpf nicht mit dir. Tu nicht so, als hättest du versagt.»
Ben nickte. «Genau. Akzeptiere und genieße deine Wut. Geh in deinen Clown und betrachte die Situation zwischen Lina und dem Arschloch aus der Pinkabella - Perspektive. Finde interessant, was du siehst, anstatt dich für deine Gefühle zu schämen oder dich über sie zu ärgern.»
Nachdenklich fummelte Lina an ihrem Blusenärmel herum. Das war ja mal eine ganz neue Idee. Im Geiste stellte so sich vor, wie sie als Pinkabella in der Kantine stand und Lina beobachtete, die beim Anblick von Alex heiße Ohren bekam. Sie lachte. Das war wirklich eine interessante Perspektive. «Danke Ben. Das ist ein toller Tipp. Damit werde ich mich ausgiebig beschäftigen.»

«So ein Mist! Wieso kriege ich diese Belege nicht früher? Jetzt stimmt die ganze Abrechnung nicht mehr!» Fluchend ließ Lina ihren Kugelschreiber neben die Tastatur fallen.

«Was ist los mit dir? Warum regst du dich plötzlich über solchen Kleinkram auf?» Hans sah an seinem Monitor vorbei zu ihr hinüber.

«Gar nichts ist mit mir», grummelte Lina und er lachte.

«Sorry, Herzchen, aber du hast die ganze Woche schon eine Laune, als wäre dir nicht nur eine, sondern eine ganze Horde Läuse über die Leber gelaufen.»

«Tut mir leid.» Lina atmete geräuschvoll aus. Hans hatte Recht. Seit ihrem verunglückten Straßenclown - Auftritt trudelte ihre Stimmung konstant in einem zehn Meter tiefen Krater dahin. Sie war nicht mal am Mittwoch nach der Arbeit zu ihrem Übungsabend in die Clownschule gefahren, sondern hatte sich in ihrer Wohnung verkrochen.

Natürlich war die Begegnung mit Alex und seiner blutjungen, hübschen Begleiterin in der Fußgängerzone der Grund für ihre miese Stimmung. Am meisten ärgerte sie sich jedoch über sich selbst, weil sie sich von diesem blöden Zusammentreffen so sehr die Laune und das Clownsein verderben ließ.

Nur weil sie einen Mann, mit dem sie nichts zu tun hatte, der ihr total egal sein sollte, mit einem hübschen, jungen Mädchen zusammen gesehen hatte, verlor sie die Freude an ihrem Pinkabella - Leben. Wie dämlich war das?

Sie musste einen Kloß hinunterschlucken. Fast kamen ihr schon wieder die Tränen. Sie wollte auch ein süßes, junges Mädchen sein, dass ein Typ wie Alex in den Arm nahm, um ihm etwas ins Ohr zu flüstern, stattdessen machte sie sich auf der Straße im Clownskostüm lächerlich.

OH FUCK! Genau dieser Gedanke war so, so, so dermaßen falsch!

Bens Tipp, sich mal aus der Vogelperspektive zu beobachten, tat ihr nicht gut. Sie sah nicht Lina, sondern immer nur die naive, albern verkleidete Pinkabella in der Fußgängerzone und den schicken Mann und die hübsche junge Frau, die sich über die hässliche, sich lächerlich machende Närrin amüsierten.

Sie schämte sich plötzlich, Clownin zu sein, und fühlte eine schreckliche Leere, wo eine Woche vorher noch Begeisterung und Glück in ihrer Seele gewohnt hatten.

«Wir gehen jetzt in die Kantine. Ich lade dich ein», bestimmte Hans und Lina schüttelte den Kopf. «Geh allein. Ich habe keine Lust.»

«Kommt nicht in Frage. Du warst die ganze Woche nicht mit mir essen und ich vermisse unsere Gespräche. Du kommst mit und wir essen zum Nachtisch eine doppelte Portion Eis, damit du endlich wieder fröhlicher wirst.»

Lina stöhnte. «Man soll nicht aus Frust essen.»

«Heute soll man. Es stand in der Tageszeitung. Heute ist der internationale Eis-gegen-Frust-Ess-Freitag.»

«Ich hab wirklich...»

«Papperlapp, hoch mit dir!»

Seufzend stand sie auf. «Du bist eine penetrante Nervensäge.»

«Danke, ich liebe deine erfrischend phantasievollen Komplimente.» Zufrieden nickend legte Hans den Arm um ihre Schultern und zog sie freundschaftlich an seinen Körper. Er ließ sie los, öffnete die Bürotür, und schob sie vor sich her hinaus.

An der Glastür zur Kantine rammte Lina die Füße in den Boden. Alex saß mit zwei Kollegen an einem der langen rechteckigen Tische. Auf keinen Fall wollte sie ihm begegnen. «Da drin ist es gerade furchtbar voll. Lass uns zurückgehen und in einer Stunde wiederkommen.»
Hans runzelte die Stirn. «So ist es doch immer um die Zeit.»
«Nein, sonst ist es leerer.»
«Quatsch.» Hans öffnete die Tür und wartete, dass sie an ihm vorbei hineinging. «Wir finden schon zwei Plätzchen!»
Lina ging an ihm vorbei, starrte stur zum Ausgabe - Tresen und schritt eilig darauf zu. Bloß keinen Blickkontakt mit Alexander Morton. Nachher machte der Blödmann noch einen Witz über ihr Zusammentreffen auf der Straße und die gesamte Belegschaft lachte sie aus.
Hans schien an ihrem Benehmen nichts aufzufallen. Er schlenderte hinter ihr her, blieb am Tresen neben ihr stehen und studierte konzentriert die Tafel mit dem Tagesangebot.
«Was willst du essen?»
Lina musste nicht überlegen. «Hacksteck mit Pommes.» Ungesund, salzig, fetttriefend. Das passte zu ihrer Stimmung. So viel zum Thema: Man soll nicht aus Frust essen ...
Hans bestellte für sie beide und sie bekamen ihre Tabletts.
«Lass uns da hinten hingehen.» Lina deutete nach rechts

Richtung Toiletten und Eingangstür.

«Du willst doch immer lieber vorne ans Fenster.» Hans drehte sich in die andere Richtung und ging los.

«Da ist alles besetzt!», rief sie, aber er ging weiter, als hätte er sie nicht gehört.

Verflucht! Stinksauer marschierte sie hinterher. Zielstrebig näherte sich Hans genau dem Tisch, an dem Lina am allerwenigsten sitzen wollte, denn an dem gab es noch mehrere freie Stühle. «Hi, ist hier noch Platz?»

Alex und die beiden Männer sahen auf. «Klar. Setzt euch», sagte er und lächelte. «Hey, Lina.»

«Hi», murmelte sie und nickte knapp, ohne einen der drei direkt anzusehen. Wieso musste Hans ausgerechnet zu diesem Tisch gehen? Das war so gemein!

Sie kannte die anderen beiden Anzugtypen nicht. Sie arbeiteten nicht im Büro. Vielleicht waren sie Kunden, die gekommen waren, um irgendwelche organisatorischen Fragen zu regeln, oder Mitarbeiter des neuen Firmensitzes in Brüssel.

Hans zog den Stuhl neben Alex zurück und deutete darauf. «Setz dich, Lina, ich gehe auf die andere Seite.»

Bevor sie protestieren konnte, marschierte er schon los und ihr blieb nichts anderes übrig, als sich neben Alex zu setzen, wenn sie nicht eine peinliche Situation heraufbeschwören wollte. Augenblicklich umfing sie sein herrlicher Duft und Lina kamen vor Wut fast die Tränen, denn leider war sie kein Roboter, sondern eine Frau, die sich von Gerüchen beeinflussen ließ, ob sie wollte oder nicht. Menschen waren

Säugetiere und die beschnupperten ihre Artgenossen, um zu prüfen, ob sie Freund, Feind oder paarungswilligen Pendant vor sich hatten. In der Clownschule hatten Sie über das Thema mal gesprochen, nachdem Finn während einer Übung auf der Bühne so aufdringlich an Stellas Po gerochen hatte, dass sie sich beim Zugucken im wahrsten Sinne des Wortes krummgelacht hatten.

«Guten Appetit», wünschte Alex und sie murmelte ein «Danke» ohne ihn anzusehen.

«Ist irgendwas?», fragte er leise.

«Nein.»

Hans Blick zuckte zwischen ihr und Alex hin und her. Er runzelte die Stirn, kommentierte ihre knappe Antwort aber nicht.

«Als Clown warst du fröhlicher», hörte sie Alex neben sich sagen und augenblicklich verknotete sich Linas Magen. «Ich wüsste nicht, was dich meine Stimmung angeht.»

Stille. Ihr Herzschlag donnerte wie ein Gewitter durch ihren Körper. Sie starrte auf ihren Teller und spürte kribbelnd die Blicke aller Anwesenden auf ihrer Haut. Wieso konnte sie sich auch nicht zusammennehmen und einfach cool und lässig bleiben?

Alex räusperte sich. «Entschuldigung.»

Sie stakste mit der Gabel eine Pommes auf. «Schon gut.»

Lina sah auf und ihr Blick fiel auf Hans, der schon wieder von ihr zu Alex und zurück guckte, die Stirn runzelte, aber nichts sagte, was ihre Wut aus unerfindlichen Gründen noch zusätzlich anheizte. Spätestens nachher im Büro würde er dämliche Fragen stellen und eine Erklärung für ihre Unhöflichkeit erwarten, doch sie wollte, verdammt noch mal, niemandem irgendetwas erklären.

Zum Glück waren die Leute um sie herum mit ihrem eigenen Essen und Tischgesprächen beschäftigt und bekamen nicht mit, was für eine frostige Atmosphäre Lina gerade erzeugte, weil sie sich wie ein launisches Kind benahm. Souverän lächeln und Small Talk halten, das wäre jetzt das Richtige. Vielleicht hätte sie, statt ihr Geld in die Clownschule zu investieren, lieber einen Persönlichkeitscoach engagieren sollen, der aus ihr einen zivilisierten Büromenschen gemacht hätte.

Alex lehnte sich etwas zu ihr hinüber. «Vielleicht habe ich mich nicht richtig ausgedrückt. Ich finde es sehr interessant, was du machst. Es war toll, zuzusehen», sagte er leise.

Sie sah ihn an und er lächelte sie auf diese Art an, die ihr, wie vermutlich allen Frauen dieser Welt, Feuchtigkeit ins Höschen schießen ließ, und das fühlte sich verdammt nach Spott und Verarschung an. Wieso sah er sie so an? Er hatte doch gar kein Interesse an ihr! Er hatte ein junges Mädchen, dass ihn vermutlich wie einen Popstar anhimmelte.

«Es ist schon okay. Kein Problem», antwortete sie hastig.

Die anderen beiden Männer beobachteten bereits mit fragenden Gesichtsausdrücken ihre Kommunikation, die intim wirken musste, weil Alex sich zu ihr hinübergebeugt hatte und sehr leise sprach. Anscheinend bemerkte auch er jetzt die Blicke. Er setzte sich wieder aufrecht und räusperte sich. «Ich hatte am Wochenende das Vergnügen, eine

Performance zu sehen, an der meine Kollegin beteiligt war», erklärte Alex. Einer der beiden anderen hob die Augenbrauen. «Interessant! Meine Schwester ist Tänzerin und arbeitet zurzeit an einem Projekt in Berlin. In welchem Theater bist du?»
«Ich bin nur auf der Straße.»
«Straßenkunst! Wow, klasse! Und mutig. Ich habe gehört, damit kann man an guten Tagen richtig viel Geld verdienen. In einer Stadt wie Hamburg lohnt es sich bestimmt. Spielst du Gitarre?»
«Nein.»
Lina musste irgendetwas tun, um ihre Aggression zu kanalisieren. Ohne darüber nachzudenken, griff sie zur Ketchupflasche, die neben Salz und Pfeffer auf dem Tisch stand, hielt sie über ihr Hacksteak und wartete.
Nichts kam.
Fuck.
Alle begafften sie. Alle wollten, dass sie erklärte, was sie auf der Straße tat. Sie spürte die Blicke wie kribbelnde Stromstöße. Alle warteten auf Worte und aus dieser blöden Flasche kam nichts raus. Sie schüttelte und drückte, fummelte an dem Verschluss herum und starrte in das kleine Loch, durch das der Ketchup fließen sollte, konnte jedoch nicht sehen, ob es verstopft war. Wütend presste sie die Plastikflasche mit aller Kraft zusammen und dann passierte es. Der kleine Verschluss - Propfen flog ab und die flüssige Ketchupmasse verteilte sich mit einem lauten, rülps-ähnlichem Platschgeräusch auf den Tisch, den Teller und

Linas Schoss.

Fassungslos starrte sie auf die Misere.

Sie hörte ein Glucksen von links. Dann eins von gegenüber und dann lachten alle am Tisch.

Klasse. Was für eine Blamage. Genervt schob sie den Teller zurück, stand auf und lief hinaus zur Toilette.

«Klasse, Lina Hansen, das hast du wirklich toll hinbekommen», erklärte sie ihrem Spiegelbild über dem Waschbecken, während sie versuchte, den Ketchup aus ihrer Bluse und der grauen Stoffhose zu waschen.

Frust, Wut, Trauer, Zorn. Ihr Herz fühlte sich an, als ob es gleich überlaufen würde, und ihr Blick verschwamm, aber sie würde nicht heulen. Auf keinen Fall würde sie auf der Toilette der Morton GmbH heulen.

Als der Ketchup entfernt und die Klamotten dafür klitschnass waren, hastete sie in ihr Büro, setzte sich an den Computer und versuchte, sich auf ihre Arbeit zu konzentrieren.

Hans kam nach einer Weile herein und brachte ihr eine Schale mit einer großen Portion Eis und einen in eine Serviette eingewickelten langstieligen Löffel mit.

«Mir ist der Appetit vergangen», brummte Lina, als er es neben ihre Tastatur stellte.

Er stemmte die Fäuste in die Seiten. «Kannst du mir mal erklären, was mit dir los ist?»

«Warum mussten wir unbedingt an diesem Tisch sitzen?», platzte es aus ihr heraus.

«Weil da zufällig Platz war?» Er stöhnte. «Ich konnte ja nicht ahnen, dass du neuerdings ein Problem mit dem Junior hast.»

«Ich hab kein Problem.»

«Ach nein? Dann war deine Vorstellung eben wohl eine lustige Clownsnummer, was?»

«Ich möchte nicht darüber reden.»

Seufzend setzte er sich an seinen Schreibtisch. «Iss wenigstens, damit ich das Eis nicht auch noch umsonst gekauft habe.»

In Linas Brust zog sich etwas zusammen. Hans hatte Recht. Sie benahm sich unmöglich. Kopfschüttelnd rieb sie sich mit den Händen über das Gesicht und sah ihn dann an. «Tut mir leid. Du hast Recht. Ich benehme mich wie ein launisches Kind. Nächste Woche bin ich wieder normal. Ich verspreche es.» Sie zog die Schale näher, wickelte den Löffel aus und tauchte ihn in die Eiscreme. «Danke für das Eis und deine Geduld mit mir.»

Zum Glück hatten sie an diesem Wochenende nur am Samstag Unterricht in der Clownschule und sie konnte sich am Sonntag in ihre Wohnung verkriechen. Sie brauchte unbedingt Zeit und Ruhe, um ihre Gefühle in den Griff zu bekommen.

Endlich Feierabend.

«Ich bring noch schnell die Eisschale zurück in die Kantine», murmelte Lina, nachdem Hans und sie die Computer ausgeschaltet hatten und ihre Jacken anzogen. Hans nickte. «Okay. Schönes Wochenende, Lina!»

«Danke. Dir auch.»

Er verschwand und Lina räumte noch ein paar Ordner und Schnellhefter in die Schränke, bevor sie sich die Jacke anzog, die Tasche umhängte, nach dem Geschirr griff und ihr Büro verließ.

Die meisten Mitarbeiter machten Freitags am frühen Nachmittag Feierabend, so war es im Haus schon ruhig und der Fahrstuhl leer, als sie nach oben fuhr. Auch in der Kantine wurde nicht mehr gearbeitet. Die Kühltresen und Wärmefächer waren bereits ausgeräumt, und man hörte nur noch Stimmen aus der Küche.

Lina stellte die Eisschale auf den Tresen, rief ein «Tschüss, schönes Wochenende!» in Richtung des Küchendurchgangs und lief zurück zum Fahrstuhl.

Als sie auf den Knopf drückte, zeigte die Anzeige, dass der Lift von oben kam. Das konnte bedeuten, dass jemand aus der Chefetage hinabfuhr. Alexander? Der arbeitete zwar nicht in der obersten Etage, aber es war ja durchaus möglich, dass er bei seinem Vater im Büro gewesen war. O NEIN! Ihm wollte sie heute auf keinen Fall noch mal über den Weg laufen. Eine Sekunde lang war sie drauf und dran, ins Treppenhaus zu flüchten, doch da erklang schon das *Pling* und die Tür ging auf.

Die Kabine war leer. Puh. Glück gehabt. Lina stieg ein und drückte auf *Erdgeschoss*. Der Fahrstuhl setzte sich in Bewegung, hielt jedoch ein Stockwerk tiefer erneut und ... konnte das Schicksal gemeiner sein ... als die Tür sich öffnete stand Alex vor ihr.

Lina erstarrte.

«Hi.» Er trat ein. Die Tür ging zu und der Lift setzte sich in Bewegung.

«Hi», murmelte sie. Ihr Blick klebte auf der Tafel mit der Notfalltelefonnummer, ohne dass sie Zahlen oder Text las. Sie wusste bloß nicht, wo sie sonst hinsehen sollte.

Alex räusperte sich und Linas Körper mutierte zu einem Eiszapfen, denn es war klar, dass er jetzt etwas zu ihrem unmöglichen Auftreten während des Mittagessens sagen würde und sie antworten müsste.

«Es tut mir leid, wenn ich dich heute Mittag in Verlegenheit gebracht habe. Das war nicht meine Absicht.»

«Schon gut.» Ihr Blick zuckte zu ihm. Er lächelte. «Ihr wart an diesem Tag in der Fußgängerzone eine echte Attraktion.»

Augenblicklich erwachte der Zorn in Linas Bauch. Er lachte sie aus. Schon wieder!

«Danke», presste sie mühsam beherrscht hervor.

Zum Glück erreichten sie endlich das Erdgeschoss. Der Fahrstuhl hielt und die Tür ging auf. Gott sei Dank! «Tschüß», murmelte sie und lief los.

Sie kam drei Schritte weit, da überholte er sie und stellte sich vor sie. «Warte.»

Sie stockte und presste die Lippen aufeinander.

Er runzelte die Stirn. «Was ist los?»

«Nichts. Was sollte sein?»

«Ich dachte eigentlich, dass wir ...» Er zuckte mit den Schultern. «Du benimmst dich plötzlich so reserviert. Mehr als entschuldigen kann ich mich doch nicht. Habe ich noch irgendwas anderes gesagt oder getan, das dich sauer gemacht hat?»

«Nein. Ich bin... ich hab es nur eilig.»

«Bullshit. Letzte Woche haben wir Kuchen gegessen und uns unterhalten und seit ich dich mit meiner Nichte in der Fußgängerzone gesehen habe, benimmst du dich, als hätte ich dir irgendwas getan. Sorry, aber wenn dich niemand als Clown sehen soll, solltest du vielleicht auch nicht in der Öffentlichkeit auftreten.»

Lina hörte seine Worte, doch nur eins davon brannte sich in ihren Verstand.

«Deine Nichte?»

«Ja, das Mädchen, das bei mir war. Sie heißt Nele, ist meine Nichte, und verbringt die Sommerferien hier in Hamburg im Hause meines Vaters.»

«Oh.»

Er lächelte. «Sie war total aufgeregt, als ich ihr erzählte, dass ich dich kenne. Sie ist in ihrer Schule schon seit Jahren mit Begeisterung in der Theater AG und möchte Schauspielerin werden. Nun, durch ihren Onkel, Kontakt zu jemandem zu bekommen, der ihr etwas über den Clown erzählen kann, hat sie ganz irre gemacht. Ich habe ihr versprochen, dich zu fragen, ob wir mal zusammen einen Kaffee trinken, damit sie dich ausfragen kann.»

Lina schluckte. Hitzewellen waberten durch ihren Körper. Ihre Wangen liefen garantiert gerade knallrot an.

Er hob die Hände. «Du kannst natürlich nein sagen, wenn du das nicht willst.»

«Das ...äh ... eine Verwandte ... das ... äh ... wusste ich nicht ... äh ... ich dachte ... äh ...», sie schüttelte den Kopf. O Gott! War das peinlich!

Er stutzte. «Was hast du gedacht, wer sie ist?»

«Niemand ... äh... keine Ahnung. Deine Freundin oder ... Quatsch, gar nichts habe ich gedacht.»

Seine Augenbrauen zuckten hoch. «Du dachtest, ich habe ein Verhältnis mit einem siebzehnjährigen Mädchen?»

«Na ja, erst erzählst du mir, dass du mit Frauen nicht klarkommst, wenn sie so aufdringlich sind, und dann sehe ich dich mit einer so Jungen Arm in Arm, das sah einfach irgendwie ...» Sie griff sich an den Kopf und machte eine abwehrende Handbewegung. «Vergiss es. Es war blöd. Es geht mich ja auch überhaupt nichts an, mit wem du deine Zeit verbringst.»

Seine Mundwinkel zuckten. «Ich bin froh, dass wir dieses Missverständnis ausräumen konnten.»

Lina schluckte. «Ja.» Sie starrte ihn an. «Ich auch.» Diese Situation war so peinlich! Sie würde alles darum geben, sich in dieser Sekunde auf den Mond, oder noch besser, auf den Mars beamen lassen zu können.

Er lächelte. «Also ich schwöre, ich verführe keine Minderjährigen. Ist jetzt wieder alles in Ordnung zwischen uns?»

Sie nickte ruckartig.

«Das freut mich.»

In diesem Moment entdeckte sie die roten Spritzer auf seinem weißen Hemd in Höhe des Bauches. Das war

Ketchup. O NEIN! Er hatte in der Kantine Spritzer abbekommen!

Schon wieder stieg ihr die Hitze ins Gesicht. «Das tut mir leid», presste sie hervor, während sie mit der Hand in Richtung der Flecken deutete. Er senkte den Kopf, um zu sehen, worauf sie zeigte, und winkte ab. «Kein Problem. Wir haben in der WG eine Waschmaschine. Was ist jetzt mit dem Kaffee?»

«Was?»

«Kaffeetrinken. Mit Nele. Wärst du dazu bereit? Vielleicht nächste Woche?»

«Ach so. Ja. Klar.»

Er lächelte. «Gut. Das freut mich.»

Sie nickte. «Okay. Dann ... schönes Wochenende.»

«Dir auch.»

Er sah sie an. Er lächelte immer noch und plötzlich wurden ihre Knie weich und die Schmetterlinge in ihrem Bauch begannen, einen Walzer zu tanzen.

Zum Glück drehte er sich in diesem Moment um, öffnete die Tür und machte ein Handzeichen, dass er ihr den Vortritt ließ. Sie ging los.

«Tschüß Lina», hörte sie, dann klappte die Tür zu und sie war allein. Irritiert sah sie zurück und erhaschte gerade noch einen Blick auf seinen Rücken. Er bewegte sich in Richtung der Treppe in den Keller. Natürlich! Er wollte zu seinem Auto und das stand sicher in der Tiefgarage.

Kapitel 14

Als Lina am Samstagmorgen die Clownschule betrat, atmete sie den Geruch tief ein. Die Mischung aus Holz, dem typischen Muff alter Gemäuer und weiteren undefinierbaren Elementen, war zu einem Stück Heimat geworden. Inzwischen bereute sie es längst, dass sie ihren wöchentlichen Übungsabend verpasst hatte.

Sie begrüßte die Freunde und zog sich schnell um. Wie immer vor dem Beginn des Trainings, rief Hubo die Gruppe zu einem Gesprächskreis zusammen, in dem jeder kurz erzählte, was ihm gerade wichtig war.

Lina hatte heute viel zu erzählen. Es bereitete ihr große Sorge, wie leicht ihr in der letzten Woche das Clownspiel vermiest worden war.

Nachdem sie in allen Einzelheiten berichtet hatte, was passiert war, und in welch mieser Stimmung sie die ganze Woche lang gewesen war, atmete sie tief durch.

«Das macht mich echt fertig. Meine Geschlechtshormone fahren auf einen Typen ab und plötzlich ist die ganze Freude am Clownsein tot. Ich habe mich geschämt, so albern verkleidet in der Öffentlichkeit herumzulaufen und wünschte mir nichts sehnlicher, als ein junges, hübsches, blondes Mädchen zu sein, in das sich dieser Typ verknallen sollte.» Sie raufte sich die Haare.

«Ich fand mein Kostüm und die rote Nase und alles, was wir

hier tun, auf einmal nur noch bescheuert. Es war schrecklich und dieses Gefühl hat mehrere Tage angehalten! Ich will das nicht! Ich will mir nicht von einem Mann vermiesen lassen, was ich so gerne tue! Wie kann ich vorsorgen, um mich vor solchen Gefühlen zu schützen?» Hilfesuchend sah sie in der Runde.

Ben nickte. «Hast du als Pinkabella probiert, aus der Vogelperspektive auf Lina zu schauen?»

Sie winkte ab. «Es ist mir nicht gelungen. Ich habe nur als Lina auf Pinkabella geglotzt, während die sich in der Fußgängerzone zum Affen gemacht hat. Das war alptraumhaft.»

«Bist du sicher, dass du Pinkabella beobachtet hast? Oder vielleicht eher eine verkleidete Lina?»

Lina runzelte die Stirn und erinnerte sich an ihre Gedanken.

«Du hast Recht. Ich habe eine verkleidete Lina gesehen.»

Hubo nickte und sah in die Runde.

«Das ist ein Thema, das für euch alle wichtig ist. Denkt mal zurück an eure Kindheit und Jugend. Wenn ihr fröhlich, laut und einfach Kind wart, ohne über euer Handeln nachzudenken, wie wurde das von den Erwachsenen zuhause, beim Einkaufen oder in der Schule aufgenommen?»

Eine Weile blieb es still, dann kamen von allen Seiten Kommentare:

«Meine Mutter hat immer die Tür zum Kinderzimmer zu gemacht, wenn meine Schwester und ich so richtig albern waren», erzählte Stella.

Maria lachte. «Sei vernünftig. Du bist doch schon ein großes Mädchen. Das war einer der Sprüche, an die ich mich deutlich erinnere.»

Finn nickte. «Solche Sprüche kenne ich auch: Ein großer Junge macht das nicht ... Du bist doch kein Baby mehr ...»

«Du bist alt genug, um dich zusammenzureißen», warf Paul ein und verstellte die Stimme zu einem tiefen Brummen.

Allgemeines Kichern und Nicken.

«Fällt euch etwas auf?», fragte Hubo.

Maria nickte eifrig. «Natürlich! Als Kind sollst du lernen, dich an die Regeln des Erwachsenenseins zu halten und in deinem Kopf festigt sich: Du wirst nur ernst genommen, wenn du so wie die Großen deine Gefühle unter Kontrolle behältst.»

Hubo drehte sich Lina zu. «Denk an deine Kindheit. Wenn du auch solche Sprüche zu hören bekommen hast, sind die vermutlich schuld daran, dass du jetzt glaubst, als Clownin von einem Mann nicht als erotische Frau wahrgenommen zu werden.»

Stella prustete los. «Ich will als Clownin auf keinen Fall als erotische Frau wahrgenommen werden!»

«Nein, aber wenn du die Nase wieder absetzt, schon, oder?»

«Das stimmt.»

Hubo hob die Hand. «Fühlt in euch hinein. Was passiert, wenn euch als Clown ein Mensch begegnet, von dem ihr unbedingt ernst genommen werden wollt?»

«Wenn du oberflächlicher Spaßmacher sein willst, macht es

dir vermutlich nichts aus, doch wenn du als Clown dein ehrliches inneres Kind zum Leben erweckst, wird es verdammt schwer, sich nicht dafür zu schämen.»
Nils nickte. «Ich habe auch oft in der letzten Zeit darüber nachgedacht, wie es sich wohl anfühlt, wenn ich als Clown auf der Straße Leuten begegne, für die ich im Alltag eine Autoritätsperson bin. Jetzt verstehe ich sehr gut, warum der Gedanke unangenehm ist.»
«Wir alle haben zwei Gesichter», sagte Hubo.
«Das eine ist das echte mit allen Gefühlen, die dazu gehören. Das andere ist des aufgesetzte, das wir der Welt zeigen. Als Clown in der Öffentlichkeit und vor Personen, die uns wichtig sind, das Versteckte leben zu lassen, ist ein riesengroßer, mutiger Schritt, den Lina noch nicht gehen konnte.»
«Warum?» Elisabeth fuchtelte mit den Händen wild herum. «Warum fällt uns das so schwer. Warum sind wir nicht einfach immer ehrlich wir selbst?»
«Vielleicht hängt es davon ab, ob man sein inneres Kind genug liebt, um es offen zu zeigen. Meine Eltern haben mein Kindsein immer nur negativ dargestellt. Es fällt mir schwer, den Jungen Nils zu lieben ... und das auch noch öffentlich vor aller Welt.»
«Ehrlichkeit macht uns verletzlich. Davor haben wir Angst», sagte Lukas. «Das ist doch ganz klar.»
Vanessa zog eine Grimasse. «Außerdem sind wir nicht immer nett, sondern haben auch miese und böse Gefühle, für die wir uns schämen und die wir auch wirklich nicht

ausleben sollten.»
Paul nickte. «Wir wollen beeinflussen, wie andere uns sehen. Schließlich sollen die anderen uns akzeptieren, respektieren, mögen und manche», er seufzte, «manche eben auch lieben.»
Stella schnaubte. «Aber wenn sich zwei Menschen in das verlieben, was jeder nach außen darstellt, ohne ihr wirkliches Ich zu kennen, ist doch eine Beziehung sowieso zum Scheitern verurteilt.»
«Stimmt. Die meisten Ehen werden ja auch nach ein paar Jahren geschieden.»
Katherina seufzte. «Eine meiner kindischen Eigenschaften ist der Neid. Ich bin schrecklich neidisch. Es ist mir total peinlich, aber ich kann es nicht abstellen. Das verstecke ich natürlich. Ich würde niemals aussprechen, was ich manchmal Fieses über andere Frauen denke.»
Erstaunt musterte Lina sie. Das hatte sie nicht erwartet. Katharina war attraktiv, hatte einen tollen Job und wirkte stets so freundlich und ausgeglichen. Jeder im Kurs hatte sie von Anfang an gemocht.
Paul nickte. «Ich bin gerne faul, aber nach außen total unternehmungslustig.»
Ben grinste. «Deswegen ist auch dein Clown ein träger und herrlich mürrischer Brummbär.»
«Stimmt. Ich genieße es jedes Mal, in diese Figur zu schlüpfen.»
Hubo faltete die Hände und hielt sie an seinen Mund, eine Geste, die er immer dann machte, wenn er tief in Gedanken

versank.

«Hubo brütet», murmelte Stella und alle glucksten.

Schmunzelnd löste er die Haltung und zwinkerte. «Und jetzt hat er ein Ei gelegt.»

Alle lachten und er wendete sich Lina zu. «Jeder Mensch findet irgendwas an sich blöd, vor allem darum, weil ihm früh eingeredet wurde, dass er oder sie diese Eigenschaften nicht zeigen darf, wenn er oder sie von anderen Menschen ernst genommen werden will. Die Eigenschaften, die wir nur ein bisschen blöd finden, gestehen wir unserem Clown ziemlich leicht zu, aber die Eigenschaften, die wir an uns selber hassen, die soll nicht mal unser Clown leben dürfen. Wie wäre es, wenn du heute in der Übung als einziges Ziel daran arbeitest, Pinkabella zu animieren, Gefühle und Eigenschaften, die du an Lina nicht magst, genüsslich und schamlos auszuleben?»

Lina musterte ihn intensiv. Das seltsame an Hubo war, dass immer, wenn er etwas vorschlug, was garantiert ganz viel Überwindung kosten würde, aus seiner Mimik nichts anderes als liebevolle Fürsorglichkeit zu lesen war, was sie animierte, sich darauf einzulassen. So war es auch jetzt. Der Gedanke, böse Gefühle auszuleben, war ihr nicht geheuer, doch sie schenkte ihm ein langgezogenes «Ooookaaay».

Allgemeines Gekicher.

«Warum machen wir das nicht alle? Ich bin immer ein lustiger Clown, aber es reizt mich auch, mal hässliches rauszulassen», schlug Lukas vor.

Nils runzelte die Stirn. «Aber machen wir das nicht längst?

Die ganze Ausbildung basiert doch genau auf diesen Gedanken.»

«Ja.» Anna nickte. «Aber wie Hubo schon sagte, wir können nur allmählich immer tiefer in uns hinein buddeln. Unser Kern ist ein anarchisches Ich, aber es ist ein langer Prozess, sich selbst zu finden, den der eine schneller und der andere langsamer durchlebt. Nur die wenigsten Clownschüler sind mutig genug, wirklich bis auf den Grund der eigenen Seele hinabzusteigen und ans Tageslicht zu zerren, was dort brodelt.» Sie zwinkerte. «Aber dafür haben wir ja die Clownsnase. Mit Clownsnase bin ich eben nicht Anna, sondern Kringelnudel und die darf alles. Glaubt mir, wenn man sich erstmal überwunden hat, es zu wagen, alles rauszulassen, dann liebt man seine Clownsfigur und genießt es total, hemmungslos böse, neidisch, himmelhochjauchzend oder verliebt zu sein.» Sie setzte einen gespielt arroganten Gesichtsausdruck auf. «Anna hat damit ja nichts zu tun. Ist ja Kringelnudel, die die ganzen schlimmen Sachen macht.»

«Ich glaube, das wird heute ein sehr interessanter Tag», murmelte Elisabeth. «Zum Glück sind wir unter uns.»

«Los gehts!» Hubo stand auf und klatschte in die Hände. «Wir beginnen mit einem Warm up und Stimmübungen.»

Eine Stunde später waren sie bereit und standen im Kreis um Hubo herum, um Instruktionen für das Bühnenspiel zu bekommen.

«Okay, wir improvisieren», sagte er. «Ihr geht zu zweit auf

die Bühne und handelt ausschließlich aus euren Impulsen heraus. Es gibt keine Vorgaben und ihr nehmt keine Objekte mit. Wer möchte anfangen?» Er sah in die Runde.

«Ich.» Linas Arm schoss in die Höhe. Nachdem ihr Lampenfieber während der Warm-up Phase von Minute zu Minute schlimmer geworden war, wollte sie es jetzt bloß schnell hinter sich bringen.

Hubo nickte. «Wer geht mit auf die Bühne?»

Stella hob die Hand. Lina lächelt ihr zu. Mit Stella verstand sie sich super. In ihrer Gegenwart konnte Lina gar nicht anders, als sich wohlzufühlen. Sie in ihrer Clownsfigur namens Tröpfchen war die perfekte Partnerin für diese Übung.

Sie liefen hinauf und stellten sich mit den Rücken zu den Zuschauern. Ein Moment der Ruhe und Konzentration, dann nickten sie sich zu und setzten ihre Nasen auf. Pinkabella erwachte zum Leben.

Sie drehten sich gemeinsam um und traten zwei Schritte vor.

Stille.

Blick ins Publikum.

Stille.

Plötzlich kicherten einige Zuschauer. Pinkabella drehte den Kopf und sah, wie Tröpfchen, voller ernsthaftem Elan und Ehrgeiz, zwischen ihren Beinen herumfummelte. *Das tut man nicht*, hörte sie reflektorisch im Geiste ihre Mutter sagen.

Pinkabellas Mund klappte auf, während sie Tröpfchen

anstarrte, und in ihrem Bauch begann es zu brodeln. Einem Impuls folgend legte sie ebenfalls ihre Hand zwischen ihre Beine und schob über ihrem Venushügel den Stoff ihrer Hose hin und her.
Lachen aus dem Zuschauerraum.
Tröpfchen hielt den Zeigefinger an ihren Hintern, als wollte sie probieren, ob sie ihn in ihren Anus stecken könnte. Dabei schnitt sie eine Grimasse und machte mit dem Mund Pups-Geräusche.
Pinkabella begann, sich unanständig in der Hüfte zu bewegen, beugte sich vor und tat so, als wollte sie ihre Geschlechtsmerkmale betrachten.
Tröpfchen marschierte um sie herum, blieb stehen, beugte sich vor und beobachtete genau, wie Pinkabella sich streichelte. Dann rieb sie über ihren Po, ließ ihre Hand darauf klatschen und stöhnte gierig.
Kichern und einzelne laute Lacher aus dem Publikum trieben sie dazu, ihr Tun noch zu steigern.
Beide Clowns berührten sich eindeutig auf kindlich sexuell motivierte Weise, stöhnten, verbogen ihre Körper, sahen sich an und plötzlich spürte Lina den Drang, zu lachen. Sie hielt inne. Tröpfchen ebenfalls.
 Stille.
Stellas Mundwinkel zuckten. Pinkabella spürte den Reiz, zu lachen, immer stärker.
Sie begannen, gemeinsam zu kichern, wurden lauter, lachten aus vollem Halse und endeten wild grölend, während sie die Bühne Arm in Arm verließen und die Nasen

absetzten.

Applaus setzte ein und Linas Herz hüpfte vor Vergnügen. Das hatte verdammt viel Spaß gemacht.

Lukas und Paul wollten nun gemeinsam auf die Bühne.

Paul spielte sich sowieso gern in den Vordergrund. Er hatte auch im normalen Leben immer ein freches Grinsen im Gesicht und nie Probleme damit, seine Meinung zu sagen. Das Wort Hemmungen kannte er nicht, stattdessen war Gelassenheit der treffendste Begriff, mit dem sie ihn beschreiben würde. Ihm merkte man auf den ersten Blick an, dass er in seinem Softwareunternehmen garantiert ein beliebter Chef war. Er war damit das komplette Gegenteil zu Lukas, der sich stets eher ruhig im Hintergrund hielt. Sie hatte sich schon oft gefragt, warum dieser introvertierte Typ ausgerechnet Lehrer geworden war, also einen Beruf gewählt hatte, der nicht wirklich zu seinem Charakter passte. Lina war gespannt, was sich zwischen diesen beiden so unterschiedlichen Männern im spontanen Clownspiel entwickeln würde.

Paul, alias Clown Heissabumba, begann, wie immer, fröhlich. Übermütig tanzend eroberte er die Bühne. Lukas, der sich noch zu keinem eigenen Clownsnamen entscheiden konnte, blieb stumm an einer Ecke der Bühne stehen. Seine Mundwinkel hingen herab und er ließ den Kopf hängen. Heissabumba wollte ihn zum Tanzen animieren, doch Lukas sackte immer mehr in sich zusammen, setzte sich auf den Boden und begann einen leisen weinerlichen Singsang.

Heissabumba hielt inne und staunte. Er betrachtete den

weinenden Clown und schließlich verging ihm auch die Fröhlichkeit und er zeigte ein betroffenes Clownsgesicht. «Warum weinst du?», fragte er laut in Bühnenclownmanier und Lukas antwortete: «Die Welt ist so gemein.»
Heissabumba nickte ernst. «Und der Himmel auch.»
«Und die Straßenbahn.»
«Und der Bürgersteig.»
In den nächsten Minuten versanken die Männer in gemeinsames Jammern und durchdringendem Wehklagen über das Wetter, die Menschen, den Kaffee, die Elbe und den Tunnel ..., bis alle Zuschauer sich die Bäuche hielten, weil sie so lachen mussten.
Jammere nicht rum, reiß dich zusammen, anderen geht es viel schlechter als dir, hörte Lina im Geiste ihren Vater sagen. Diesen Spruch kannten diese Männer garantiert auch aus ihrer Jugend.
Als Katharina anschließend gemeinsam mit Toni auf die Bühne ging, war Lina sehr gespannt darauf, ob sie als Clown Klops ihren Neid ausspielen würde. Und wie würde Toni darauf reagieren?
Mit ihm hatte Lina bisher nur wenig zu tun gehabt. Er war nett, ruhig und gelassen, er fiel nie besonders auf und hatte sich, ebenso wie Lukas, noch keinen Clownsnamen ausgedacht. Lina wusste nicht mal, ob er eine Familie hatte oder allein lebte, aber sie wusste, dass er Tischler war und nach der Pleite seines eigenen Bauunternehmens eine Behindertenwerkstatt leitete.
Und tatsächlich. Katharina, alias Klops, stellte sich

breitbeinig hin, zeigte auf sein knallrotes Hemd und schrie «Ich will das haben!»

Toni sprang ängstlich zurück, doch Klops kannte keine Gnade. Sie steigerte sich in ihren Neid, heulte und brüllte, und als sie mit vorgestreckten Armen auf Toni zulief, um ihm das Hemd vom Leib zu reißen, flüchtete er. Sie jagte ihn ein paar Mal im Kreis herum, dann rannte er von der Bühne und sie lief hinterher. Unten fielen sie sich jubelnd um den Hals.

Alle lachten und Katharina strahlte. «Wow, das war gut. Darf ich das öfter?»

«Wie fühlt ihr euch nach dem heutigen Tag?», fragte Hubo beim Abschlussgespräch.

«Leicht», platzte Elisabeth heraus.

Allgemeines zustimmendes Gemurmel setzte ein, in das sich weitere Kommentare mischten.

«Es hat Spaß gemacht.»

«War toll.»

«Heulen gehört jetzt zu meinem festen Repertoire.»

«Es lebe die clownische Anarchie!»

Hubo lächelte. «Wir werden nicht analysieren, welcher Clown warum genau die Impulse hatte, die er heute auf der Bühne ausgelebt hat. Das ist nicht wichtig. Merkt euch einfach nur, wieviel Spaß ihr dabei hattet, euch auf der Bühne auszutoben und dass eure Zuschauer genauso erzogen wurden wir ihr. Sie lieben euch dafür, dass ihr ihre eigenen Gefühle spiegelt, dass ihr sie versteht und stellvertretend für sie der Welt zeigt, was sie sich nicht

trauen», er sah zu Lina hinüber, «egal, wer es ist.»
Lina nickte. Sie hatte an diesem Tag viel verstanden.
«Ich liebe euch alle!», rief Stella enthusiastisch in die Gruppe. Alle lachten und stimmten zu.
Hubo nickte. «Genau. Wir haben heute Emotionen erlebt und beobachtet, die uns auch im Alltag begegnen. Jeder Zuschauer kennt diese tief versteckten und normalerweise verdrängten Gefühle. Sie auf der Bühne zu sehen und darüber zu lachen, ist, als ob auch er ein kleines bisschen davon befreit wird.»
Lina atmete tief durch. «Wisst ihr, was seltsam ist?»
Ben zwinkerte. «Du wirst es uns bestimmt jetzt sagen.»
«Plötzlich mag ich nicht nur Pinkabella, sondern auch Lina mit all ihren komischen Gefühlen. Die Scham, die mich letzte Woche so gequält hat, hat sich ins Gegenteil gewandelt. Ich liebe diese Scham und alle anderen Gefühle, die dazugehören, die häufigen Zweifel und meine Unsicherheit. Ich stehe dazu, so zu sein, wie ich bin. Ich kann über mich liebevoll lächeln. Ich bin so, wie ich bin, total richtig.»
Hubo legte den Arm um sie und drückte sie an sich. «Einen besseren Abschluss hätte ich für den heutigen Tag nicht formulieren können. Ab nach Hause mit euch!»

Kapitel 15

Sie wollten sich in einem Café an der Alster treffen. Da Alex ein paar Tage Urlaub hatte, würde er mit seiner Nichte kommen, während Lina sich nach der Arbeit mit dem Fahrrad auf den Weg machte.

Seit es richtig Sommer geworden war, hatte sie keine Lust mehr auf U-Bahn und sich ein knallrotes Fahrrad gekauft, mit dem sie jetzt überall hinfuhr, solange der Wetterbericht keinen Regen ansagte.

Sie erreichte den Treffpunkt, stellte das Rad ab und sah sich um. Ein Winken erregte ihre Aufmerksamkeit. Es war Alex. Er saß bereits mit seiner Nichte an einem der kleinen runden Tische im Außenbereich des Cafés.

Lina schlenderte hin. Sein Anblick löste mal wieder einen Schmetterlingsflug in ihrem Bauch aus. Warum musste der Typ auch dermaßen attraktiv sein? Er trug ein locker sitzendes Jeanshemd, bei dem er die Ärmel bis zum Ellenbogen aufgekrempelt hatte, sodass seine erotischen Unterarme ihren Blick anzogen. Schnell lenkte sie ihn wieder nach oben. Seine Haare waren zerzaust und er trug eine verspiegelte Sonnenbrille.

Lina hatte auch eine Sonnenbrille auf der Nase sitzen. Vor der Clownausbildung hatte sie jahrelang eine unauffällige, mit braun getönten Gläsern gehabt, um sie nur aus rein zweckmäßigen Gründen zu nutzen. Nun trug sie begeistert eine große, runde Nickelbrille mit blauen Gläsern, die sie entdeckt hatte, als sie vor einigen Wochen mit Stella eine Shoppingtour unternommen hatte. Auch trug sie einen bunt gemusterten, weiten Rock, anstatt ihrer alten, schlichten Bürokleidung. Einen Rock dieser Art hätte sie früher nie getragen, weil sie überzeugt davon war, dass er ihren Hintern noch dicker erscheinen ließe, als er sowieso schon war.

Inzwischen verschwendete sie an derartige Bedenken keine Energie mehr, sondern zog an, was ihr gefiel und bequem war.

Sie konnte es nicht leugnen, die Ausbildung zum Clown veränderte ihr Leben. Anscheinend hatte sie auch abgenommen. Ihr war aufgefallen, dass einige ihrer Hosen lockerer saßen, als noch vor einem Jahr. Aber sie wusste es nicht genau. Sie stellte sich nicht mehr auf die Waage. Das Interesse an Gramm-Angaben war ihr irgendwann in den letzten Monaten abhandengekommen.

Sie erreichte den Tisch.

Alex stand auf, fasste ihre Oberarme und küsste sie auf die Wange. «Hey Lina. Schön, dich zu sehen!»

Überrumpelt von der plötzlichen unerwarteten Nähe, hielt Lina still. «Hi.»

Alex löste sich von ihr und deutete Richtung Tisch.

«Das ist meine Nichte Nele.»

«Hi.» Sie spielte mit einer Haarsträhne und wirkte jünger

und kindlicher, als Lina sie von ihrer kurzen Begegnung in Erinnerung hatte. Sie nickte ihr lächelnd zu. «Hi, Nele. Schön, dich kennenzulernen.»

Sie setzte sich und sah sich um. An den Tischen um sie herum saßen Menschen in Freizeitklamotten. Viele wirkten wie Touristen, was ein herrliches Urlaubsfeeling vermittelte. Am Nebentisch entdeckte sie einen riesigen Eisbecher mit Erdbeeren. Augenblicklich lief ihr das Wasser im Mund zusammen.

«Habt ihr schon bestellt?»

«Nein. Wir sind auch eben erst gekommen.»

Lina spürte Neles Blick auf sich gerichtet. Sie spielte schon wieder mit Haarsträhnen an ihrer Wange und schien etwas schüchtern zu sein. Lina lächelte sie an. «Wie gefällt dir Hamburg?»

«Oh, es ist toll hier. Sobald ich mit der Schule fertig bin, will ich hierher ziehen.»

«Wo wohnst du denn jetzt?»

«Wir leben in Hannover.» Lina musste lachen, denn Neles Gesicht verzog sich deutlich genervt, während sie den Stadtnamen langgezogen mehr stöhnte, als aussprach.

«Na, so schlimm kann es da aber doch bestimmt nicht, sein, es ist doch immerhin eine Landeshauptstadt.»

Nele winkte ab. «Hamburg ist viel besser. Hier trifft sich die Künstlerwelt. Wie in London oder New York. Nur in solchen Städten trifft man interessante Leute wie dich.»

Ups. Linas Augenbrauen zuckten hoch. *Interessante Leute wie dich?* Was sah dieses Mädchen in ihr? «Ich bin eine

Finanzbuchhalterin. So was wie mich gibt es ganz sicher auch in Hannover.»

Nele zog die Nase kraus. «Das meine ich doch nicht.»

Die Kellnerin kam und sie bestellten Eisbecher und Kaffee. Dann drehte sich Nele wieder Lina zu. «Eure Straßennummer letzte Woche war so toll! So was will ich auch mal machen.»

Lina neigte leicht den Kopf, während sie das Mädchen musterte. «Du willst Clown werden?»

Nele zuckte mit den Schultern. «Ich weiß noch nicht genau. Ich habe Ballettunterricht, ich singe im Schulchor und hatte auch schon Soloparts und ich spiele Gitarre. Am liebsten möchte ich auf eine richtige Schauspielschule.» Ihr Blick zuckte zu Alex und zurück zu Lina. «Mein Onkel meint, du kannst mir etwas über die Ausbildung erzählen.» Die Kellnerin brachte die Eisbecher und stellte die Kaffeetassen vor sie. Als sie wieder gegangen war, musste Lina sofort dem unwiderstehlichen Drang nachgeben, ihren Löffel hineinzustecken und die erste Erdbeere in den Mund zu schieben. Sie kaute genüsslich und schloss die Augen. «Köstlich!»

Als ihre Lider wieder aufklappten, sah sie in Alex Gesicht und es fühlte sich an, als würde er sie durch die Gläser seiner Sonnenbrille beobachten. Es kribbelte in ihren Wangen. Schnell wendete sie sich Nele zu. «Über die Schauspielausbildung kann ich dir nichts erzählen, nur über die Clownausbildung.»

«Sind das unterschiedliche Ausbildungen?»

Lina nickte. «Absolut.»

Sie wollte zu einer Erklärung ansetzen, doch ein tiefes «Hi, Lina» lenkte sie ab. Sie drehte sich um und musste augenblicklich breit grinsen. Ben stand da.

«Hey!» Sie sprang für eine freundschaftliche Umarmung auf und wechselte ein paar Worte mit ihm, dann lief er weiter und Lina setzte sich wieder.

Alex sah sie an.

«Ein Kollege aus der Clownschule», erklärte sie. Er nickte und nahm einen Löffel von seinem Eis.

Hätte sie Alex, Nele und Ben einander vorstellen sollen? Die Frage stellte sie sich zu spät, denn nun war Ben schon wieder weg. Egal.

«Eine Teilnehmerin in der Clownschule ist auch Schauspielerin. Ich werde sie für dich fragen, wo du dich am besten über die Ausbildung informieren kannst.»

Nele strahlte. «Das wäre super.»

Alex trank einen Schluck Kaffee. «Was ist der Unterschied? Warum kann eine Schauspielerin nicht die Rolle eines Clowns spielen?»

«Das kann sie durchaus», erklärte Lina. «Aber dann ist es eben nur eine einstudierte Rolle.»

Er legte den Kopf etwas schräg. «Und was ist es bei dir?»

«Ich spiele keine Rolle, sondern entwickele meine persönliche Clownsfigur.»

«Ist denn ein Clown nicht einfach nur ein Spassmacher?», fragte Nele mit gerunzelter Stirn.

Lina schüttelte den Kopf. «Ein echter Clown nicht.» Sie

lehnte sich zurück. «Der Mensch in unserer Gesellschaft wird sein Leben lang erzogen. Einerseits durch die Eltern, den Kindergarten, die Schule, andererseits durch die Reaktionen der anderen Menschen um ihn herum. Wir gewöhnen uns an Regeln und unterdrücken Wünsche, Bedürfnisse und Eigenschaften, die nicht erwünscht sind und uns peinlich sind, weil wir gelernt haben, sie als unangenehm oder unangebracht zu empfinden. So wird jedes Mitglied unserer Gesellschaft mehr oder weniger deutlich in eine Rolle gepresst, die er dann sein Leben lang einnimmt. Der Clown legt diese Rolle ab und lässt seine ureigenen Gefühle und Bedürfnisse zu. Zuschauer erkennen darin ihre persönlichen eigenen urechten und versteckten Gefühle. Wenn sie über den Clown lachen, lachen sie auch über sich selbst. Und wenn man über eine Eigenschaft, für die man sich eigentlich schämt, lachen kann, ist das sehr erleichternd.»

«Der Clown ist also ein Anarchist.»

Sie neigte schmunzelnd den Kopf. «Ja. Durchaus.»

Alex nickte versonnen. «Es wäre schön, wenn wir alle mehr über uns lachen könnten, anstatt uns so furchtbar wichtig zu nehmen.»

«Ja. Das denke ich auch.»

Sie sahen sich an und Lina glaubte, Energie zu fühlen, die sich zwischen ihnen bündelte.

«Und wie lernt man das?», fragte Nele und unterbrach damit den seltsamen Moment.

Lina sah zu ihr hinüber. «Es ist ein Prozess, indem man sich von allen Regeln befreit. Man lernt, innere und äußere Impulse wahrzunehmen und darauf aus dem Bauch heraus zu reagieren. Der Clown genießt es, zu scheitern, sich zu blamieren, ausgelacht zu werden und Dinge zu tun, die sich nicht gehören. Nach und nach entwickelt sich so die Clownspersönlichkeit, die dann auch einen eigenen Namen bekommt.» Sie zwinkerte. «Immer, wenn ich meine rote Nase aufsetze, verschwindet Lina Hansen und die wilde, freche, ordinäre Pinkabella erwacht, die alle Gefühle, die sie überkommen, mit voller Kraft lebt, anstatt sie, wie es sich für einen erwachsenen Menschen gehören würde, zu kontrollieren. Das macht riesigen Spaß.»

Nele rümpfte die Nase. «Ich glaube, das ist nichts für mich.»

Lina lachte. «Das hätte ich vor zwei Jahren auch gesagt, wenn mir jemand sowas erklärt hätte.»

«Und was hat dich trotzdem dazu gebracht, Clown zu werden?», fragte Alex.

«Als ich mich zur Clownausbildung anmeldete, hatte ich keine Ahnung, auf was ich mich einlasse. Es war eine spontane Idee.»

Während sie sich daran erinnerte, wie es dazu gekommen war, dass sie im Internet nach künstlerischen Tätigkeiten gesucht hatte, musste sie unwillkürlich kichern. Alex runzelte die Stirn. «Was ist so lustig?»

«Nichts. Ähm ... ich habe nur gute Laune.»

Er lächelte. «Gute Laune steht dir ausgezeichnet.»

Ein Handy brummte. Nele wühlte in ihrer Tasche, zog es heraus und las eine Textnachricht. Sie verzog das Gesicht

und rollte mit den Augen. «Meine Eltern sind früher losgefahren und schon in Hamburg angekommen. Sie fragen, wo wir bleiben.»
Alex winkte ab. «Das wird sie nicht umbringen.»
Lina schüttelte den Kopf. «Ich muss sowieso auch los. Wegen mir müsst ihr eure Familie nicht warten lassen.»

Die Sonne schickte ein paar Strahlen in Linas Schlafzimmer. Sie reckte und streckte sich seufzend und brummend unter der Decke. Kein Wecker hatte geklingelt. Es war Sonntag und sie hatte frei.
Ihre noch trägen, schläfrigen Gedanken wanderten zurück zum Samstag in der Clownschule und ihre Emotionen auf der Bühne. Es war, als hätte sich eine weitere Tür in ihrem Inneren geöffnet, die ihren Clown noch lebendiger machte, ihm noch klarere Konturen gab.
Sie erinnerte sich auch daran, dass sie mit Alex und seiner Nichte total entspannt zusammen gesessen und sich dabei wohl gefühlt hatte.
Glücksgefühle prickelten wie Kohlensäure durch ihren Körper. Das Leben war wunderbar, wenn man nicht ständig darüber nachdachte, was andere Leute von einem hielten. Amüsiert erinnerte sie sich an ihre miese Stimmung in der Woche davor. Als sie an die Ketchupspritzer auf Alexanders Hemd dachte, kicherte sie in den Bezug ihrer Bettdecke.
Das Leben konnte so leicht sein, wenn sie es sich nicht

durch ihre Gedanken immer wieder so schwer machen würde.

Sie sprang aus dem Bett, gönnte sich eine herrlich lange Dusche, schlüpfte in einen ausgeleierten Jogginganzug und bereitete sich ein feudales Frühstück zu.

Während sie ihr gekochtes Ei köpfte, wanderten ihre Gedanken erneut vom Alltag im Büro zur Clownschule und zurück. Seltsamerweise schien die Grenze zwischen Lina und Pinkabella immer mehr aufzuweichen. Eigentlich entsprach die Ketchupaktion in der Kantine einer genialen clownischen Bühnennummer. Doch als es passierte, war es ihr schrecklich peinlich gewesen. Sollte ihr etwas Ähnliches nochmal passieren, würde sie vielleicht mitlachen, anstatt aufzuspringen und hinauszulaufen.

Beim Essen mit Alex und Nele hatte Lina keine Sekunde lang darüber nachgedacht, wie sie sich benehmen sollte oder welchen Eindruck ihre Gesprächspartner von ihr hatten, sondern sie war einfach nur ganz entspannt sie selbst gewesen. Oder hatte gar Pinkabella, statt Lina, dort am Tisch gesessen?

Es machte so großen Spaß, als Clownin einfach im Jetzt zu sein und impulsiv zu agieren. Dadurch wurde ihr so intensiv bewusst, wie anstrengend sie sich das Leben als Lina durch ihre ständigen Grübeleien und Komplexe tagtäglich machte.

War es denn wirklich wichtig, was die Kollegen von ihr hielten? War es denn wirklich eine Katastrophe, mal etwas scheinbar Peinliches zu tun? War es denn wirklich schlimm, Schwächen zu zeigen? Nicht die Schönste im Land zu sein?

Mal vor Verlegenheit zu stottern? Rote Wangen zu bekommen?

Jetzt, während sie darüber nachdachte, wurde ihr klar, dass dieser innere Wandel nicht neu war, sondern sich bereits seit einigen Monaten entwickelte, ohne dass es ihr bewusst geworden war. Sie ging doch schon seit Wochen mit Kolleginnen wie Judith lockerer um und Hans hatte auch gesagt, sie hätte sich verändert. Jetzt verstand sie die Zusammenhänge.

Begeistert über ihre Erkenntnis schrieb sie eine Whatsapp an Stella. Leider antwortete die Freundin nicht, vermutlich hatte sie Dienst im Krankenhaus.

Nach dem Frühstück schlenderte Lina ins Wohnzimmer, das inzwischen eher einer Theatergarderobe, als einem Wohnraum glich. Zu ihrem Geburtstag hatten die Eltern ihr einen großen nostalgischen, beleuchteten Schminkspiegel geschenkt. Der hing jetzt im Wohnzimmer über einem kleinen Schränkchen, in dem sie Theaterschminke und Kleinkram, wie ein Fläschchen Seifenblasenschaum und Jongliertücher aufbewahrte.

In der Ecke stand ein antiquarischer Koffer, den sie bei Ebay erstanden hatte. Darin bewahrte sie Clownsklamotten und einige Spielobjekte, wie eine ausgewaschene Konservendose, eine Klobürste und zwei Hüte, auf.

Mittlerweile war es schon Mittag und Lina hatte Lust, sich den Rest des Tages die Zeit zu nehmen, um sich verschiedene Clownsgesichter zu schminken. Anregungen genug bekam sie im Internet und in der Schule, aber sie hatte noch kein ganz persönliches Pinkabella - Gesicht gefunden, sondern experimentierte jedes Mal, wenn sie sich im Unterricht schminkten.

Hubo riet ihnen, ihre Mimik nicht zu verfremden. Sie sollten nur ihre Gesichtszüge betonen, nicht aber sich Masken malen, die die menschlichen Regungen verdeckten.

Sie band sich die Haare zurück, setzte sich vor den Spiegel und betrachtete ihr blasses ungeschminktes Gesicht.

Lina oder Pinkabella? Wie groß war der Unterschied wirklich? Gab es überhaupt einen?

Einer Eingebung folgend nahm sie die Dose mit dem weißen Puder und hellte nur die linke Gesichtshälfte auf. Das sah interessant aus. Sie griff zum schwarzen Tiegel und malte mit dem Finger die linke Augenbraue dick nach und ein Dreieck um den Mundwinkel der gleichen Seite.

Fasziniert musterte sie ihr Spiegelbild, formte Grimassen und streckte die Zunge raus.

Was würde so ein halber Clown wohl anziehen?

Sie stand auf, zog den alten Koffer in die Zimmermitte und öffnete ihn. Inzwischen bot ihre Sammlung an Clowns-Outfits, die sie in Secondhand-Läden und Ebay ergattert hatte, eine vielfältige Auswahl. Sie wühlte darin herum und bedeckte den Fußboden mit Kleidungsstücken. Unterschiedliche Strümpfe waren schon mal eine gute Idee. Während sie die in Frage kommenden langen Socken sortierte und begutachtete, klingelte es.

Da Lina an einem Sonntag keinen Besuch erwartete, ging sie davon aus, dass einer der anderen Hausbewohner

geklingelt hatte. In ihrem Mietshaus aus den Neunzehnhundertfünfziger Jahren gab es noch kein modernes Schließsystem, bei dem man nur einen Schlüssel für Haustür und Wohnung brauchte. Da kam es öfter mal vor, dass jemand seinen Müll hinaustrug und dann nicht wieder reinkam, weil die Außentür zugefallen war.
Sie lief schnell in den Flur, drückte den Summer und kehrte ins Wohnzimmer zurück.
Doch dann klingelte es an der Wohnungstür.
Wer konnte das sein? Hatte sie eine Verabredung verpennt? Im Geiste blätterte sie in ihrem Kalender. Nein. Eine Sonntagsverabredung würde sie niemals vergessen. Vielleicht war einem Nachbarn der Kaffee ausgegangen. Sie lief zur Tür, beugte sich vor und spähte durch den Spion.
Ein elektrischer Schlag jagte durch ihren Körper. Zumindest fühlte es sich an, wie ein Stromstoß, weil es ein unerwarteter, total extrem überwältigender, Reiz war, der jede einzelne Nervenzelle zucken ließ.
Alex stand am Treppenabsatz vor der Tür, oder besser gesagt, er trat unruhig hin und her.
Alexander Morton.
Juniorchef der Morton GmbH.
Attraktiv und ein erotischer Leckerbissen.
Leibhaftig.
In einer ausgeblichenen Jeans, wirren, in die Stirn fallenden Haaren und einem grauen, ausgeleierten T-Shirt unter der Jeansjacke sah er extrem sexy aus. Er hielt eine schwarze Mappe in der Hand. Linas Blick fiel auf seine Finger. Unter

der von der Sonne leicht gebräunten Haut waren die Konturen der Knochen, Sehnen und Adern deutlich zu erkennen. Augenblicklich vibrierte es angeregt in ihrem Bauch. Der Anblick schöner Männerhände gehörten definitiv zu den sexuellen Schlüsselreizen, die spontane Erregung bei ihr auslösten. Doch dann fiel ihr Blick auf sein Gesicht und das wirkte anders als sonst. Er hatte die Augenbrauen zusammengezogen und die Lippen zu einem schmalen Strich verzogen. Entweder hatte er Sorgen oder er war stinksauer.

Er wendete sich ab und machte Anstalten, die Treppe wieder hinunterzugehen, was Lina endlich aus ihrer Schock-Gedankenraserei in die Realität zurückführte.

Sie riss die Tür auf. «Hi.»

Er stockte, drehte sich wieder um, musterte sie und hob eine Hand. «Sorry, ich hätte anrufen sollen.» Er machte erneut einen Schritt Richtung Treppe.

«Nein! Kein Problem!»

Er drehte sich ihr wieder zu. «Bist du sicher?»

«Ja, k ar. Komm rein.» Sie öffnete die Tür weiter und er betrat zögernd, an ihr vorbei, die Wohnung.

Linas Herzschlag donnerte durch ihren ganzen Körper. Sie war bis zur Schädeldecke erfüllt von einer emotionalen Mischung aus Spannung und euphorischer Freude. Warum war er zu ihr gekommen?

Sie schloss die Tür und er drehte sich, sodass sie sich erneut gegenüberstanden. Ihr Kopf war leer. Sie wusste nicht, was sie sagen sollte. Kein einziges Wort fiel ihr ein.

Er stöhnte. «Ich störe dich doch. Ich gehe wieder. Wirklich. Du musst nicht aus Höflichkeit...»
Seine deutliche Unsicherheit brachte sie endlich zur Besinnung. Sie lächelte. «Du störst wirklich nicht. Ich bin nur überrascht, und dann streikt mein Denkvermögen manchmal und ich wirke ein bisschen blöd.»
Er schüttelte den Kopf. «Ich habe nicht nachgedacht. Ich habe ein Problem, das schiebe ich schon lange vor mir her, weil ich zu feige bin, es anzupacken. Aber jetzt geht das nicht mehr. Ich muss eine Entscheidung treffen und das macht mich ganz verrückt. Du bist die Einzige, die mir vielleicht helfen kann und da bin ich einfach losgefahren. Ich habe vergessen, dass Sonntag ist und ....»
«Nun hör endlich auf, dich zu entschuldigen. Komm mit. In der Küche steht noch frischer Kaffee.»
«Danke.» Seufzend folgte er ihr.
«Setz dich.» Sie zeigte auf einen Stuhl und trat an den Schrank, um zwei Becher herauszuholen.
 Nachdem sie Kaffee aus der Thermoskanne gegossen und Zucker und Milch auf den Tisch gestellt hatte, nahm sie den Stuhl ihm gegenüber.
Alex hatte sich nur seitlich auf die Sitzfläche gesetzt, ohne sich zum Tisch umzudrehen. Er hielt immer noch diese Mappe in der Hand und rührte seinen Kaffee nicht an. Er wirkte sehr angespannt.
Lina erinnerte sich an sein Besäufnis in der Firma. Damals war der Job sein Problem gewesen.
«Hat es was mit Brüssel zu tun?», fragte sie vorsichtig.

Er nickte, legte die Mappe auf den Tisch, stützte die Ellenbogen auf die Oberschenkel und rieb sich über das Gesicht.

«Mein Vater war immer ein toller Vater. Er hat mir eine perfekte Kindheit und Jugend ermöglicht und wir haben uns gut verstanden. Es gibt nur einen Haken. Es ist sein Traum, dass ich sein Lebenswerk weiterführe, doch das ist nicht mein Traum. Trotzdem war das für mich nie wirklich ein Problem, es schien so weit weg und ich war immer zu feige, ihm meine ehrliche Einstellung dazu zu sagen. Er ist schließlich im besten Alter und geht noch lange nicht in Rente. Kommt Zeit, kommt Rat, hat meine Mutter immer gesagt, so ähnlich bin ich auch mit diesem Problem umgegangen. Ich dachte, wenn ich fünfzig bin, ist es bestimmt für mich in Ordnung, sein Erbe anzutreten.» Er seufzte. «Es ist nicht die Arbeit an sich, die ich nicht will, sondern die Vorstellung, der Chef von so vielen Menschen zu sein, eine Respektsperson, die nicht dazugehört, sondern über den anderen steht und schrecklich viel Verantwortung trägt.»

Lina runzelte die Stirn. Was sollte sie dazu sagen? Er warf ihr einen Blick zu und machte eine Grimasse, als hätte er Zahnschmerzen. «Ich weiß, das hört sich seltsam an. Viele Menschen würden alles dafür geben, an meiner Stelle zu sein. Du glaubst ja nicht, welch irre Wirkung ein Unternehmensname, der dazu passende Businessanzug, eine Rolex und ein Sportwagen auf manche Frauen haben.» Sie lachte. «Doch, das glaube ich. Bin ja selbst eine Frau.»

«Aber keine von der Sorte, die ich gerade meine.»

Sie kommentierte seine Aussage lieber nicht und räusperte sich stattdessen. «Du wirkst mit deinen teuren Accessoires aber immer ganz zufrieden.»

Er zuckte mit den Schultern. «Der Name steht nun mal in meinem Ausweis und der Anzug gehört zum Job wie eine Uniform zur Polizei. Und das andere? Mein Vater schenkt mir Autos und Uhren, und ich finde es nicht wichtig, welcher Markenname an meinem Handgelenk hängt oder ob ich mit einem zehn Jahre alten, gebrauchten Kleinwagen oder einem neuen geleasten Sportwagen durch Hamburg fahre.»

Er trank einen Schluck Kaffee.

«Und nun ist die Zeit gekommen, aber kein Rat.»

Er lächelte. «Ja. Das Sprichwort meiner Mutter war eine Falle. Beim gemeinsamen Essen mit Neles Eltern wurde es zum Thema. Ich soll nächsten Monat nach Brüssel gehen und dort mit meinem Onkel zusammen die Geschäftsleitung übernehmen. Nachdem ich hier in Hamburg alle Abteilungen kennengelernt habe, sind sie der Meinung, dass ich das kann.»

«Ich dachte, Nele wohnt mit ihrer Familie in Hannover?»

«Ja. Stimmt. Ihre Mutter ist Professorin an der Uni. Mein Onkel will sich ein Appartement in Brüssel nehmen und pendeln. Sie denken, dass ich in ein oder zwei Jahren allein dort klarkomme und dann will er in den Ruhestand gehen.»

Lina spielte mit ihrem Kaffeelöffel und versuchte, sich in Alex Lage zu versetzen. «Wenn du dich mit deinem Vater immer so gut verstanden hast, wird er auch jetzt nicht etwas von dir

verlangen, was du nicht willst.»
«Er wird aber sehr enttäuscht sein. Und natürlich hätte ich viel, viel früher etwas sagen müssen.»
Lina nickte. «Und deine Mutter? Was sagt die dazu?»
«Meine Mutter ist vor neun Jahren an Krebs gestorben.»
«Das tut mir leid.»
Er nickte. «Das war für meinen Vater ein harter Schlag. Seitdem hat er nur noch seine Firma und mich, seinen Sohn.»
Lina verstand. Diese Tatsache setzte Alex erst recht unter seelischen Druck. Doch hatte sie keinen blassen Schimmer, warum er sich mit seinem Problem ausgerechnet an sie wandte. Erwartete er, dass sie ihm einen Rat geben könnte?
«Was würdest du denn stattdessen machen wollen?»
Er richtete sich auf. «Deswegen bin ich zu dir gekommen. Ich hoffe, du lachst mich nicht aus.»
«Das würde ich niemals tun.»
«Ich schreibe.»
Ups. Darauf wäre Lina nicht gekommen. «Wow. So richtig? Bücher? Romane? Krimis?»
«Ich habe einen Thriller über einen Umweltskandal geschrieben, für den ich seit einem Jahr eine Agentur suche.» Er grinste schief. «Ich schätze, die Story taugt nichts, da sich bisher noch kein Agent entscheiden konnte, mich zu vertreten. Vielleicht probiere ich es als Selfpublisher. Ich schreibe auch bereits an einem zweiten Buch. Außerdem habe ich eine Sammlung Kurzgeschichten, die ich veröffentlichen möchte und ich schreibe auf einem

Blog unter einem Pseudonym Lyrik, mich reizt es, bei Poetry - Slam Veranstaltungen aufzutreten.»

«Wow.»

Er winkte ab. «Den Thriller habe ich von ein paar Freunden lesen lassen und die fanden ihn gut. Doch das andere», er zuckte mit den Schultern, «Ich habe keine Ahnung, ob irgendetwas, von dem, was ich aufs Papier bringe, auch nur ansatzweise lesenswert ist.» Er seufzte. «Ich weiß natürlich, dass ich davon nicht leben kann, und es würde mir nichts ausmachen, so wie jetzt, meinen normalen Job im Unternehmen zu machen und nebenbei genügend Zeit für meine literarische Ader zu haben.»

Lina nickte. «Als Geschäftsführer bleibt für eine so zeitaufwendige Leidenschaft allerdings keine Zeit.»

«Genau.»

«Ich kann dir keinen Rat geben. Das musst du ganz allein für dich entscheiden.»

«Das weiß ich, aber du kannst mir bei etwas anderem helfen und deswegen bin ich gekommen.»

Lina wartete, doch Alex brauchte anscheinend Zeit, um die richtigen Worte zu finden. Er betrachtete still die schwarze Mappe. Schließlich stöhnte er und sah sie wieder an.

«Gedichte sind sehr persönlich. Wenn man schreibt, gibt man intimste Gefühle preis. Ich hatte bisher immer Hemmungen, mich zu outen, aber jetzt muss ich diese Entscheidung für mein weiteres Leben fällen, und das will ich nicht tun, ohne es nicht wenigstens einmal versucht zu haben.»

«Was versucht?»

«In Lüneburg gibt es eine Gaststätte, in der regelmäßig Slam - Abende stattfinden. Dort kann jeder auf die Bühne und am Ende der Veranstaltung wählen die Zuschauer aus, welcher Beitrag ihnen am besten gefallen hat. Dort möchte ich einen Text von mir vortragen.»

«Das klingt interessant.»

«Ich habe noch nie auf einer Bühne gestanden und ich dachte du könntest mir ein paar Tipps geben.»

«Ähm... also, ich lerne selber erst seit dem Winter in der Clownschule. Ich weiß nicht....»

«Du bist mutig genug, um auf die Straße zu gehen! Ihr habt mich an dem Samstag in der Fußgängerzone schwer beeindruckt und ich war auch ein bisschen neidisch, weil du so mutig bist und ich so feige. Außerdem bist du die Einzige, die ich kenne, die Kleinkunst macht. Und es ist nicht mehr viel Zeit.»

«Wann ist denn die Veranstaltung?»

«Heute Abend.»

«Oh.»

«Ich weiß, sowas sollte man langfristiger planen, aber ich bin erst letzte Nacht darauf gestoßen. Ich konnte nicht schlafen, weil ich ständig über meinen Vater, mich, die Firma, all das grübeln musste. Schließlich bin ich aufgestanden und habe im Internet gesurft, dabei diese Veranstaltung entdeckt und mir vorgenommen, hinzugehen.»

Lina nickte. «Okay. Was kann ich tun?»

«Vielleicht könnte ich dir den Text vorlesen und du sagst mir einfach, ob du ihn gut genug findest, um ihn öffentlich vorzutragen, oder ob ich mich grenzenlos blamiere, mit sowas Profamen auf eine Bühne zu gehen.»

«Ich weiß nicht, ob meine Meinung relevant genug ist, um ...»

«Das ist sie. Für mich ist deine Meinung sehr relevant.» Er sah sie mit so ernster Miene und intensivem Blick an, dass sie schlucken musste. «Okay. Gerne. Ich höre mir sehr gerne deinen Text an.»

Er lächelte. «Danke.»

Er schlug die Mappe auf und Lina sah, dass seine Finger zitterten. Er räusperte sich und begann, mit leiser Stimme zu lesen:

Ich stehe da und seh aus der Ferne zu.

Zwei Freunde auf Startposition.

Der eine: Ich will das machen ... Oder?

Was denken die Leute?

Was passiert, wenn ich scheitere?

Bin ich intelligent genug?

Werden sie über mich lachen?

Sollte ich doch was anderes machen?

Morgen oder Übermorgen?

Wen könnte ich um Rat fragen?

Was spricht dafür?

Was spricht dagegen?

Ob ich es kann?

Wenn nicht jetzt, wann dann?

Das wird bestimmt anstrengend.
Die anderen machen so was auch nicht.
Es könnte schief gehen.
Ich kalkuliere das mal durch. Rechne ich richtig? Ist es wirklich so wichtig?
Ist jetzt der passende Zeitpunkt?
Und wenn ich nicht durchhalte?
Vielleicht nur mal einen Schritt versuchen?
Ein kleines Stück vom großen Kuchen? JETZT!
Der Andere:
Ich will das machen. Ich mache das. Fertig.
Und ich:
Steh da und seh aus der Ferne zu. Seh fern.
Fernsehen ... das kann ich.
Stille.

«Gib mir mal das Blatt.» Lina streckte die Hand aus und er reichte ihr den Zettel über den Tisch. Sie begann zu lesen und spürte dabei seine Blicke kribbelnd am ganzen Körper auf ihrer Haut, als wäre sie nackt. Verflucht! *Konzentrier dich*, befahl sie sich innerlich rüde und fing noch mal von vorne an.

Als sie fertig war, sah sie auf. «Während du es eben vorgelesen hast, warst du so schnell, dass ich nur oberflächlich zuhören konnte. Jetzt verstehe ich es erst richtig. Du solltest es viel langsamer lesen, genauso in Versform, wie du es auch aufgeschrieben hast nicht wie einen zusammenhängenden Fließtext, denn jeder Satz ist ja bedeutsam und muss im Kopf des Zuhörers erst ankommen, bevor er sich auf den nächsten konzentrieren kann.» Sie gab ihm das Papier zurück.

Er nickte und räusperte sich. «Ich machs nochmal.»

Er begann und sie beobachtete ihn. Alexander Morton saß in ihrer Küche und las schüchtern einen selbstverfassten Lyriktext. Das war so unwirklich.

Als er fertig war, sah er sie mit gerunzelter Stirn an. «Besser?»

«Auf jeden Fall. Du hast eine tolle Stimme.»

Er lächelte. «Ich habe eine tolle Stimme?»

Lina spürte Hitze im Gesicht. Sie hatte nichts Peinliches gesagt, aber es fühlte sich trotzdem gerade an, als wäre ihr *erotisch-im-Bauch-vibrierend* oder *total-heiß-und-süchtig-machend* über die Lippen geflutscht, anstatt einfach nur *toll*.

«Ja, hast du.»

Er lächelte immer noch. «Danke.»

Konnte er damit nicht endlich aufhören?

«Bitte.» Sie verdrehte die Augen. «Willst du jetzt meine Meinung, oder nicht?»

«Ja, aber ehrlich. Keine höflichen Komplimente. Der Text ist nicht gut genug, stimmts? Ich sollte mir das aus dem Kopf schlagen.»

«Auf keinen Fall.»

«Ich soll da wirklich hin?»

«Ja.» Sie überlegte kurz, um die richtigen Worte zu finden. «Deine Stimme ist wirklich toll. Das war kein höfliches Kompliment. Die Betonungen auf den wichtigen Wörtern könnte noch treffender sein.»

Er nickte, runzelte aber die Stirn, als ob er weiterhin unsicher wäre. Sie seufzte.

«Hör zu. Ich kann dir nicht sagen, ob der Text gut ist, oder nicht. Aber ich kann dir sagen, dass ich mich angesprochen fühle.» Sie legte ihre Hand auf ihre Brust. «Deine Worte haben etwas tief in mir berührt, denn ich kenne das Gefühl, dass du beschreibst, ohne es so klar ausdrücken zu können. Dein Text hat es mir gerade bewusst gemacht und so wird es auch anderen Menschen gehen.»

Stille. Linas Herzschlag stolperte. Sie fühlte sich, als hätte sie die Tür zu ihrem Herzen geöffnet und ihm das Innere schutzlos ausgeliefert.

Sein Kehlkopf hüpfte. «Ist das wirklich dein Ernst, deine ehrliche Meinung?»

«Ich schwöre. So gemein könnte ich niemals sein, bei so etwas zu lügen.»

Er nickte. «Danke.»

Er sah auf seinen Text, Stille, dann zuckte sein Blick erneut zu ihr. «Kommst du mit?»

«Zu dieser Veranstaltung?»

Wieder nickte er heftig.

Linas Herz hüpfte in ihrer Brust. Sie lächelte. «Klar! Gerne!»

Seine Schultern hoben sich, als er tief und geräuschvoll durchatmete. «Okay. Gut. Dann ist es beschlossen. Ich mach es.»

«Sehr gut.» Sie strahlte und er grinste breit. Dann griff er wieder nach dem Papier. «Bis heute Abend ist nicht mehr viel Zeit. An die Arbeit.»

Sie salutierte. «Jawohl, Sir.»

«Die Betonung. Du sagst, ich soll anders betonen?»

«Genau. Zeig mal.»

Lina rutschte mit dem Stuhl etwas herum, er kam ihr entgegen und hielt das Blatt so, dass sie beide drauf sehen konnten. Sein Duft stieg ihr in die Nase und sie rief sich gedanklich zur Räson. Jetzt war etwas anderes wichtiger als ihre Libido. Sie zeigte mit dem Finger auf die ersten Zeilen. «Lass uns die Sätze einzeln durchgehen. Am Anfang würde ich nach *Startposition* und nach *der eine* eine Atempause machen. Und die drei Punkte vor dem *Oder* müssen auch beim Vortragen als Pause deutlich werden.»

«Okay.» Er las und Lina nickte. «Viel besser! Vielleicht könntest du nach der Frage auch direkt einen Rundblick ins Publikum werfen. In der Clownausbildung sagen wir, wir agieren *Zug um Zug*. Das bedeutet, wir machen immer nur eins zur Zeit. Entweder reden oder bewegen, oder Blick ins Publikum. Nicht zwei Dinge gleichzeitig. Dadurch erhöht man die Präsenz und Intensität des Auftritts.»

«Okay.» Er probierte es. Lina nickte eifrig. «Super!»

«Wirklich?»

«Ja!» Sie sprang auf. «Lass uns ins Wohnzimmer gehen. Da ist mehr Platz und du kannst so üben, wie du es auch auf der Bühne vortragen willst.»

Er stand auf und nahm seinen Kaffeebecher. Plötzlich stutzte er und runzelte die Stirn. Sie folgte seinem Blick, der auf das Küchenregal gerichtet war, und mal wieder stieg ihr die Hitze ins Gesicht.

Er hob die Hand und zeigte zum Regal. «Ist das der Karton, in dem ich den Kuchen ...»
«Äh. Kann sein.» Gott! Ja! Sie hatte den blöden roten Kuchenkarton mit der weißen Schleife aufbewahrt, weil sie eine nicht mehr zu rettende, ihn insgeheim anhimmelnde, von Sexualhormonen gesteuerte, schwache Sentimentalistin war. Gab es das Wort überhaupt?
Egal, klar war, dass sie bitte ganz schnell das Thema wechseln wollte.
Sie lief ins Wohnzimmer, räumte eilig ihre Clowns-Klamotten in den Koffer und stellte ihn neben den kleinen Tisch unter dem Spiegel ... und zuckte unwillkürlich zurück, als sie beim Aufrichten in ihr Spiegelbild blickte.
Sie schlug sich die Hand vor den Mund und kicherte los.
«Was ist?», fragte er hinter ihr.
«Ich hatte ganz vergessen, dass ich halb geschminkt war, als ich dir die Tür öffnete. Du hättest ruhig was sagen können.»
Sie drehte sich um und verfing sich augenblicklich im Netz seines umwerfenden Lächelns und dem warmen Dunkelbraun seiner Augen. «Warum hätte ich das tun sollen?»
Sie schüttelte den Kopf, um sich von den mentalen Tentakeln zu befreien, mit denen seine Blicke sie einfangen wollte und lief ins Bad, um sich das Gesicht zu waschen.

Die nächsten Stunden verbrachten sie damit, Alex auf seinen Auftritt vorzubereiten. Keiner von ihnen sah auf die

Uhr. Voller Elan und konzentriert arbeiteten sie an seiner Performance, aßen zwischendurch Spiegeleier auf Toastbrot, weil das am schnellsten ging, und schließlich war es früher Abend und Zeit zum Aufbruch.

«Willst du noch in deine Wohnung und was anderes anziehen?», fragte Lina. Alex schüttelte den Kopf. «Beim Slam ist das nicht nötig. Da geht es ausschließlich um den Inhalt.»

Lina nickte, während ihre Augen über seinen Körper wanderten, der in der lässigen Kleidung extrem sexy wirkte. Er räusperte sich. «Ich meinte den Inhalt des Textes.»

Sie knuffte ihn gegen den Oberarm. «Das habe ich schon richtig verstanden.»

«Dann ist ja gut.» Lachend legte er seinen Arm um ihre Schultern und drückte sie an sich. «Falls ich es nachher vor lauter Frust, weil die Leute mich auspfeifen, vergessen sollte: Vielen Dank für deine Hilfe.»

«Gern geschehen und sie werden dich nicht auspfeifen.» Sie löste sich von ihm, bevor sich ihr Verstand im Gefühlswirrwarr auflöste, weil sie seinen Körper an ihrem spürte und diese Tatsache nicht gerade dazu geeignet war, klares Denken zu fördern. «Los jetzt, ein bisschen Reservezeit kann nicht schaden.»

Lina schmunzelte, als sie sich in den tiefen Sitz des Sportwagens fallen ließ und nach dem Gurt angelte, um sich anzuschnallen. Nun stieg sie doch in dieses Auto, um mit Alexander Morton einen Abend zu verbringen. Wer hätte das

gedacht.

Kapitel 16

Das Navi führte sie zum Ziel. Die Fahrt dauerte nicht lange, da am Sonntagabend auf Hamburgs Straßen und den Autobahnen nicht viel los war. Sie redeten nicht und Alex trommelte mit seinen erotischen Schlüsselreiz-Fingern auf dem Lenkrad herum.
«Tief atmen.»
«Was?»
«Konzentrier dich aufs Atmen. Durch die Nase ein und durch den Mund leise seufzend lang aus», sagte Lina. «Nicht denken, einfach machen. Das beruhigt.»
«Okay.»
Ihr Handy vibrierte und sie zog es aus der Tasche. Eine Textnachricht von Stella. Sicher war das ihre Antwort auf die Nachricht vom Morgen. Lina klickte drauf.

Stella: *Meine Kollegen im Krankenhaus sagen auch, dass ich lockerer geworden bin, seit ich zur Clownschule gehe. Hab grad Feierabend. Lust auf einen Wein?*
Schnell tippte Lina ihre Antwort. Ich *kann nicht. Fahre gerade mit einem Freund zu einem Poetry-Slam.*
Stella: *Oh. Wow. Viel Spaß ... Auch danach, aber nicht ohne Kondom!*
Kichernd schüttelte Lina den Kopf, während sie *Danke*

tippte, die Nachricht abschickte und das Handy wieder wegsteckte.

Alex warf ihr einen kurzen Blick zu, doch er hatte keine Zeit mehr, ihren Heiterkeitsanfall zu kommentieren, denn die Computerstimme des Navis gab an, dass sie ihr Ziel erreicht hatten. Er rangierte rückwärts in eine Parklücke an der Straße und sie stiegen aus.

Die Kneipe, in der die Veranstaltung stattfand, gehörte definitiv nicht zu den gutbürgerlichen Etablissements Lüneburg. Sie lag nicht im gepflegten schicken Altstadtviertel, sondern am Stadtrand und schien eher ein Zuhause der alternativen und studentischen Szene zu sein.

Graffitis verzierten die Wände und jemand hatte neben der weit geöffneten Eingangstür einige leere Bierflaschen fein säuberlich in einer Reihe abgestellt.

Durch eine mit Plakaten und Fotos geschmückte Gaststube gelangte man in einen länglichen Saal, indem am anderen Ende auf einer kleinen, von Scheinwerfern angestrahlten Bühne, ein Mikrofon aufgebaut war. Stuhlreihen boten Platz für etwa hundert Zuschauer, an den Seiten standen Stehtische für Leute, die keinen Sitzplatz mehr abbekommen hatten.

Auf einem Barhocker neben der Bühne hockte ein junger Typ mit einem Klemmbrett und einem Stift in der Hand. «Zu dem muss ich bestimmt, um mich anzumelden», murmelte Alex und Lina bot an, in der Zwischenzeit für Getränke zu sorgen.

Er schob sich durch die bereits in kleinen Gruppen

zusammenstehenden anderen Gäste Richtung Bühne.

Als er zurückkehrte, hatte Lina für sich einen Saft und für ihn ein Mineralwasser gekauft.

Alex nahm ihr dankbar die kleine Flasche ab und trank.

Er stöhnte. «Jetzt stehe ich auf der Liste. Jetzt gibt es kein Zurück mehr.»

«Mach dich nicht verrückt. Es wird garantiert gut.»

«Was mache ich, wenn ich vor dem Mikrofon kein Wort herausbringe?»

«Wenn du auf die Bühne gehst, nimm dir die Zeit, einfach erstmal nichts zu tun. Fühle, wie deine Fußsohlen den Boden berühren und mach dir bewusst, dass du fest und stabil stehst.»

«Okay.»

«Deinen eigenen Körper bewusst zu fühlen, beruhigt dich. Atme drei mal langsam durch, so wie eben im Auto, dann ordnen sich deine Gedanken. Erst danach fang an, deinen Text vorzutragen.»

Er verzog das Gesicht. «Meinst du nicht, dass die Leute ungeduldig werden?»

«Nein, erstens vergeht viel weniger Zeit, als es sich für dich anfühlt und zweitens werden sich die Zuschauer in dieser Zeit ebenfalls sammeln, auf dich konzentrieren und sich dir gedanklich zuwenden.»

«Okay. Ich versuch es.»

«Wann bist du dran?»

«Der Typ bei der Anmeldung sagt, sie losen die Reihenfolge aus und schreiben dann alle Teilnehmer mit der

entsprechenden Nummer an eine Tafel.»
Kurze Zeit später war es so weit.
Ein mobiles Whiteboard wurde hereingefahren.
Die Zuschauer suchten sich Plätze und ein Moderator stellte sich ans Mikro. Es war ein junger Typ in Jeans und einem schlichten T-Shirt und kurzen Haaren, die strubbelig vom Kopf abstanden.
Alex hatte Recht, auf Äußerlichkeiten wurde bei dieser Veranstaltung tatsächlich keinen Wert gelegt. Lina empfand das als sehr entspannend. Sie fühlte sich unter den fremden Menschen wohl.
Der Moderator begrüßte alle und las anschließend von einer Liste die Namen vor, die der Typ, bei dem die Teilnehmer sich angemeldet hatten, an die weiße Tafel schrieb.
Alex war der Vorletzte. Er stöhnte, als er seinen Namen so weit unten las. «Wenn die vor mir alle richtig gut sind, kriege ich wirklich kein Wort heraus.»
«Natürlich kriegst du.» Lina drückte seinen Arm. Sie konnte sich gut vorstellen, wie es ihm gerade ging.
Die erste Teilnehmerin war eine Frau, die als Charline vorgestellt wurde. Ihre Körperhaltung wirkte lässig entspannt, als sie die Bühne betrat. Diese Frau hatte garantiert schon oft vor Zuschauern gestanden. Sie war schlank und im Scheinwerferlicht glänzten ihre glatten, braunen Haare, die fast bis zum Po reichten. Ihr Alter zu schätzen war schwer, sie konnte zwanzig, aber auch dreißig Jahre alt sein.
Charline erzählte in Versform von einem Tag in ihrer

Familie. Während sie redete, war es totenstill im Raum. Jedes Wort schien wichtig zu sein und in jedem Satz steckte so viel Energie, dass Lina gebannt zuhörte. Es ging darum, dass Charline ihrer Mutter immer ähnlicher wurde, obwohl sie das doch nie gewollt hatte. Als ihr Vortrag endete, brach heftiger Applaus los. Die meisten Zuschauer schienen Charline zu kennen. Lina spürte, dass sie diesen Text nicht so schnell vergessen würde. Er enthielt Elemente, die sie an ihr Verhältnis zu ihrer Mutter erinnerte und über die sie sicher noch nachdenken würde.

«Die macht das nicht zum ersten Mal», stellte Alex fest und stöhnte. «Fuck, ich werde mich blamieren. Jede Wette.»

Lina schüttelte den Kopf. «Sie war toll und du bist es auch.»

Er folgte erneut eine Frau. Sie hatte kurze schwarze Haare mit lila Strähnen darin. Um ihre Augen hatten sich bereits Falten gebildet, sie wirkte älter als Charline. Sie hielt den Kopf auf ihr Papier gesenkt und sprach leise und schnell. Lina fiel es schwer, sich auf den Inhalt zu konzentrieren.

«Sie ist garantiert auch eine Anfängerin, und sie ist schlechter vorbereitet als du», flüsterte Lina Alex zu und er nickte. «Dank dir und deiner Geduld.»

Die nächsten Slamer zeigten sich sehr unterschiedlich. Manche wirkten nervös, andere routiniert, manche Texte berührten Lina, manche waren eher witzig und oberflächlich und einer hatte so seltsame Satzstellungen formuliert, dass sie den Inhalt seines Vortrages nicht verstand.

Die Zuschauer waren wohlwollend, jeder Beitrag wurde beklatscht und Pfiffe oder Buhrufe waren von niemandem zu hören.

Endlich wurde Alex nach vorne gerufen. Er stand auf. «Atmen und den Boden unter den Fußsohlen spüren», erinnerte Lina ihn und er nickte.

Während er nach vorne lief, holte Lina ihr Handy raus, um seinen Vortrag zu filmen. Ihr Herz klopfte so aufgeregt schnell, als würde sie selber gleich auf die Bühne gehen. Sie wünschte sich sehr, dass der Abend für Alex gut ausginge.

Er betrat die Bühne und bleib vor dem Mikrofon stehen. «Hi. Ich bin Alex.» Er stutzte, schüttelte den Kopf und fuhr sich mit einer schnellen Bewegung durch die Haare. «Das wurde ja eben schon gesagt. Okay, sorry.»

Leises Gekicher.

Es wurde still, während Alex sich die Zeit nahm, sich zu erden. Und es gelang ihm. Als er seinen Text begann, war seine Stimme ruhig und klar. *Perfekt*, dachte Lina, und ein Schauer fuhr ihr über den Rücken, so sehr freute sie sich für ihn.

«Ich stehe da und seh aus der Ferne zu.» Pause.

«Zwei Freunde auf Startposition.» Pause.

«Der eine:» Pause. «Ich will DAS machen ... Oder?» Er hob den Kopf und ließ seinen Blick ins Publikum wandern. Sekundenlange Stille. Dann sah er wieder auf sein Blatt.

«Was denken die Leute?

Was passiert, wenn ich scheitere?

Bin ich intelligent genug?

Werden sie über mich lachen?»

Pause.

«Sollte ich doch was anderes machen?»
Pause.
Blick ins Publikum. Stille im Saal.
Fasziniert lauschte Lina seinen Worten, sie kannte den Text längst auswendig und flüsterte ihn im Geiste mit. Alex machte es genauso, wie sie es geübt hatte, die Betonungen und Pausen an den richtigen Stellen und Augenkontakt zum Publikum.
«Morgen oder Übermorgen?
Wen könnte ich um Rat fragen?
Was spricht dafür?
Was spricht dagegen?
Ob ich es kann?»
Pause.
«Wenn nicht jetzt, wann dann?»
Pause. Blick ins Publikum.
«Das wird bestimmt anstrengend.»
Pause.
«Die anderen machen so was auch nicht.»
Seine Stimme wurde eindringlicher. «Es könnte schief gehen. Ich kalkuliere das mal durch. Rechne ich richtig? Ist es wirklich so wichtig?»
Pause. Stille.
«Ist jetzt der passende Zeitpunkt? Und wenn ich nicht durchhalte?»
Pause. «Vielleicht nur mal einen Schritt versuchen?
Ein kleines Stück vom großen Kuchen? JETZT!»
Pause. Schweigen. Stille.

Andere Stimmlage:
«Der Andere: Ich will das machen. Ich mache das. Fertig.»
Seufzen. Stille.
«Und ich steh da und seh aus der Ferne zu. Seh fern. Fernsehen ... das kann ich.»
Stille.
Über Linas Rücken und Arme lief eine Gänsehaut. In ihren Adern sprudelte die Euphorie wie Mineralwasser.

Alex faltete seinen Zettel zusammen, und es blieb einen Moment lang still, bevor der Applaus einsetzte. Einige Zuschauer nickten ihm zu, als er an ihnen vorbei wieder zu seinem Platz lief. Er setzte sich neben Lina und seine Hände bebten vor Aufregung.

«Das war Spitze», flüsterte Lina und drückte fest seinen Arm, während bereits wieder Ruhe einkehrte, weil der letzte Teilnehmer die Bühne betrat.

Alex lehnte sich zu ihr hinüber. «Meinst du?»

«Ja. Ich hab es gefilmt, du kannst es dir nachher ansehen. Ich bin stolz auf dich. Du hast die Zuschauer gepackt. Keiner war unkonzentriert.» Sie lächelte. «Das Üben hat sich gelohnt.»

Er atmete tief durch, leckte sich über die trockenen Lippen und trank von seinem Wasser.

Der letzte Vortrag war vorbei, allgemeines Stimmengemurmel setzte ein, die Zuschauer standen auf. Während sie Zettel mit ihren Wertungen in einen kleinen Eimer warfen und die Abstimmung ausgewertet wurde, spielte Musik. Einige Leute schlenderten an den Tresen.

Lina und Alex holten sich ebenfalls neue Getränke. Er lächelte, als sie sich zuprosteten. «Ganz egal, wie sie mich bewerten, es war ein umwerfendes Erlebnis.»

Lina nickte. Sie erinnerte sich an ihre ersten Bühnenerfahrungen in der Clownschule. Die würde sie in ihrem ganzen Leben nicht vergessen, weder die Aufregung vorher noch das Hochgefühl hinterher.

Jemand klopfte mehrmals laut mit der Faust auf eine Tischplatte. Das Signal verstanden alle und setzten sich wieder.

Der Moderator trat vor das Mikrofon. «Meine sehr verehrten Damen und Herren, erlauchte Teilnehmerschar.» Er breitete theatralisch die Arme aus. «Wir haben ein Ergebnis.»

Allgemeiner Jubel und Gelächter.

Es wurde wieder still.

Er las die Namen mit den jeweiligen Punktzahlen vor, wobei er mit dem schlechtesten Ergebnis begann. Wer aufgerufen wurde, stand auf, bekam Applaus und bedankte sich in alle Richtungen.

Name für Name wurde genannt und Linas Herz klopfte schneller, je weniger Teilnehmer übrig blieben. Alex sprach nicht. Stocksteif saß er da und starrte den Moderator an.

Er erreichte den dritten Platz.

Zweitplatzierte war Charline, die Frau mit den langen Haaren, und Sieger des Abends wurde ein Typ, der ein Gedicht über das viel zu frühe Sterben eines Freundes vorgetragen hatte. Lina nickte zustimmend. Er war wirklich der Beste gewesen. Sein Vortrag hatte ihr die Tränen in die

Augen getrieben, so eindringlich waren seine Worte gewesen.
Lina strahlte Alex an. «Du bist Dritter. Das ist super!»
Er brummelte und kratzte sich am Kopf, als ob er verlegen wäre. «Ob die wirklich richtig gezählt haben?»
Lina lachte. «Natürlich haben sie, kleines Dummerchen.»
«Kleines Dummerchen?» Er grinste.
Übermütig boxte sie ihn gegen den Oberarm. «Okay. Großes Dummerchen.»
Die Veranstaltung löste sich auf. Charline, die Zweitplatzierte, winkte Alex zu und drängte sich zwischen den Leuten zu ihm durch. «Hey, du warst klasse.»
Alex lächelte. «Danke.»
«Warum kennen wir dich in der Szene noch nicht? Bist du neu hierhergezogen?»
Er zuckte mit den Schultern. «Nein, ich wohne schon länger in Hamburg, ich hab das erste Mal an einem Slam teilgenommen.»
Sie riss die Augenbrauen hoch. «Wow. Das hat man dir aber nicht angemerkt.»
Alex legte den Arm um Lina. «Ich hatte kompetente Hilfe bei der Vorbereitung.»
Charline lächelte. «Du bist auch Slamerin? Dein Gesicht kenne ich ebenfalls noch nicht.»
Lina schüttelte den Kopf. «Ich kann nicht dichten. Ich lerne seit einem Jahr Clown und habe ihm ein bisschen was zur Bühnenpräsenz erklärt, was ich im Unterricht gelernt habe.»
«Wow. Das ist interessant. Du hast bei ihm super Arbeit

geleistet. Er hatte einen wahnsinnigen Ausdruck in seiner Performance.»

Lina zwinkerte. «Er ist ein Naturtalent.»

Alex stöhnte. «Ganz sicher nicht. Wir haben den ganzen Tag geübt und Lina hatte so viel Geduld mit mir, dass ich sie dafür bewundere.»

«Quatsch.» Lina verdrehte die Augen und Charline kicherte. «Ihr seid ja süß zusammen.»

Der Moderator stellte sich zu ihnen und nickte Alex zu. «Wir sehen dich in Zukunft ja wohl öfter auf unseren Veranstaltungen. Du musst unbedingt an den Meisterschaften teilnehmen.»

«Äh, Meinst du? Ich fang doch grad erst an.»

«Na und? Du hast was zu sagen und darum geht es. Wir planen auch einige interessante Videoprojekte und wollen ein Buch mit den besten Slams rausgeben.»

«Das hört sich toll an.» Alex strich sich durch die Haare. «Sorry, ich bin noch etwas überwältigt. Es ist alles so neu für mich.»

«Kein Problem. Das Gefühl kennen wir alle.»

Sie plauderten noch eine Weile. Andere Teilnehmer schlenderten heran und stellten sich Alex und Lina vor. Die Slam-Szene rund um Hamburg und Niedersachsen schien einiges zu bieten zu haben und alle waren nett. Jedes Mal, wenn Lina erzählte, dass sie zur Clownschule ging, erntete sie Interesse und Begeisterung.

Es war ein tolles Gefühl, so viele Leute kennenzulernen, die kreativ waren, sich gegenseitig akzeptierten und einfach nett

miteinander plauderten.
Erst nach einer ganzen Weile löste sich die Runde auf, und auch Lina und Alex verabschiedeten sich, nachdem Alex mit einigen anderen Leuten die Kontaktdaten ausgetauscht hatte.
Sie verließen das Gebäude.
In der frischen kühlen Nachtluft schlenderten sie zum Auto. Plötzlich blieb Alex stehen und zog Lina in eine feste Umarmung. «Danke. Einfach nochmal Danke. Für deine Zeit und Geduld, und auch, dass du mitgekommen bist. Ohne dich hätte ich das niemals so hingekriegt.»
Sie drückte sich an ihn und gönnte es sich, den Moment zu genießen. «Jederzeit gerne wieder.»
Er schob sie ein Stück zurück. «George hat heute Geburtstag und bei uns in der WG wird gefeiert. Die haben sicher noch ein Gläschen Sekt für uns übrig. Du kommst mit, okay?»
Sie lachte. «Okay.»

Kapitel 17

Bereits auf der Straße war Musik zu hören.

«Raggae», sagte Alex, bewegte sich verspielt ein paar Schritte im Takt der Melodie und grinste. «Inas Lieblingsmusik, sobald sie mehr als drei Gläser Wein getrunken hat. Das beste Zeichen, dass da oben eine gelungene Fete stattfindet.» Er schloss die Haustür auf und sie stiegen die Treppe hinauf.

Die Wohnungstür stand weit offen. Lina schüttelte den Kopf. «Beschweren sich eure Nachbarn nicht?»

«Nein, die feiern alle mit.» Er deutete auf drei Babyphones, die an eine Verteilersteckdose im Flur angeschlossen hintereinander auf dem Boden aufgereiht standen.

Sie gingen weiter hinein und wurden von typischer Feieratmosphäre, einem Mix aus Wärme, verbrauchter Luft, Musik und Stimmengewirr, eingehüllt.

Mindestens zwanzig Leute unterschiedlichen Alters bevölkerten die Wohnung. Eine Zimmertür stand offen, die Möbel waren zur Seite geräumt und einige Tänzer bewegten sich wild durcheinander im Takt der Musik. In einem anderen Zimmer und der Küche saß man in Gruppen zusammen, lachte, trank, redete und flirtete.

Alex griff Linas Hand und zog sie mit durch das Gewühl in die Küche bis zum Kühlschrank. Sie spürte die Wärme seiner Finger mit solcher Intensität, dass sie ganz wirr im Kopf wurde. Plötzlich fühlte sie sich in ihre Teenagerzeit zurückversetzt. Damals wäre es für sie der Inbegriff von Glück gewesen, an der Hand eines attraktiven Typen aus der Oberstufe auf genau diese Weise während einer Fete gesehen zu werden. Aber dieses Glück hatten immer nur die anderen Mädchen gehabt.

«Wein?», fragte Alex und ließ sie los, um eine Schranktür zu öffnen. Lina nickte. In der gleichen Sekunde fiel ihr ein, dass es Sonntagabend war und sie am Montag arbeiten musste. Für Alex, als Sohn des Inhabers, war es sicher kein Problem, sich freizunehmen, doch für Lina aus der Buchführung nicht. Durfte sie Alkohol trinken?

Scheiß drauf. Sie hatte keine Lust, sich den Abend verderben zu lassen. Sie würde mit dem Taxi nach Hause fahren und einen Arbeitstag lang gegen einen Kater und Müdigkeit kämpfen müssen. Egal, diesen unglaublichen Tag mit Alex wollte sie bis zur letzten Sekunde genießen.

Er holte zwei Gläser raus und reichte sie Lina. Dann angelte er zwischen einigen Leuten hindurch nach einer angefangenen Weinflasche auf dem Küchentisch und schenkte ein, während sie ihm die Gläser entgegenhielt. Dann stellte er die Flasche zurück und nahm ihr ein Glas ab. Dabei war sein Blick in ihre Augen so intensiv, dass Lina ihn mal wieder bis in den kleinen Zeh spürte. Eine verrückte Sekunde lang glaubte sie, er würde sie küssen. Aber das tat er natürlich nicht.

«Auf einen perfekten Tag dank dir», sagte er. Ihre Gläser stießen mit einem leisen Klingen aneinander und sie tranken jeder einen Schluck.

Plötzlich legte sich von hinten ein Arm um Linas Schulter. Ihr Kopf zuckte herum. Es war George, der sich zwischen sie und Alex drängte und den anderen Arm um seine Schultern legte. «Hello, my wonderful german Freunde!»

Lina kicherte. Das Geburtstagskind hatte definitiv auch bereits mehr es einen Wein getrunken. «Happy Birthday!»

«Dan-ke!», antwortete er extrem deutlich akzentuiert und drehte sich Alex zu. «Wie war the fucking Slam?»

«Klasse. Ich habe mich Dank Lina nicht blamiert.»

«Wonderful, very begeistert ich sein.»

Er löste sich von ihnen und verließ leicht schwankend die Küche. Lina kicherte. «Dem geht es gut.»

«Ja. Definitiv.»

Zwei Stunden später saßen Lina und Alex zwischen anderen Leuten auf einer Couch und waren in angeregte Gespräche vertieft. Lina fühlte sich wohl. Der Wein lockerte ihre Zunge und die Menschen waren so herrlich unkompliziert.

Als ihr Blick irgendwann auf eine Uhr fiel, seufzte sie. Es war halb zwei. Nun sollte sie sich wohl doch so langsam verabschieden. Sie stupste Alex an.

«Ist hier in der Nähe ein Taxistand? Ich sollte mich auf den Weg nach Hause machen, wenn ich vor der Arbeit noch ein wenig schlafen will.»

Er winkte ab. «Quatsch, du schläfst bei mir.»

Augenblicklich war sie stocknüchtern. Anscheinend war ihr der Schock im Gesicht abzulesen, denn er lachte.
«Entspann dich, Lina, ich sagte bei mir, nicht mit mir. Ich hab eine Gästedecke.»
«Ich muß aber morgen pünktlich im Büro sein.»
«Das muss ich auch. Wir brechen früh genug auf und machen einen Umweg über deine Wohnung, damit du duschen und frische Klamotten anziehen kannst. Okay?»
Sie nickte. «Okay.»
Gegen zwei Uhr leerte sich die Wohnung ziemlich plötzlich, denn natürlich mussten fast alle Gäste am nächsten Tag arbeiten oder ihre Kinder in die Schule bringen.
Alex zog Sina mit in sein Zimmer. «Möchtest du ein Shirt zum schlafen?»
«Das wäre toll.»
«Okay.» Er öffnete einen Schrank, zog ein graues T-Shirt heraus und reichte es ihr. Sie griff zu. «Danke.»
Er klappte den Deckel einer Truhe auf und zog eine Bettdecke daraus hervor. «Frisch bezogen», sagte er, während er ihr die Hand, mit der er die Decke hielt, entgegenstreckte.
Lina nahm sie ihm ab. «Danke. Ich ... ähm ... geh dann und ...» Sie drehte sich halb zur Tür und er runzelte die Stirn. «Wo willst du hin?»
«Äh ... Couch?»
Er winkte ab. «Die ist viel zu unbequem und mein Bett riesengroß.» Er zeigte darauf. «Ich schnarche nur sehr selten und wenn, kannst du an meinem Arm rütteln, dann

höre ich ganz automatisch auf.» Er zog die Nase kraus. «Hat man mir jedenfalls gesagt.»

Misstrauisch musterte sie ihn. Meinte er das ernst? Sie sollte in seinem Bett schlafen? Würden sie einfach nur nebeneinanderliegen, ohne irgendwelche ... .

Er drehte sich weg und begann, sich auszuziehen, als wäre es völlig normal, dass sie bei ihm im Zimmer war.

Sei nicht albern, schimpfte sie innerlich mit sich selbst. Er hatte recht. Das Leben konnte total unkompliziert sein, wenn man es unkompliziert gestaltete. Das Bett war groß und sie waren Freunde. Alles war easy.

«Ähm ... Hast du vielleicht eine Zahnbürste?»

«Sorry, natürlich. Komm mit.»

Nur noch mit seinem Slip und T-Shirt bekleidet, führte er sie in ein Bad, öffnete einen hohen Schrank und zeigte hinein.

«Da ist alles, was du brauchst, Handtücher, Zahnbürsten, Tampons. Bedien dich und fühl dich wie zuhause.»

«Danke.»

Er verschwand und sie schloss die Tür.

Als sie fertig war und in sein großes T-Shirt gehüllt in sein Zimmer zurückkehrte, lief er an ihr vorbei ins Bad.

Sie krabbelte unter die Decke. Zum Glück brauchte sie nicht vor seinen Augen einen Striptease hinlegen, das wäre ihr schwergefallen.

Er kehrte zurück, legte sich neben sie und griff nach einem altmodischen Wecker, der auf einem Nachtschrank stand.

«Reicht sieben Uhr?»

«Halb sieben.»

«Okay.» Er aktivierte den Wecker, stellte ihn zurück und schaltete das Licht aus.

Lina hörte ihn seufzen und als sich ihre Augen an die Dunkelheit gewöhnt hatten, erkannte sie im fahlen Schein der Straßenlaternen, der durch das Fenster hereindrang, die Umrisse seines Gesichtes. Er sah gegen die Zimmerdecke.

«Hast du dich heute Abend hier wohl gefühlt?», fragte er leise.

«Ja. Deine Freunde sind nett.»

«Das freut mich.»

«Warum hast du keine eigene Wohnung?»

«Warum sollte ich?»

«Na ja, junge Menschen leben in Wohngemeinschaften, weil sie wenig Geld zur Verfügung haben, aber du könntest dir doch auf jeden Fall eine eigene Wohnung leisten.»

«Ich bin nicht gern allein. Ich mag viel Trubel um mich herum.»

«Willst du nie deine Ruhe?»

«Nein. Vielleicht liegt es daran, dass ich Einzelkind war und nie viele Freunde hatte.»

«Du hattest nicht viele Freunde? Das kann ich mir beim besten Willen nicht vorstellen.»

Er drehte ihr das Gesicht zu und seine schönen Augen glitzerten in der Dunkelheit. «Warum nicht?»

«Weil ... na ja, du bist offen, nett, unkompliziert, wer so ist, ist doch beliebt.»

«Als Kind war ich sehr schüchtern und als Sohn des reichen Arthur Morton klebte mir ein Etikett auf der Stirn. Viele

Schulfreunde beneideten mich und verbreiteten fiese Gerüchte, zum Beispiel, dass ich bessere Noten bekommen würde, weil mein Vater mit dem Schuldirektor befreundet wäre. Viele waren eifersüchtig, weil mir schon in der fünften Klasse die Mädchen hinterherliefen.»

Lina kicherte und er stöhnte. «Du glaubst nicht wie ätzend das ist, wenn man ein schüchternes Kind ist und damit nicht umgehen kann.»

«Doch. Das kann ich mir vorstellen. Mir sind zwar nie die Jungs hinterhergelaufen, aber ich war auch ein schüchternes Kind.»

«Es gab bestimmt Jungs, die dir nachgesehen haben. Vielleicht hast du es nur nicht gemerkt.» Seine Stimme klang so, als würde er lächeln. Lina schluckte und antwortete nicht. Sie lag in seinem Bett und seine Worte ließen die Schmetterlinge in ihrem Bauch Pirouetten springen. Es wäre so peinlich, wenn er merken würde, dass es sie erregte, neben ihm zu liegen und diese Worte aus seinem Mund zu hören.

«Hattest du gar keine Freunde?», fragte sie leise.

«Doch. Ein paar.» Er seufzte. «Da meine Mutter, lange bevor sie starb, bereits sehr krank war, brauchte sie viel Ruhe. Deshalb brachte ich die wenigen Freunde, die ich hatte, nicht mit nach Hause. In der Schule legte man es mir so aus, es wäre unser Zuhause zu fein für das einfache Volk.»

Sein Tonfall war nicht verbittert, sondern gleichgültig, doch Lina konnte sich vorstellen, dass es für ihn nicht einfach

gewesen war.
«Das tut mir leid.»
«Das muss es nicht. Viele Kinder auf der Welt müssen mit viel schlimmeren Sorgen umgehen. Ich hatte ein liebevolles Elternhaus und genieße nun eben einfach etwas später, viele Freunde um mich herum zu haben.» Das Bettzeug raschelte. Er drehte sich ihr zu. «Und du? Ist es dir allein in einer Wohnung nicht manchmal zu still?»
«Bis letztes Jahr bin ich nicht gerne unter Menschen gewesen. Meine Wohnung war meine Höhle, mein Rückzugsort.»
«Und jetzt?»
«Durch die Clownausbildung habe ich mich verändert und komme mit Menschen besser klar. Trotzdem genieße ich aber auch nach wie vor Stunden und Tage, die nur mir allein gehören.»
Plötzlich erinnerte sie sich daran, was der Anlass gewesen war, der sie dazu gebracht hatte, im Internet nach einer künstlerischen Tätigkeit zu suchen. Das war so grotesk! Wenn ihr an jenem Abend im Archiv der Morton GmbH jemand gesagt hätte, sie würde kein Jahr später neben Alexander in seinem Bett liegen, nachdem sie den ganzen Tag damit verbracht hatten, seinen Bühnenauftritt zu üben, hätte sie denjenigen für verrückt erklärt. Ein albernes Kichern stieg ihre Kehle hervor und ließ sich nicht unterdrücken.
«Was ist los?»
«Nichts.»

«Lachst du über mich?»

«Nein. Über mich.»

«Was ist an dir so lustig?»

«Es ist wirklich nichts wichtiges.»

«Lina Hansen, du weißt nicht, wie krankhaft neugierig ich bin.» Plötzlich lag sein Arm um ihr Schulter, er zog sie an seine Brust, als wollte er sie in den Schwitzkasten nehmen und die Finger seiner freien Hand tänzelten auf ihrer Taille. «Ich kitzel dich durch, wenn du nicht redest.»

Augenblicklich explodierte Erregung in ihrem Unterleib. Die plötzliche Berührung, ihre Wange nur über dem dünnen Stoff seines T-Shirts und seine Kraft zu spüren, weckten ihre weiblichen Sinne so explosionsartig, dass sie total konfus wurde.

«Wehe!» Sie drückte gegen seinen kräftigen Brustkorb und wollte ihn wegschieben, doch er war viel zu stark.

«Rede, Linchen, du hast noch drei Sekunden ... drei ... zwei ...»

O Gott! Er durfte auf keinen Fall merken, was die körperliche Nähe und die scherzhafte Kabbelei mit ihren Sexualhormonen anrichtete. Er mochte sie als Freundin, er hatte kein Interesse an ihr als Frau. Würde er merken, wie sie auf ihn reagierte, würde er sich augenblicklich zurückziehen. Es wäre ein schrecklich peinlicher Moment. Es würde alles zwischen ihnen kaputtmachen und das wollte sie auf keinen Fall riskieren.

«Schon gut, schon gut! Lass mich los, ich verrate es dir.» Sie stöhnte theatralisch. «Aber du darfst nicht lachen.»

Er gehorchte und löste die Umarmung. «Du gackerst rum wie ein Huhn und ich darf nicht lachen? Was ist das denn für ein Handel?»
Sie kicherte schon wieder los. «Oh Mann! Es ist so blöd!»
Er gluckste. «Blöd finde ich klasse. Echt. Ich steh total auf blöd und crazy. Los jetzt, machs nicht so spannend.»
Sie seufzte schicksalsergeben. «Okay. Du bist schuld, dass ich die Clownausbildung angefangen habe.»
«Ich?»
«Erinnerst du dich an den Abend, als wir im Archiv eingeschlossen waren?»
«Natürlich.»
«Da habe ich im Affekt gesagt, dass ich was Künstlerisches mache. Es ist mir nur rausgerutscht, weil es mir total peinlich war, dass ich ein sterbenslangweiliges Leben führte.»
«Das verstehe ich nicht.»
«Ich habe gelogen, weil ich nicht erzählen mochte, dass ich außerhalb der Arbeit nur faul in meiner Wohnung rumliege und kitschige Romane lese.»
«Ups.»
«Ja. Ups. Ich weiß, dass sich das bescheuert anhört.» Sie stöhnte. «Und als du danach immer wieder geraten hast, was ich wohl mache, hatte ich Panik, dass die alberne Lüge auffliegt und ich mich vor den Kollegen total blamiere. Ich musste also unbedingt ganz schnell irgendwas Künstlerisches anfangen, hab im Internet gesucht und bin auf die Clownschule gestoßen.»
Er berührte ihren Arm und augenblicklich prickelte erneut

Erregung durch jede Zelle ihres Körpers.

«Es tut mir leid, dass ich dich bedrängt habe», sagte er leise. «Ich habe nicht nachgedacht ... ich wollte nur witzig sein. Hätte ich das gewusst, hätte ich nicht ...»

«Nein.» Sie schüttelte wild den Kopf. «Es muss dir nicht leid tun. Im Gegenteil. Ich bin dir dankbar. Die Clownschule war das Beste, was mir passieren konnte. Mein Leben ist dadurch so viel bunter geworden. Ich habe tolle neue Freunde gewonnen und ich komme mit den Kollegen besser klar.» *Und ich konnte dir heute helfen und liege jetzt in deinem Bett und deine Hand auf meinem Arm* ... fügte sie im Geiste hinzu.

«Ich mag dich, Lina Hansen.» Seine Lippen berührten ihre Stirn und ein wohliges Schaudern prickelte über ihre Haut. «Gute Nacht.»

«Gute Nacht», murmelte sie.

Er bewegte sich nicht. Er drehte sich nicht von ihr weg. Er wollte mit seiner Hand auf ihrem Arm einschlafen? Anscheinend.

Scheinbar selbstvergessen strichen seine Fingerspitzen auf ihrer Haut auf und ab. Sie lag ganz still und lauschte seinen Atemzügen, die allmählich immer länger wurden.

Lina lag regungslos unter der Decke und genoss mit jeder Faser ihres Körpers jede Sekunde der Nacht und ihre Nähe zueinander. Sie hörte seine Atemzüge, roch seinen Duft und spürte seine Wärme. Nie vorher hatte sie sich neben einem Mann so gut gefühlt und sie schwor sich, dieses Gefühl in ihrem Gedächtnis zu speichern, um es nie zu vergessen,

und von den Erinnerungen daran in einsamen Nächten zehren zu können.
Er will keinen Sex mit mir.
Der Gedanke stach plötzlich wie eine spitze Nadel in ihr Herz, doch sie schob ihn schnell zur Seite. Alex und sie waren Freunde und das war so viel mehr wert, als es eine auf sexuelle Anziehung basierende Beziehung je sein könnte.

Der nächste Morgen kam viel zu früh.
Alex Wecker klingelte und erwischte Lina im Tiefschlaf.
«Noch fünf Minuten», murmelte sie und zog sich stöhnend die Decke über den Kopf.
Sie registrierte, dass er aufstand und den Raum verließ, dann war sie schon wieder eingeschlafen.
«Lina, du musst aufwachen», gurrte eine Männerstimme an ihrem Ohr mit sexy Schlafzimmerbetonung so sanft, dass es in Linas Bauch vibrierte. Gleichzeitig zog ihr der köstliche Duft von frischem Kaffee in die Nase, sodass sie gar nicht anders konnte, als tief einzuatmen.
Neben ihr ertönte ein leises, maskulines Lachen.
Seufzend öffnete sie die Augen und blickte direkt in das schönste Männergesicht, das sie kannte. Eine Welle von Glück durchströmte ihren Körper. Alex hielt einen Kaffeebecher so, dass der Duft in ihre Nase steigen musste.
«Hier. Für dich.» Lina schob sich im Bett etwas höher, sodass sie die Schultern und den Kopf an der Wand anlehnen konnte. «Wow! Kaffee ans Bett, das nenn ich mal

Service.»

Er zwinkerte. «Besondere Gäste bekommen auch besonderen Service.»

Gott, wenn er wüsste, was so eine Aussage in ihren Gehirnzellen anrichtete, würde er bedächtiger damit umgehen. Er schien nichts von ihrem Gefühlswirrwarr zu merken, als er sich erhob. «Ich geh schnell duschen, dann kommen wir früh genug los, sodass du auch noch zuhause genügend Zeit hast», sagte er, und verschwand.

Während Lina die Reste ihres Verstandes wieder zusammensetzte und an ihrem Kaffee nippte, betrachtete sie sein Zimmer. Nun hatte sie die Gelegenheit, die Plakate und Fotografien genauer zu betrachten, die sie teilweise schon mal aus der Küche bei ihrem ersten Besuch in seiner WG gesehen hatte. Es gab im ganzen Raum nichts Luxuriöses, aber viel Persönliches. Nur der Businessanzug, der auf einem Bügel außen am Kleiderschrank hing, passte nicht zum Stil des Zimmers. Besonders faszinierten sie Fotos an einer riesigen Pinnwand, die von Reisen durch die ganze Welt zu stammen schienen und neben Landschaften vor allem auch interessante Gesichter jeden Alters und jeder Hautfarbe zeigten.

Nach einer Weile fiel ihr ein, dass Alex gleich im Bad fertig sein musste. Sie sprang aus dem Bett und zog sich schnell an.

Eine halbe Stunde später betraten sie ihre Wohnung. Alex setzte sich ins Wohnzimmer und holte sein Handy heraus, sie lief ins Schlafzimmer, um sich frische Klamotten fürs

Büro herauszusuchen und damit im Bad zu verschwinden.
Als er schließlich sein Auto in der Tiefgarage der Morton GmbH parkte, war es kurz vor neun. Sie hatten es tatsächlich geschafft, pünktlich zu sein.
Er ließ den Motor ausgehen und atmete tief durch. Lina runzelte die Stirn. «Gehts dir nicht gut?»
«Während du geduscht hast, habe ich meinen Vater angerufen und um ein Gespräch gebeten. Wir treffen uns gleich in seinem Büro.»
«Du willst ihm sagen, dass du nicht nach Brüssel möchtest?»
«Ja.»
Sie drückte seinen Arm. «Ich kann mir vorstellen, dass das kein einfaches Gespräch wird.»
Er nickte. «Gibtst du mir deine Handynummer?»
«Äh ... klar. Natürlich.»
Sie tauschten ihre Nummern und stiegen aus.
Als Lina den Fahrstuhl in ihrem Stockwerk verließ und Alex weiter nach oben fuhr, wollte sie ihm am liebsten um den Hals fallen und Glück wünschen, aber sie waren nicht allein und so nickte sie ihm nur zu, als sie ging.
Zwei Stunden später piepte ihr Handy. Eine Textnachricht von Alex.
Ich bleibe in Hamburg.
Linas Herzschlag sprang einen Salto. Hatte es etwas zu bedeuten, dass er ihr die Neuigkeit so schnell mitteilen wollte?
Das freut mich, tippte sie.

Alex: *Mich auch. Mir fällt ein Felsbrocken von der Seele.*
Lina: *War es sehr schwer?*
Alex: *Ja, mein Vater ist enttäuscht und sauer, dass ich nicht früher was gesagt habe. Aber er versteht mich. Darüber bin ich sehr froh. Er wird in Brüssel jemanden einstellen, der mit meinem Onkel zusammenarbeitet. Ich arbeite weiterhin hier in Hamburg im Büro. Für meine Freizeit möchte ich eine angehende Clownin um weitere Unterstützung bei Slamveranstaltungen bitten. Meinst du, die bekomme ich?*
In Linas Brustkorb wurde es warm.
Lina: *Die bekommst du. Jederzeit.*
Alex: *Das macht mich glücklich.*

Ein Freudenschauer rauschte durch ihren Körper und sie grinste breit vor sich hin. Das Glücksgefühl prickelte so überschäumend in ihren Nervenbahnen, dass sie ganz hibbelig wurde.
Zum Glück hatte Hans einen Tag Urlaub genommen, sodass sie ihre Euphorie ungebremst in die Freiheit entlassen konnte, ohne ihm etwas erklären zu müssen. Sie sprang auf und tanzte wild um die Schreibtische herum.

Kapitel 18

Die nächsten drei Wochen wurden für Lina zu einem konstanten Tanz auf himmlischen, weichen, schwebenden Wolken. Sie fühlte sich schwerelos und so glücklich wie nie vorher im Leben.
Alex und sie wurden Freunde.
Alex und sie wurden beste Freunde.
Es begann bereits am Tag nach Georges Geburtstag und der Entscheidung, dass Alex in Hamburg blieb. Sie aßen am Mittag zusammen draußen auf einer Bank am Jungfernstieg belegte Baguettes, die sie sich vom Bäcker geholt hatten, und Alex erzählte ausführlich von seinem Gespräch mit seinem Vater.
Von da ab trafen sie sich mindestens dreimal die Woche am Abend in ihrer Freizeit und am Wochenende, wenn Lina nicht in der Clownschule war.
Bald fühlte sich Lina in der WG so zuhause, wie in ihrer eigenen Wohnung. Und genauso normal wurde es, dass Alex zu ihr kam und bei ihr übernachtete. Sie schliefen in einem Bett, ohne dass mehr passierte als in der ersten gemeinsamen Nacht.
Manchmal saßen sie zusammen und er las aus seiner Sammlung von Gedichten und Geschichten, über die sie

anschließend redeten. Zweimal war er schon zu den Übungsabenden in der Clownschule mitgekommen und hatte zugesehen, wie Lina mit anderen angehenden Clowns auf der Bühne übte und Nummern entwickelte.

Sie trafen sich mit den Leuten aus der Slamszene, den WG-Freunden von Alex oder den Clownfreunden von Lina.

Sie besuchten ein Konzert, Alex lud sie zu einem Theaterabend ein und sie zeigte ihm einige Sehenswürdigkeiten von Hamburg, die er noch nicht kannte.

Alex wurde zu Linas Vertrautem, was sich seltsam anfühlte, denn er nahm eine Stellung ein, die normalerweise wohl eher eine enge Freundin einnehmen würde, wie Lina sie allerdings nie gehabt hatte.

Niemals hätte sie sich träumen lassen, einmal mit einem Mann über ihre Gefühle reden zu können. Doch mit Alex funktionierte es.

Er vertraute ihr seine Gedanken und Sorgen an und so fiel es ihr nicht schwer, auch über ihre zu reden.

Er hörte immer konzentriert zu. Er war so gradlinig, offen, ehrlich und tolerant in jeder Weise. Es fühlte sich verdammt gut an, mit ihm Zeit zu verbringen, und manchmal hatte Lina Angst vor dem Tag, an dem sie diese Freundschaft wieder verlieren würde.

Denn dieser Tag würde zwangsläufig kommen, davon war sie überzeugt.

Irgendwann würde er eine Frau kennenlernen, in die er sich verliebte und dann wäre die schöne Zeit vorbei. Dann würde er mit einer anderen seine Abende und Wochenenden verbringen und mit einer anderen über Gefühle, Gedanken, Gedichte und Geschichten reden.

Lina war inzwischen nicht mehr nur verliebt in ihn, sie liebte ihn, doch davon hatte er keine Ahnung. Wie eine Pflanze waren ihre Gefühle für ihn von Tag zu Tag gewachsen und schließlich erblüht.

Sie war sicher, dass er kein Interesse an ihr als Frau hatte und so achtete sie darauf, sich von ihren intensiven Gefühlen für ihn nichts anmerken zu lassen. Er sah in ihr die Kameradin, mit der er über seine Kunst und seine Gedanken reden konnte. Sie genoss jede Sekunde ihrer gemeinsamen Zeit, wusste sie doch, dass sie endlich war. Jeden Tag rechnete sie damit, dass er die Frau treffen würde, in die er sich verliebte.

Das würde alles verändern, selbst wenn er weiter mit ihr befreundet sein wollte, Lina könnte nicht damit umgehen, ihn mit einer anderen Frau zu teilen. Sie würde es nicht ertragen, ihn in einer glücklichen Partnerschaft zu sehen. Ihre Freundschaft würde in einem solchen Fall auseinandergehen.

Wann immer sie dieser Gedanke streifte, drängte sie ihn hastig zur Seite und konzentrierte sich auf die Gegenwart. Der Tag, an dem ihre gemeinsame Zeit endete, würde kommen, doch solange sie Alex für sich allein hatte, wollte sie seine Nähe aufsaugen, damit sie sich später an jeden wunderbaren Moment mit ihm erinnern konnte.

Es klopfte an der Bürotür und Lina kehrte ruckartig in die Gegenwart zurück. Statt zu arbeiten, hatte sie auf den

Bildschirm gestarrt und ihre Gedanken wandern lassen.
«Ja!», rief Hans und die Tür ging auf. Alex sah herein.
«Kommt ihr mit in die Mittagspause?»
Hans Blick wanderte zur Uhr und anschließend zu Lina.
«Schon Hunger?»
«Japp.»
Alex nickte zufrieden. «Dann lasst uns hochgehen.»
Zu dritt schlenderten sie zum Fahrstuhl.

Sie saßen erst wenige Minuten in der Kantine am Tisch, als Alex Blick zur Tür zuckte. Lina sah ebenfalls hin. Eine junge Frau stand dort und blickte sich im Raum um, als wäre sie zum ersten Mal da und müsste sich orientieren.
Alex winkte ihr und sie kam an den Tisch. «Hey.»
«Hey Christin. Darf ich vorstellen? Das sind Hans und Lina aus der Buchhaltung und das ist Christin, sie wird die neue Assistentin meines Vaters. Wir haben uns gestern schon kennengelernt, als sie ihren ersten Tag bei uns hatte.»
Hans und Lina begrüßten die neue Kollegin.
«Frau Wagner hört auf?», fragte Hans.
«Ja. Sie geht in den Vorruhestand und will mit ihrem Mann eine zwei Jahre dauernde Weltreise machen.»
«Hui, soviel Unternehmungslust hätte ich unserer Frau Wagner gar nicht zugetraut.»
Alex lachte. «Man sollte sich nie vom oberflächlichen Eindruck täuschen lassen.» Er nickte Christin zu. «Hol dir doch dein Essen und setz dich dann zu uns.»
Sie lächelte. «Ja, Gerne.»

Als sie auf den langen Tresen zuging, sah Lina ihr nach.
Christin war jung und schlank. Sie trieb bestimmt irgendeinen Sport, denn ihr Körper wirkte drahtig. Sie hatte ein offenes, freundliches Lächeln gezeigt und ihre braunen Haare hingen leicht wellig über ihre Schultern. Sie machte auf Anhieb einen sympathischen Eindruck und das empfand ganz offensichtlich auch Alex so. Sie drehte ihm den Kopf zu und sah, dass er der neuen Kollegin nachblickte.
Ihr Speichel schmeckte plötzlich bitter und in Linas Kehle bildete sich ein Kloß.
War heute der Tag, an dem die wunderbare Zeit mit Alex endete?
Angestrengt beugte sie sich über ihren Teller und stopfte sich eine Gabel voll Gemüse in den Mund.
Christin kehrte zurück und ließ sich an der kurzen Seite des Tisches nieder, sodass Alex rechts und Lina und Hans links von ihr saßen.
«Das sieht lecker aus», sagte sie und griff nach ihrem Besteck. Alex nickte. «Ja, unser Kantinenessen ist im Allgemeinen ganz in Ordnung.»
«Bist du auch neu in Hamburg oder nur neu in der Firma?», fragte Hans.
«Ich wohne in Buxtehude und fahre zur Arbeit mit dem Metronom nach Hamburg rein.»
«Buxtehude kenne ich noch nicht», stellte Alex fest. «Wie lebt es sich da?»
Christin zuckte mit den Schultern. «Wenn man Kleinstadtleben mag, fühlt man sich dort wohl. Ich komme

ursprünglich aus Köln und mir ist es etwas zu ruhig. Ich spiele mit dem Gedanken nach Hamburg zu ziehen.»

Die drei begannen, sich über die verschiedenen Stadtteile und ihre Vor-und Nachteile in Bezug auf die Wohnqualität zu unterhalten.

Lina wollte sich am Gespräch beteiligen, doch sie bekam kein Wort heraus. Es war so offensichtlich, dass Christin und Alex sich mochten, dass es ihr die Tränen in die Augen trieb. Würde er heute schon den Abend mit ihr verbringen? Würde er sie mit in seine WG nehmen? Würde er mit ihr in Zukunft zu Poetry-Slam Veranstaltungen fahren? Würde sie in seinem Bett schlafen? Nicht nur schlafen?

«Waren das Leute aus deiner Gruppe, Lina?»

Ihr Kopf zuckte hoch, als Alex ihren Namen aussprach. «Bitte?»

«Ob das Clowns aus eurer Schule waren?»

«Was? Wer?»

Alle sahen sie an und sie spürte, dass ihre Wangen heiß wurden. «Sorry. Ich habe nicht zugehört, ich war gerade mit den Gedanken woanders.»

«Christin sagt, sie hat gestern an der Alster Straßenclowns gesehen. Waren das Freunde von dir aus deiner Gruppe?»

«Ich weiß nicht.»

Christin lächelte. «Du verkleidest dich als Clown und gehst auf die Straße?»

«Man verkleidet sich nicht als Clown, entweder ist man ein Clown oder man ist es nicht.»

O Mann! Ihre Antwort war viel zu ruppig ausgefallen.

Verlegen stieß sie mit der Gabel in das Gemüse, führte sie zum Mund und öffnete die Lippen, während das Möhrenstück und die Erbsen zurück auf den Teller kullerten. Eine Sekunde lang schwebte die leere Gabel vor ihrem aufgerissenen Mund und Lina wurde die Komik der Situation bewusst.

Pinkabella erwachte. Sie starrte auf ihren Teller, hob den Kopf und beobachtete misstrauisch das dreiköpfige Publikum, als hätte es das Gemüse dazu angestachelt, von ihrer Gabel zu springen. Christin kicherte.

Lina senkte ihren Blick wieder auf den Teller. «Böso Erbso, Mafia- Erbso, intriganto Erbso, kommo nicht in meino Mundo», beschwerte sie sich in schönstem Clownsitalienisch, zielte mit der Gabel, wollte die Erbse mit Wucht aufspießen, doch stattdessen katapultierte sie sie mit den Gabelzinken in hohem Bogen auf Alex Teller.

Christin gluckste und Pinkabella riss schockiert Augen und Mund auf. «Erbso treuloso Bastardo fremdo geho! Kommo zurücko! Soforto! Mordio zeterio!»

Hans und Christin lachten. Alex neigte leicht den Kopf. Er schmunzelte, nahm die Erbse auf seine Gabel, betrachtete sie wie einen besonderen Leckerbissen und steckte sie mit andächtig wirkender Genießermiene in seinen Mund. «Mmmh. Köstlich. Ich liebe alles, was du mir gibst.»

Christin schüttelte den Kopf. «Ihr seid ja herrlich.» Lina zwang sich zu einem Lächeln. «Jeder Mensch ist Clown, doch in der Regel verstecken wir den Clown in uns unter den hammerharten eisernen Benimmregeln unseres

Erwachsenenalltags.»

«Mir sind Clowns mit ihren angemalten Gesichtern immer eher unheimlich», sagte Christin und zuckte mit den Schultern. «Ich weiß nicht, warum.»

Lina lächelte. «Vielleicht ist dein tief in dir steckender Clown nicht nett, sondern hat böse Ideen und das ist dir unangenehm.»

«Du meinst, wenn ich einen anderen Clown sehe, ziehe ich automatisch Rückschlüsse auf den, der in mir steckt.»

Lina nickte. «Das ist aber nur meine Theorie. Weil ich inzwischen weiß, dass mein Clown nicht immer nur nett und lustig ist.»

«Nicht? Das eben war aber lustig.»

«Der Clown ist ein Anarchist. Meiner ist auch extrem neidisch und eifersüchtig. Manchmal will er sogar seine besten Freunde verprügeln oder Mülleimer über ihren Köpfen auskippen.»

«Ups! Jetzt krieg ich aber Angst.»

Lina zwinkerte. «Das brauchst du nicht.»

Je lockerer sie sich gab, desto dicker wurde der Kloß in ihrem Hals, der sich längst gebildet hatte.

Christin war sehr nett. Man musste sie einfach mögen und auch Alex reagierte natürlich deutlich positiv auf sie. Wenn sie ihn anlächelte, lächelte er immer zurück.

«Ein Clown ist frei. Er darf alles sein, er muss keine Gefühle unterdrücken. Manchmal ist er auch einfach nur traurig und weint ganz jämmerlich», murmelte sie und aß endlich weiter von ihrem Teller.

Sie spürte Alexs Blicke. Es kribbelte auf ihrer Haut, aber sie traute sich nicht, den Kopf zu heben. Sie hatte viel zu viel Angst, dass er in ihrem Gesicht ihre Gefühle lesen könnte.
Als sie mit ihrer Mahlzeit fertig waren und aufstanden, legte Alex seinen Arm um Linas Schulter. «George hat heute seinen Heimweh - Abend. Er will uns mit irischem Essen verwöhnen und plant dich mit ein. Du kommst doch, oder?»
Sie nickte, schluckte den Kloß hinunter und lächelte zu ihm auf. «Klar, Gerne.»
«Schön.» Er zwinkerte. «Ich freu mich.»

Lina versuchte, sich auf ihre Arbeit zu konzentrieren. Doch am Nachmittag piepte ihr Handy, weil eine Mail an ihre private Adresse geschickt worden war.
Sie warf einen Blick drauf. Alex war der Absender. Er schickt ihr eine Mail? Wollte er sie darauf vorbereiten, dass er Christin auch zu George irischen Abend eingeladen hatte?
Ihr Herz zog sich zusammen. Sie öffnete die Nachricht und ihr Blick huschte über die Worte.
Hey Lina, bitte lies und sag mir, ob du beim Lesen etwas fühlst?
Darunter stand ein Gedicht und während Lina las, hörte sie die Zeilen im Geiste von Alex dunkler Stimme rezitiert:
Ich möchte nicht kämpfen.
Ich möchte sein.
Ich möchte nicht rennen.
Ich möchte bleiben.
Und meinen Atem vermischen mit deinem.

Ich möchte diskutieren.
Ich möchte dich hören.
Ich möchte mit dir lachen.
Ich möchte mit dir still sein.
Und dir zuwinken.
Deinen Worten lauschen, fühlen, schmecken.
In dir versinken.

Ich möchte streiten.
Ich möchte leben.
Ich möchte laufen.
Ich möchte tanzen.
Und Nächte lang feiern.
Mit dir.
Gemeinsam. Wir.

Ich möchte dich fühlen.
Ich möchte dich streicheln.
Ich möchte dich riechen.
Ich möchte dich halten.
Ich möchte verschmelzen.
Mit dir.
Gemeinsam. Immer wir.

Die Buchstaben verschwammen vor ihren Augen und ihre Brust zog sich schmerzhaft zusammen. Dieses Gedicht hatte er für Christin geschrieben. Ganz sicher. Nach ihrem

gemeinsamen Essen hatten seine Gefühle diese Zeilen in ihm entstehen lassen. Er hatte Lina oft genug erzählt, wie es sich anfühlte, wenn ihn irgendetwas plötzlich inspirierte und die Worte sich wie von selbst in seinem Kopf zusammenfanden und durch den Stift auf das Papier drängten. Und so war es auch heute gewesen. Es konnte gar nicht anders sein. Sie durfte nicht eifersüchtig reagieren. Das war nicht fair. Schweren Herzens tippte sie:
Das Gedicht ist wunderschön. Es wird in der Frau, der du es schenkst, ganz sicher Gefühle auslösen.
Sie schickte die Mail ab.
Es kam keine Antwort und ihr wurde klar, dass sie tief im Geheimen gehofft hatte, ein «*Ich schenke es dir*» von ihm zurückzubekommen.

Lina musste sich überwinden, am Abend zu Alex und den anderen zu fahren. In ihr breitete sich eine schwere tiefe Traurigkeit aus. Am liebsten wollte sie absagen, sich in ihr Bett legen, die Decke über den Kopf ziehen und ihren Kummer in Tränen ertränken. Einzig der Fakt, dass sie einen glaubhaften Grund würde nennen müssen, hielt sie ab.
Während sie mit dem Fahrrad durch Hamburgs Straßen fuhr, kam ihr die Welt grauer vor als sonst. Und sangen die Vögel nicht trauriger? Wie lange würde sie brauchen, um über den Verlust ihrer Freundschaft hinwegzukommen?
Bis sie an der Tür von Alex Wohngemeinschaft klingelte, hatte sie sich in ihr Selbstmitleid und die Vorstellung der

baldigen Trennung so sehr hineingesteigert, dass Übelkeit in ihr aufstieg. Sie musste mehrmals tief durchatmen, um dieses fiese Gefühl zu vertreiben.

Doch dann war alles vertraut und normal. Ina, George und Fabian begrüßten sie wie immer mit einer Umarmung, genauso wie Alex, der gerade aus seinem Zimmer kam, als Lina eintraf.

Christin war nicht da, und Lina glaubte, in Alex Mimik einen Hauch von Wehmut zu lesen.

Hat er die neue Kollegin vielleicht eingeladen und sie ihm eine Absage erteilt? Selbstverständlich fragte Lina nicht, und während sie sich alle an den großen Tisch in der Küche setzten, kehrte in Linas Gedanken und in ihrer Gefühlswelt wieder Normalität ein. Sie entspannte sich.

Es gab natürlich Irish Stew, und das in zwei Variationen, eine traditionelle mit Lammfleisch und eine vegane Alternative. Lina probierte beides und stellte fest, dass ihr das fleischlose Gericht besser schmeckte als das gewohnte fleischige. Irgendwie fühlte es sich auch besser an, kein Tier zu essen.

In letzter Zeit war ihr bereits mehrfach aufgefallen, dass der Verzehr von Fleisch sie in Gewissenskonflikte trieb. Die Nachrichten über industrielle Massentierhaltung und den Klimawandel waren schließlich allgegenwärtig und wann immer sie fleischlos aß, schmeckte es ihr gut.

In der Clownschule waren die meisten Freunde Vegetarier oder Veganer. War das Zufall? Hatte diese besondere Lebenseinstellung, die man als Clown gewann, damit zu tun?

Egal. Man musste nicht aus jedem Thema eine wichtige Analyse machen, sondern konnte auch mal einfach nach seinem Gefühl handeln.

Nach dem Essen räumten sie gemeinsam das Geschirr in den Spüler und wuschen die Töpfe ab.

Fabian und George hatten sich mit Kommilitonen zum Lernen verabredet und verabschiedeten sich, doch Ina, Alex und Lina beschlossen, noch in der Küche sitzen zu bleiben und die übrig gebliebenen drei Guinnessflaschen zu leeren.

Lina zog sich kurz in Alex Zimmer zurück, um ihre Mutter anzurufen, denn die hatte sie mal wieder am frühen Abend mit einem Versprechen auf Rückruf abgewimmelt.

Nachdem sie alle familiären Neuigkeiten ausgetauscht hatten, steckte sie das Handy weg und öffnete die Zimmertür. Da hörte sie, wie Ina ihren Namen sagte.

Lina hatte nicht den ganzen Satz verstanden, aber offensichtlich redeten Alex und Ina über sie. Ihr Herz klopfte schneller. Wie unter Zwang blieb sie regungslos stehen und lauschte.

«Es hat keinen Zweck, sie will nicht», sagt Alex in mutlosem Tonfall. «Ich muss mich damit abfinden.»

«Ich verstehe das nicht.» Das war Inas Stimme.

«Vielleicht steht sie gar nicht auf Männer, sondern ist lesbisch.»

Ina kicherte. «Das wäre für einen Frauenschwarm wie dich wohl leichter zu ertragen, als damit leben zu müssen, dass dein Charme bei ihr nicht wirkt.»

«Lach mich nicht aus, das ist gemein.»
Sie kicherte noch mal und stöhnte dann. «Nein, im Ernst. Ich glaube nicht, dass sie auf Frauen steht, ich bin sicher, sie steht auf dich. Wenn man euch zusammen erlebt, wie sie dich anlächelt, wie sie dich ansieht ... Sie muss etwas für dich empfinden.»
Lina runzelte die Stirn. Wovon, zum Teufel, redeten die beiden?
Alex stöhnte. «Manchmal, wenn wir allein miteinander sind, ist die Sehnsucht so groß und ich will es ihr sagen, aber dann zeigt sie mir so deutlich, dass sie Distanz wahren will, dass ich es nicht wage.»
Linas Finger verkrampften sich um die Türklinke. Redete er wirklich von ihr? Sie hielt doch nur Distanz, damit er ...
«Bist du sicher, dass sie weiß, dass du in sie verliebt bist?», fragte Ina und Alex stöhnte deutlich genervt. «Sogar unser mentaler Holzklotz Fabian merkt es mir an, wie sollte sie es da nicht sehen?»
Verliebt? Lina erschauerte, elektrischer Strom schien durch ihre Adern zu sausen, aber sie rührte sich nicht.
«Ich glaube, ihr seht beide den Wald vor lauter Bäumen nicht.»
Alex seufzte. «Doch, glaub mir, sie empfindet nichts für mich. Ich sehe das immer wieder ganz deutlich. Zum Beispiel waren wir mal mit meiner Nichte zusammen Eisessen. Ich begrüßte sie mit einem Kuss auf die Wange und sie ließ es steif über sich ergehen. Ein paar Minuten später kam einer ihrer Clownsfreunde zufällig vorbei und sie

sprang auf und fiel dem Typen mit strahlendem Lächeln um den Hals.»

Ina kicherte. «Das ist natürlich wirklich sehr gemein und extrem aussagekräftig.»

«Lach mich nicht aus», brummte Alex.

«Es ist zum Lachen. Du benimmst dich nämlich wie ein schüchterner, pubertierender Junge. Sei ein erwachsener Mann. Rede mit ihr! Flirte mit ihr, verführe sie! Oder sag ihr direkt und ehrlich ins Gesicht, dass du in sie verknallt bist», forderte Ina.

«Das kann ich mir sparen. Bisher waren immer noch Hoffnungsschimmer da, aber seit heute bin ich ganz sicher, dass sie kein Interesse an mir hat.»

«Warum? Was ist passiert?»

«Beim Mittagessen saß eine neue Kollegin mit am Tisch. Sie ist sehr nett, wir haben viel gelacht und plötzlich hatte ich das Gefühl, Lina wäre eifersüchtig. Das machte mir Hoffnung und ich habe ihr später per Mail das Gedicht geschickt, dass ich ihr schon seit Wochen geben will, mich aber nie traute, weil ich Angst hatte, dass unsere Freundschaft kaputt geht, wenn ich ihr meine Gefühle beichte. Ich habe dazugeschrieben, sie möge mir sagen, ob sie beim Lesen etwas fühlt.»

«Und? Wie hat sie reagiert?»

«Sie hat geantwortet: Es wird in der Frau, der du es schenkst, ganz sicher Gefühle auslösen.»

Eine Flasche wurde hart auf den Tisch aufgesetzt und einen Moment lang blieb es still.

Ina seufzte. «Oh Mann. Das ist tatsächlich deutlich. Tut mir echt leid, Alex.»

Linas Herzschlag galoppierte im Kreis und sprang Loopings. Ihre Mundhöhle war trocken und in ihren Ohren sauste es. Das war nicht real. Sie hatte das falsch verstanden. Die hatten nicht von ihr geredet, sondern von irgendeiner anderen Frau. Aber er hatte ihr das Gedicht geschickt und er hatte ihre Antwort wiedergegeben.

Hatte Alex doch Gefühle für sie? Allein die Frage in ihrem Kopf zu stellen, machte sie ganz schwindelig.

Ungelenk, als würde der Boden wie Bootsplanken schwanken, bewegte sie sich über den Flur in die Küche.

Alex und Ina sahen auf, als sie hereinkam.

Sie starrte Alex an und er runzelte die Stirn. «Fuck», murmelte er. «Du hast unser Gespräch gehört.» Er sprang von seinem Stuhl auf und fuhr sich mit den gespreizten Fingern durch die Haare. «Lina. Bitte. Vergiss es einfach. Wir sind Freunde und ich werde dich nicht zu mehr drängen.» Sein Gesicht bekam einen flehenden Ausdruck und er machte eine besänftigende Geste mit den Händen. «Ich verspreche es. Ich weiß, dass du für mich nicht mehr empfindest als Freundschaft. Das ist okay. Ich schwöre.»

Sie leckte sich über die Lippen. «Ich dachte, dass du für mich nicht mehr empfindest, als Freundschaft und habe immer versucht, meine Gefühle vor dir zu verbergen, um unsere Freundschaft nicht kaputt zu machen.»

Sie starrte ihn an. Das war doch total irre. So unglaublich! So verrückt! «Dein Gedicht», murmelte sie, «Es war wunderschön. Ich habe mir so sehr gewünscht, du hättest es für mich geschrieben, aber ich dachte ...» Sie schüttelte den Kopf. Kein Wort schien passend zu sein, um die Wucht der Gefühle auszudrücken, die in ihr tobten.

Ein Kichern lenkte sie ab. Ina stand grinsend auf, zog eine Küchenschublade auf, holte eine Pappschachtel heraus und warf sie lässig auf den Tisch. «Dann mal viel Spaß heute Nacht, ihr zwei Hübschen. Ich stecke mir auch Ohropax in die Lauscherchen.»

Sie winkte neckisch und verschwand aus der Küche.

Lina las, was auf der Packung stand. Es waren Kondome.

Ein unwiderstehlicher Lachreiz kitzelte in ihrer Kehle und sie gluckste. «Ihr bewahrt Kondome in der Küchenschublade auf?»

Alex stöhnte genervt. «O Mann! Als ob Sex das wichtigste wäre.»

Er trat um den Tisch herum auf sie zu. Seine Augen glänzten unnatürlich feucht, und sein Adamsapfel hüpfte. «Ist das wirklich wahr?»

Lina nickte.

«Du hattest Angst, dass unsere Freundschaft kaputt geht, wenn ich weiß, dass du mehr für mich empfindest?»

Wieder konnte sie nur nicken.

Er runzelte die Stirn. «Ich habe genau das gleiche befürchtet.» Seine Lippen verzogen sich zu einem schiefen Grinsen. «Das ist, fuck ... das ist crazy. Das haut mich gerade total um.»

«Mich auch», krächzte sie und konnte nicht aufhören, ihn

anzustarren.

Er trat einen Schritt auf sie zu und griff nach ihren Händen. «Wenn wir beide mehr füreinander empfinden, dann ... ähm ... ähm ... dann spricht ja nichts dagegen, dass wir ... ähm ...», er runzelte die Stirn. «Sind wir dann ab jetzt auch mehr?»

«Ich hab ein bisschen Schiss.»

«Ich auch. Wir tasten uns langsam vor, okay?»

Sie nickte heftig. «Und wir sind immer ehrlich zueinander.»

«Ja. Das ist das Wichtigste.»

Er legte den Kopf in den Nacken und stieß einen Lacher aus. «Das glaubt uns kein Mensch.»

Sie zog die Nase kraus und plötzlich war alles gut. Sämtliche Anspannung schmolz dahin wie ein Eisblock im Sonnenschein. Sie kicherte. «Stimmt! Ganz schön bescheuert.»

«Komm her, du.» Er zog sie in eine feste Umarmung und sie legte die Hände um seinen unteren Rücken. Einen Moment lang genossen sie es, sich gegenseitig zu halten. Er seufzte in ihre Haare. «Meine Güte, bin ich froh.»

Lina atmete tief durch. «Ich auch.»

Alles war gut. Es war Alex, der sie im Arm hielt, der Alex, der all ihre Schwächen längst kannte, dem sie vertraute und der so in sie verliebt war, wie sie in ihn.

Er löste sich ein Stück von ihr, senkte seinen Kopf und lächelte sie mit dem schönsten Lächeln an, das sie je gesehen hatte.

«Darf ich jetzt endlich ausprobieren, wie es sich anfühlt, eine

Clownin zu küssen?», fragte er leise.

«Unbedingt», wisperte sie atemlos und hob ihm ihren Mund entgegen.

Ihre Lippen strichen sanft und warm übereinander, und es war noch besser, noch viel besser als in ihren wildesten Träumen. Lina seufzte leise und wie von selbst öffnete sich ihr Mund. Alex verstand die Einladung.

Ihre Zungen berührten sich und begannen, miteinander zu tanzen.

In Lina explodierte die Erregung, sie drängte sich schamlos an ihn und stöhnte in seinen Mund.

Er löste sich von ihr, lächelte und seine Augen schienen dunkler zu werden, als er ihre Hand nahm und sie mit in Richtung seines Zimmers zog.

Hastig griff Lina nach der Pappschachtel. «Die brauchen wir. Wir haben was nachzuholen.»

Stunden später lag Lina in Alex Armen und ihr Kopf ruhte an seiner nackten Brust. Sie sah in die Dunkelheit des Zimmers und spürte in sich hinein. Alex und sie waren jetzt ein Paar, Sie hatten Sex gehabt und nie vorher war sie dabei so entspannt gewesen und hatte so uneingeschränkt genießen können. Den ersten Sex mit einem Mann zu haben, den sie bereits so lange Zeit kannte und mit dem sie sich schon so vertraut fühlte, war die pure Erfüllung gewesen.

Sie hatten sich tausendmal geküsst, sie hatten gekichert und gestöhnt, geflüstert und geseufzt. Sie hatten sich auf intimste Weise gespürt und keiner hatte den anderen loslassen wollen.

Jetzt hörte sie seine gleichmäßigen Atemzüge und den ruhigen, kräftigen Takt seines Herzschlages. Eine Welle tiefen Glücks wallte durch ihren Körper. Sanft, um ihn nicht zu wecken, strich sie über die warme glatte Haut seines Brustkorbs.

Er seufzte und zog sie noch etwas näher zu sich. «Warum schläfst du nicht?»

«Ich bin so überwältigt, dass mein Kopf nicht abschalten kann. Aber ich dachte, du schläfst längst.»

«Mir geht es genauso. Ich habe Angst, dass ich morgen aufwache und es nur ein Traum war, was wir heute gemeinsam erlebt haben.» Er drehte den Kopf und seine Lippen berührten ihre Stirn. «Gott, wie sehr habe ich mich wochenlang danach gesehnt, dich so nah zu spüren.»

Lina malte mit dem Zeigefinger Kreise auf seiner Brust. «Ein Paar ... das hört sich seltsam an. Wird jetzt alles zwischen uns anders sein als vorher?»

«Nein. Es wird genauso gut weitergehen. Es ist nur noch etwas dazugekommen, was unsere Beziehung noch schöner macht. Sozusagen die Schlagsahne auf dem Kuchen.»

«Das hast du schön gesagt.»

«Danke. Gib mir einen Clownskuss und dann mach die Augen zu.»

«Okay.»

Epilog

«Lass mich auch mal gucken», flüsterte Lina, schob Stella zur Seite und lugte selbst durch den schmalen Spalt an dem riesigen schwarzen Vorhang, der die Bühne verschloss.
Der Zuschauerraum der Clownschule war bis auf den letzten Platz besetzt. Ihre zweijährige Ausbildung war vorbei und sie gaben ihre Abschlussvorstellung.
Linas Blick suchte Alex und sie musste kichern, als sie ihn in der dritten Reihe erblickte. Er saß neben ihren Eltern und ihre Mutter machte sich so steif, als würde sie neben dem Fürsten von Monaco oder dem deutschen Bundespräsidenten sitzen. Erst am Abend vorher hatte Lina sie angerufen und ihr erzählt, wer bei der Vorführung ihr Sitznachbar sein würde. Ganz offensichtlich hatte sie die Nachricht, dass ihre Tochter seit Monaten mit dem Sohn des Inhabers der Morton GmbH zusammen war, noch nicht verdaut. Alex beugte sich zu ihr und sagte etwas. Sie nickte und ihre Wangen färbten sich rötlich. Wie süß!
«Komm jetzt!», flüsterte Maria und zerrte sie am Arm mit. «Es geht los!»
Sie schlichen von der Bühne in den mit mobilen Wänden abgesperrten Bereich, der an diesem Abend als ihre Garderobe diente, bildeten mit den anderen einen Kreis, fassten sich an den Händen und nickten sich zu. *Los gehts!*
Hugo betrat die Bühne und stellte sich vor den geschlossenen Vorhang. Er begrüßte die Gäste, erzählte

etwas über die Ausbildung und die Rolle des Clowns in der Gesellschaft.
Musik setzte ein und er verließ die Bühne. Es ging los.
Eine Stunde lang dauerte die Show, die sie gemeinsam in monatelanger Vorbereitungszeit auf die Beine gestellt hatten.
Jeder Clown ihrer Truppe absolvierte mehrere Bühnenauftritte, manche allein, manche zu zweit, und manche als Gruppennummern.
Ben und Anna steuerten die Musik und die Beleuchtung und Hubo machte Ansagen, drückte Schultern, lächelte ermutigend oder zwinkerte schelmisch.
Alles gelang so, wie sie es immer wieder geprobt hatten, und am Schluss ernteten sie tosenden Applaus.
Ohne Nasen ging es dann ein letztes Mal auf die Bühne und jeder Clown bekam sein Zertifikat überreicht.
«Und nun lasst uns gemeinsam feiern!», rief Hubo, als sie sich am Ende des offiziellen Teils vor ihren Zuschauern verbeugt hatten, um noch einmal langen Applaus und Hurra-Rufe einzuheimsen.
Clowns und Zuschauer vermischten sich, Blumensträuße wurden überreicht, Sektflaschen geöffnet und ein Büfett aufgebaut.
Lina fiel Alex um den Hals.
«Ihr wart Spitze», flüsterte er in ihr Ohr und küsste sie.
«Danke.» Plötzlich verschwamm ihre Sicht. Sie löste sich von Alex, wühlte in ihren Hosentaschen nach einem Taschentuch und schnaubte laut hinein.

Stella wischte sich ebenfalls über die Augen und Nils stöhnte. «Fuck, hört auf! Ich werde auch schon ganz sentimental.»

Sie lachten alle. Zum Glück bedeutete dieser Abend keinen totalen Abschied. Einige Teilnehmer der Ausbildung gingen zwar andere Wege, aber die meisten wollten weiterhin in die Clownschule kommen, die längst zu ihrem zweiten Zuhause geworden war. Sie würden gemeinsam trainieren, neue Nummern kreieren und sie einstudieren. Sie planten bereits, als Walking Act Straßenfeste unsicher zu machen, und einige ihrer Gruppe hatten sich für die Fortbildung zu Klinikclowns angemeldet.

Lina wendete sich wieder ihrer Familie zu. Ihre Mutter und ihr Vater lächelten etwas verkniffen. Sie wirkten fehl am Platz, freuten sich zwar mit ihrer Tochter, doch die anarchische Welt der Clowns war ihnen fremd. Durch ihre Reaktion wurde Lina bewusst, wie sehr sie selbst sich während der Ausbildung verändert hatte.

Wie farblos war ihr Leben vorher gewesen, über wie viele unnötige Sorgen und Gedanken hatte sie jeden Tag gegrübelt, wie viele Komplexe hatte sie gehabt und nun ... nun war alles in ihrem Leben so viel leichter geworden.

Sie konnte sich über tausend Dinge freuen, die sie früher nicht mal wahrgenommen hatte.

Sie sah zu Alex auf. Auch mit ihm wäre sie nicht zusammengekommen, hätte sie nicht die Clownausbildung begonnen.

Er hatte seinen Thriller überarbeitet und nun tatsächlich

einen Verlag gefunden, der ihn veröffentlichen wollte, und zwei seiner Gedichte würden in der Sammlung erscheinen, die die Freunde aus der Poetry-Slam-Szene als Selfpublisher auf die Beine stellten.

In diesem Sommer plante sie mit Alex und einigen Freunden eine Europatour. Sie hatten durch die sozialen Netzwerke Kontakte zu Künstlern in mehreren Städten geknüpft, die sie besuchen wollten. Alex würde einige Auftritte bei Slam Veranstaltungen haben und sie würde sich auch in fremder Umgebung als Clown ausprobieren.

Sie betrachtete sein schönes Gesicht und die braunen Haare, die ihre Hände beim Sex immer durchwühlten. Er hatte sich nicht rasiert und der leichte Bartschatten würde über ihr Kinn kratzen, wenn sie später zusammen in seinem Bett liegen würden. Gott, wie sehr sie ihn liebte.

Er bemerkte ihren Blick und senkte den Kopf. «Starrst du mich an, liebste Clownin?»

«Ja, ich kann mich nicht sattsehen.»

«Gib mir einen Clownskuss.»

«Gerne. Reicht dir einer? Ich hab auch zwei für dich. Oder drei. Oder ...»

«Sein Mund verschloss ihren und sie hörte auf, zu zählen.»

ENDE